Là où dansent les cerfs-volants

Jack-Laurent Amar

Là où dansent les cerfs-volants

roman

L'Éditions

LACOURSIÈRE ÉDITIONS

A-138 rue Saint-Vincent

Sainte-Agathe-des-Monts

Québec, Canada, J8C 2B2

www.lacoursiereeditions.fr

www.lacoursiereeditions.com

lacoursiereeditions@hotmail.com

(+1) 514 601-2579

Dépôt légal effectué à la BANQ
(Bibliothèque et Archives nationales du
Québec) en 2021.

ISBN version papier/brochée :
978-2-925098-34-8

ISBN version électronique :
978-2-925098-36-2

Imprimé par Lightning Source

À ma femme,
À mes enfants,
À l'amitié et à l'amour
sous toutes ses formes.

Petit message
aux lecteurs

C'est devenu une habitude, entre nous...
Je passe vous saluer avant votre lecture
et je me demande si, cette fois-ci, je ne
devrais pas commencer par de plates excuses...
Pourquoi ? me demanderez-vous. Parce que, pour
les accros de thrillers et autres polars endia-
blés qui ne lisent que ce genre de littérature, je
prends avec ce roman le risque de m'éloigner de
mes précédents écrits...

C'est un fait établi, notre beau pays se
plaît à nous enfermer dans des cases selon notre
travail, nos loisirs, nos lectures ou nos goûts
musicaux...

Ainsi, il est difficile pour un acteur au physique atypique de sortir de son rôle de « méchant », pour un comique de s'extraire de sa tenue de clown et plus difficile encore pour un comédien de série télévisée, aussi doué soit-il, de passer du petit écran aux grandes productions cinématographiques. Quant aux auteurs, c'est bien connu, ils ne s'éloignent que rarement de leur genre littéraire. Alors, croyez-moi, j'ai beaucoup hésité avant de me lancer dans ce nouveau défi. La peur de ne pas savoir faire, la peur de ne pas trouver les mots et, plus encore, celle de décevoir. Pour tout vous dire, j'avais une autre histoire qui trottait dans ma tête, me soufflant le vent de quelques folies meurtrières dans un registre bien plus sombre que celui que je m'apprête à vous livrer ici. Je vais d'ailleurs vous avouer un petit secret : ce récit sera l'objet de mon prochain ouvrage !

Pour l'heure, il me tenait à cœur de vous conter l'histoire qui va suivre. Alors, j'ai stupidement écouté ma petite voix intérieure et... Je me suis lancé.

Je vous souhaite une agréable lecture et je vous laisse en compagnie des personnages qui, à présent, ne m'appartiennent plus. J'espère de tout cœur qu'ils vous emporteront le temps de quelques pages loin de votre quotidien entre sourires, rires et larmes...

Jack-Laurent Amar

Extrait du journal très

intime de Tom Visconti :

« Lorsque j'ai découvert que j'avais cette force en moi, j'ai cru que je devenais fou. Aujourd'hui, je pense que les hommes sont en perpétuelle évolution et je sais pourquoi j'ai hérité de ce pouvoir... Pour sauver maman ! »

Le pouvoir de la pensée...

Tout grand projet débute d'abord
par la pensée de celui-ci !

Prologue

L e récit que vous vous apprêtez à lire n'aurait jamais dû se trouver entre vos mains. Je suis supposé être écrivain et, par voie de conséquence, il est de mon devoir d'inventer des histoires et non d'aller les chercher dans les tiroirs de mon enfance comme un vulgaire brocanteur de souvenirs. « Alors, que s'est-il passé ? », me demanderez-vous. Pourquoi venir vous raconter ici l'histoire qui a bouleversé ma vie et fait sans doute de moi ce que je suis ?

La vérité, c'est que je n'ai jamais su me comporter normalement lorsqu'une femme me fait tourner la tête. Oh ! N'allez surtout pas imaginer que je suis un

abominable pervers, non, ce n'est pas aussi grave que ça !
Je me qualifierais plutôt d'un... Timide imbécile incapable de tenir sa langue lorsqu'une dame lui plaît. À croire que mon cœur est directement relié à mes lèvres et que, lorsqu'il s'emballe, ces dernières remuent stupidement au même rythme que lui ; et c'est précisément ce qui s'est passé, ce jour-là.

J'étais confortablement installé sur le canapé du hall d'entrée de l'hôtel et j'attendais que la douce Héloïse arrive en regardant machinalement l'immense écran plat qui ornait le mur de la salle de réception.

La télévision ! C'est étrange de constater le pouvoir qu'a cette petite boîte sur le libre-arbitre des gens. Enfin, je dis cela mais, aujourd'hui, il est vrai que la boîte en question est passée sous un rouleau compresseur et que ce qu'elle a perdu en épaisseur, elle l'a gagné en finesse. Si les régimes étaient tout aussi efficaces, je serais sans doute un peu moins large, moi aussi ; mais ce qui est valable avec les écrans plats ne semble pas fonctionner pour ma petite bedaine. La télévision est une

véritable machine à influencer les foules. Il suffit d'y
passer pour être soudain muni d'une espèce de cape ma-
gique, vous savez, comme celle utilisée par un certain
Harry Potter ; mais attention, ici,il n'est pas question
d'invisibilité, mais de légitimité. Oui, c'est tout à fait
ça ! Le petit écran procure « la cape de légitimité ».
D'ailleurs, ne dit-on pas pour pousser à la consomma-
tion et donner plus de crédit à quelque chose qui est à
vendre : « Vu à la télévision » ? Tu parles d'une bonne
blague ! Moi qui ai la chance de côtoyer ce monde-là,
aujourd'hui, je peux vous le dire : « Menti à la télé-
vision » serait plus juste. Fort heureusement, il y a
toujours des journalistes qui ont à cœur de faire leur
travail avec amour.

Héloïse Benoit est de ceux-là. Elle a toujours
fait partie de mes chroniqueuses préférées. D'abord — et
c'est sans doute la raison la moins professionnelle, j'en
conviens —, parce qu'il se dégage, lors de ses interviews,
une véritable passion qui fait pétiller ses grands yeux
noirs en amande et que... J'adore ses yeux. Ensuite,

parce qu'elle ne modifie jamais les propos tenus par un auteur pour les enjoliver ou les rendre tendancieux comme n'hésitent pas à le faire certains de ses confrères. Alors, lorsqu'elle m'a demandé ce qui m'avait un jour poussé à écrire et pour quelles raisons je passais régulièrement dans la région, je n'ai pas eu envie de broder ni de répondre aux banalités.

— Je suis là pour rendre visite à quelques amis comme chaque année. Cela dit, celle-ci est un peu particulière, lui ai-je répondu.

— Particulière ?

— Oui. Dans deux jours, une personne qui m'est très chère va se marier et j'ai l'honneur d'être son témoin.

— Waouh ! Le témoin d'une célèbre éditrice qui passe de langoureuses vacances dans le Var ? a-t-elle demandé à moitié ironique.

J'ai hésité avant de répondre, comprenant que j'en avais déjà trop dit ; mais que voulez-vous ? Héloïse me regardait... Avec ses yeux ! Vous savez, ceux dont je viens de vous parler ! Je sais, c'est ridicule, à quoi pouvais-je m'attendre ? Elle n'allait pas me regarder avec les yeux de quelqu'un d'autre... Bref, j'ai poursuivi :

— Absolument pas ! Comme je vous l'ai dit, c'est une personne qui m'est chère, mais... Ce serait long à raconter.

Héloïse a fait signe au serveur pour commander un jus d'orange pressé.

Avec le recul, je pense qu'à ce moment précis, malgré ma faiblesse et ses grands yeux noirs, je me serais contenté d'une demi-vérité sans entrer dans les détails comme je m'apprêtais à le faire ; mais en regardant le barman, elle a ajouté quelque chose qui a tout changé :

— Vous pouvez y mettre de la glace pilée et, si vous aviez une feuille de menthe, ce serait vraiment parfait !

Héloïse a emprisonné mon regard dans le sien, puis a répété la fin de ma phrase avec une adorable moue interrogative :

— Ce serait long à raconter, dites-vous ? Eh bien, j'ai tout mon temps...

J'ai inspiré profondément et tous les souvenirs ont jailli comme s'ils étaient là, tapis, prêts à bondir pour sortir de ma tête et emplir son cœur, du moins, osais-je l'espérer.

Alors, je lui ai raconté toute l'histoire... L'histoire vraie d'un petit garçon exceptionnel.

C'était il y a bien longtemps...

1

Skippy

1986

Tom déposa le bol de chocolat chaud sur la table et enfourna une tartine de pain grillé dans sa bouche avant de sautiller jusqu'au frigo comme un kangourou. La bouteille de lait dans la main, il retourna vers sa chaise, les pieds toujours collés l'un à l'autre, puis attrapa sa biscotte et la grignota du bout des dents en parvenant, on ne sait comment, à positionner ses lèvres vers l'avant afin que l'imitation du marsupial australien soit parfaite.

Malicieusement, il regarda sa mère, un sourire espiègle jusque dans ses grands yeux bleus.

Fabrine pouffa en fixant les boucles légères qui retombaient sur le front de son fils et
lui donnaient des airs de jeune premier négligé. Machinalement, elle passa les doigts dedans
pour en remonter quelques mèches brunes.

Aussi loin qu'elle s'en souvienne, Tom
avait toujours eu cet incroyable don de mimétisme. Il n'imitait pas seulement les animaux, il
aimait également reprendre des phrases amu-
santes piochées çà et là dans des films ou des
publicités. Il adorait singer des personnalités cé-
lèbres ou des amies proches de sa mère et, bien
souvent, parodiait aussi ses profs et ses propres
copains de classe. Le plus impressionnant restait
sans nul doute ces mimiques, ces attitudes, ces
petits riens qui rendent chacun de nous unique
et qu'il parvenait à repérer, à copier avec une
précision déconcertante. Il prenait alors un malin plaisir à grossir légèrement ses postures et le
personnage imité prenait soudainement vie avec

force et réalisme.

Oui, son petit Tom était une véritable photocopieuse d'âmes qui dupliquait la personnalité des gens avec une encre pleine de couleurs et d'humour.

— Tu es un véritable clown ! sourit Fabrine en s'approchant de lui pour déposer un baiser sur sa joue. Je dois filer, je vais être à la bourre et Victoire va m'attendre. Pense à terminer tes devoirs, demain, c'est lundi.

— Promis ! Mais tu sais, on ne fait presque plus rien. C'est le dernier mois !

— Je sais, mais c'est l'école quand même, répondit- elle en lui tirant la langue avant d'ajouter : N'oublie pas de faire ton lit !

— Déjà fait pendant que tu prenais ta douche, répondit Tom en levant les yeux au ciel avec un large sourire comme si sa mère venait d'annoncer une évidence.

Fabrine le regarda pleine d'admiration et l'envie de serrer dans ses bras son petit homme de douze ans fut plus forte que celle d'être à l'heure. Au diable l'impérieuse trotteuse de l'horloge qui avançait inexorablement sans tenir compte de ces instants magiques que tissent les sentiments et qui, malheureusement, ne se rattrapent pas ; ne se rattrapent jamais ! Tant pis pour les quelques secondes de plus...

— Maman, tu m'étouffes ! bougonna Tom en feignant une mine dégoûtée mais, lorsque sa mère desserra son étreinte, c'est lui qui l'enlaça plus fort.

— Surtout, sois prudent ; prudent et re-prudent, lâcha-t-elle avant de s'éloigner à contrecœur.

— Tu me le dis à chaque fois, maman ! Oui, je serai *très* prudent ! exagéra-t-il en appuyant sur le mot pour la taquiner gentiment.

Elle détestait le savoir à la piscine avec ses copains mais, d'un autre côté, il fallait bien qu'elle accepte qu'il grandisse. L'été dernier, lorsqu'il s'y était rendu seul pour la première fois, elle en avait eu la nausée, une de celles qui vous forcent à contempler l'émail des W.-C. durant dix minutes, dix minutes qui vous paraissent en durer quarante. Fort heureusement, les fois suivantes, elle avait su apprivoiser ses vieux démons pour ne pas avoir à réciter de nouveau un borborygme de voyelles avec, pour seul réconfort, le blanc immaculé d'un professeur nommé : « Jacob Delafon ». Seule, une petite boule supportable avait élu domicile dans son ventre pour la saison estivale, se réveillant chaque fois que Tom et ses amis se donnaient rendez-vous pour un après-midi baignade.

Elle fit une petite grimace à son fils pour se moquer d'elle-même.

— Bonne journée, mon Skippy d'amour !

Il répondit par un rapide clin d'œil.

Ce surnom lui avait été donné quelques années auparavant, parce que Tom était une véritable pile, un petit bout de chou qui sautait partout et ne tenait jamais en place. Ainsi, son petit kangourou avait rapidement été baptisé Skippy en référence à une série télé dont l'animal était le héros principal. C'est Victoire, la meilleure amie de Fabrine, qui avait trouvé ce joli sobriquet et il fallait bien admettre qu'il lui allait comme un gant. Aujourd'hui, il était pour tous presque aussi légitime que son nom de baptême. Désormais, il n'y avait guère plus que ses professeurs pour l'appeler Tom ; ses profs ou sa mère lorsque celle-ci se mettait vraiment en colère ou faisait semblant de l'être. Pour le reste du monde, il était devenu Skip ou Skippy.

Dans le couloir, il entendit la porte d'entrée se refermer accompagnée par un furtif « Tout court, mon ange ! »

— « Tout court *auchi*, maman » ! essaya-t-il d'articuler, la bouche encore pleine de céréales et de lait.

Cette façon de se dire je t'aime était la leur. Un jour, Fabrine lui avait expliqué qu'il n'existait aucun superlatif capable d'enjoliver, de grandir ou d'encenser la locution « Je t'aime », parce que celle-ci se suffisait à elle-même.

« Et je t'aime énormément, ou très fort ? », lui avait demandé Skip de sa petite voix.

« En amour, je t'aime très fort, c'est un peu comme je t'aime beaucoup. Pour les oreilles du cœur, ça sonne presque... Presque comme une insulte ! Je t'aime, c'est infini, abyssal, insondable. Y ajouter beaucoup, c'est donner une unité de mesure, un aboutissement, une fin, un mur sur lequel se heurte ton « Je t'aime ». C'est un peu comme si tu me demandais jusqu'où va mon amour pour toi ? Je ne pourrais pas le quantifier, c'est infini, tu comprends ? »

Skip avait semblé réfléchir à ce qu'elle venait de lui dire et la conversation s'était arrêtée là ; mais à partir de ce jour, leurs « Je t'aime » avaient été remplacés par des « tout court » qui résumaient à eux seuls tous les superlatifs du monde.

Fabrine appuya sur le bouton de l'ascenseur.

Skip termina son bol de lait à la hâte et le déposa dans l'évier.

À midi trente, il avait rendez-vous avec les copains. Les premières grosses chaleurs venaient d'arriver et ils allaient se régaler, c'était certain. Le mois de juin annonçait la fin de l'école et le début des grandes vacances et cela le rendait particulièrement heureux.

Il sourit en reposant la boîte de céréales à sa place. À bien y réfléchir, il savait ce qui le rendait d'aussi bonne humeur, mais il aurait préféré être torturé plutôt que de l'admettre. Seul Morgan, son meilleur ami, était dans la confidence, parce qu'il était impossible pour Skip de lui cacher la vérité. Ils se connaissaient depuis leur plus tendre enfance, avaient partagé les mêmes cours de récréation, que ce soit à la maternelle ou en élémentaire, et il ne faisait aucun doute qu'ils seraient affectés dans la même classe de quatrième lors de la prochaine rentrée scolaire. Morgan et Tom étaient comme deux frères, deux frangins qui n'avaient pas les mêmes parents, mais cela avait-il une quelconque importance ?

Dans le fond, leur amitié était un mystère pour quiconque ne savait pas que ces deux-là avaient grandi ensemble et vécu dans le même immeuble depuis toujours. Si Skip était un véritable ressort, un courant d'air toujours prêt à souffler le vent d'une nouvelle bêtise, d'une nouvelle blague, Morgan, lui, faisait partie de ses enfants calmes, posés, un peu rêveurs. Certains le trouvaient « perché » avec ses grands yeux ronds, ses cheveux hirsutes et ses vêtements toujours trop amples. Il passait beaucoup

de temps le nez plongé dans des romans, enfermé dans sa chambre ou dans un coin de la cour
de récréation, mais Skip savait que c'était juste
sa façon de se soustraire à la réalité, de s'éclipser le temps de quelques songes. Morgan regardait le monde avec un certain recul, une vision
qui n'était pas en adéquation avec son âge et,
aux yeux de beaucoup, son sérieux le rendait un
peu... Étrange, pour ne pas dire gênant. Tous
deux ne faisaient pas partie des gamins
« populaires » du collège, ceux qui parlent fort,
qui gonflent le torse ou sont insolents face aux
adultes au point de susciter chez leurs camarades une certaine « admiration ». Ils n'étaient
pas de ces leaders qui donnent aux plus faibles
le sentiment d'un courage usurpé simplement
parce qu'ils les suivent, mais ils ne faisaient pas
non plus partie des souffre-douleurs. Les deux
« frangins » avaient bien trop de caractère pour
ça. Pour Morgan, Skip était en quelque sorte la

locomotive qui le poussait à se dépasser et à oser faire ce que son propre tempérament lui aurait interdit. D'un autre côté, lui était, pour son ami, la petite voix qui pondérait parfois sa douce folie. Finalement, chacun d'eux apportait à l'autre l'équilibre dont il avait besoin.

Lorsque Skip avait avoué à Morgan qu'il était fol amoureux de Nina, la petite nouvelle, ce dernier s'était empressé de promettre qu'il garderait le secret et Tom savait qu'il le ferait.

Skip décrocha le combiné et composa le numéro qu'il connaissait par cœur.

À l'autre bout du fil, Morgan décrocha.

— Allo !

— Ouais, c'est moi.

— Skip, au secours, je termine mes maths et je ne comprends rien. Tu n'veux pas annuler la piscine et terminer ça avec moi, cet après-midi ? se moqua Morgan qui savait que son ami espérait désespérément que Nina viendrait elle aussi se baigner.

Ignorant la question posée, Skip demanda :

— Tu crois qu'elle sera là ?

Morgan soupira et Skip devina que son ami souriait.

— Arrête de sourire comme un con !

— Alors, arrête de poser des questions connes ! J'énumère : d'un, elle est passionnée par le théâtre et toi, tu es un comédien né et sans doute le meilleur imitateur que la Terre ait porté. De deux, elle trouve toujours un moyen pour ne pas dire un prétexte, pour venir te parler. De trois, elle et sa copine ont dit qu'elles seraient là, alors, je ne vois pas pourquoi elles auraient changé d'avis. De quatre, t'es plutôt mignon comme mec... Enfin, je crois. Alors, fran...

— Ok, ok, c'est bon ! le coupa Tom. Je voulais juste avoir ton avis, t'es pas obligé...

Les « glousseries » de Morgan le coupèrent.

— Cool, Raoul, t'es en mode stress, là, dit-il entre deux respirations entrecoupées de rires. Bon, je fais le *terminage* de ce que je suis en train de faire et je me rends à votre domicile, monsieur. Il semble clair que vous ayez besoin du *conseillage* d'un pro.

Skip sourit malgré lui.

Morgan avait toujours eu cette étrange façon de parler en incorporant quelques néologismes à des tournures de phrases qu'il prenait plaisir à égayer de paronomases. Des « Cool, Raoul, pas de malaise, Blaise » qui ponctuaient régulièrement ses réponses.

— Allô, t'es toujours là ? demanda Morgan.

— Oui, oui ! Ok, termine et rapplique, monsieur « J'connais tout en amour » !

— SARL « Lover en folie » à votre service. Avec moi, c'est dans la « pioche », tête de « poche » ! ajouta Morgan en intervertissant

volontairement les deux mots avant de raccro-
cher.

Tom posa le combiné et regarda le morceau de papier sur lequel il avait machinalement
griffonné des flèches, des cœurs et un prénom...
Nina.

Dans la cuisine, Fabrine enjamba les cartons à même le sol pour parvenir à l'évier.

— Je te déteste ! Me faire ça à moi... Et un dimanche, en plus.

— Arrête de râler, t'es une vraie maniaque. Le ménage et le *range-mint*, c'est ta passion, répondit Victoire en riant. Si on y réfléchit bien, tu devrais même me payer pour être là.

— N'importe quoi ! rétorqua Fabrine, le sourire dans la voix. Je te préviens, c'est le dernier déménagement que je fais pour toi. La prochaine fois, tu te trouves le bon mec, tu sais, celui du : « Ils se marièrent et eurent beaucoup d'enfants ! »

— Mais c'était celui-ci, je te jure ! pleur-
nicha Victoire, pleine d'une fausse tristesse en
haussant légèrement les épaules. Puis, prenant
des airs de petite fille timide, elle entoura autour
de son doigt une mèche de cheveux, prit un air
boudeur et ajouta :

— C'est juste que, dans ta phrase, ils ont
oublié le : « Et connurent la routine, le linge sale
qui traîne par terre, les poils dans le lavabo collés au dentifrice. » Alors, *frin-che-ment*, ils nous
mentent, en plus !

Toutes deux éclatèrent de rire.

— *Frin-che-ment* ! répéta Fabrine en amplifiant exagérément les intonations de sa copine.
Heureusement que tu avais gardé ton appart, sinon, tu serais à la rue, aujourd'hui.

— Avec tous les travaux que j'avais faits,
tu ne pensais pas que j'allais m'en séparer comme
ça ! *Ein* plus, tu pourrais reconnaître que j'ai de
l'*in-tui-tion*, je savais que j'allais vite y revenir.

C'est mon super sixième *sei-nsss* !

Fabrine la dévisagea en passant une main dans sa longue chevelure rousse. Elle adorait l'accent provençal que charriait Victoire dans chacune de ses phrases. Un accent qui faisait danser ses mots.

Toutes deux se connaissaient depuis le collège et leur amitié était inébranlable. Peut-être parce qu'elle avait débuté par un jour de tempête. Certes, il y avait eu des périodes où elles se voyaient un peu moins, mais leur affection avait su braver les journées excessivement courtes et les semaines qui s'écoulent trop vite avec pour bouc émissaire tout désigné : « Le temps qui passe ». Une excuse préconçue parfaite pour que les gens se pardonnent mutuellement de trop longs silences et jurent vite de se revoir... Avant de s'oublier à nouveau. Non, les deux complices n'avaient pas laissé le temps voler leur amitié.

Fabrine regarda son amie avec affection.

Les cheveux noirs aux épaules, une grande mèche teinte tirant légèrement vers le rouge qu'elle passait son temps à enrouler autour de son index, de grands yeux noirs expressifs et une peau très pâle, Vic était de ses femmes qui, sans être vraiment belles, débordaient de charme. Elle n'avait cependant jamais su garder les hommes qui le lui juraient. « J'aime trop ma liberté », disait-elle souvent ; mais Fabrine savait qu'au fond d'elle, son amie rêvait de fonder une famille.

— Pourquoi tu me regardes comme ça, Fab ? J'ai des araignées *dains* les cheveux, ou quoi ?

— *Dains* les cheveux, non, mais je suis certaine qu'au plafond, tu dois avoir un sacré paquet de toiles ! Elles se dévisagèrent quelques secondes, muettes, silencieuses comme cela leur arrivait parfois, comme cela leur arrivait souvent.

Le silence avait cette douce pudeur qu'aucun mot, même choisi, ne pouvait égaler ; et lorsqu'il devenait explicite, aussi limpide que de grands discours en amitié ou en amour, il apportait la preuve sublime et indicible des grandes complicités. Ainsi, Fabrine et Vic n'avaient jamais eu besoin de se le dire, jamais ! Leurs « Je t'aime » étaient de ceux qui explosent et s'envolent entre deux éclats de rire ; et le criant mutisme des non-dits devenait alors le messager silencieux d'une amitié sincère et c'était bien ainsi.

Victoire passa machinalement la main dans ses cheveux et tripota de nouveau sa mèche rouge comme si elle risquait d'y trouver des toiles, puis elle dit d'une voix taquine :

— J'ai peut-être une araignée au plafond, mais moi, lorsque je vois un homme qui me plaît... Je fonce ! Fabrine se tut, sachant très bien que sa copine faisait allusion à ce nouveau voisin un brin énigmatique qui venait d'emménager dans l'appartement juste au-dessous du sien. Elle l'avait croisé à plusieurs reprises et le regard timide, les manières réservées de l'homme l'avaient quelque peu intriguée, pour ne pas dire troublée. À vrai dire, elle n'aurait su expliquer exactement pourquoi, mais qu'un homme aussi charmant puisse être si réservé lui donnait un petit côté mystérieux, presque animal. Communément, la beauté se voulait fière et orgueilleuse. Lorsqu'elle ne l'était pas, elle n'en devenait que plus attirante.

— Tu l'as revu ? demanda Vic de sa voix grave et chantante.

— Qui ça ? répondit Fabrine en feignant de ne pas comprendre.

Un sourire amusé, Victoire insista du regard.

— Non, répondit évasivement Fabrine en soupirant avant de sourire à son tour. Skip pense que c'est un agent secret ou... Un espion.

— Un espion ! Ton fils a de l'imagination.

— Il l'a vu partir de nuit à plusieurs reprises tout habillé de noir, une capuche sur la tête et muni d'un sac à dos. C'est l'homme le plus discret du bâtiment ; alors tu sais, les enfants, il ne leur en faut pas plus. Et puis, question imagination, ton filleul n'est pas en reste, c'est vrai.

Victoire acquiesça.

Depuis la naissance de Skip, sa vie aussi s'était vue chamboulée, parce qu'elle avait reporté son besoin de maternité sur l'enfant de sa meilleure amie et, parfois, il arrivait à Tom de la taquiner en lui disant qu'avoir deux mamans était un véritable calvaire pour un enfant fragile, sensible et sans défense. « Tu sais, disait-il, je pourrais très bien téléphoner à S.O.S. enfants battus et me plaindre. » Puis, il ajoutait avec cette façon toute à lui de pencher la tête : « Ce n'est pas très bon pour mon équilibre, tout cet amour ! »

Oui, Victoire aimait son filleul comme son propre enfant.

— Notre petit Skippy est perspicace. Tu devrais lui demander ce qu'il fait, plaisanta-t-elle.

— Il va à la piscine avec ses copains.

— Je ne parle pas de ton fils, mais de ton charmant voisin ; et tu le sais très bien.

Fabrine lança un regard noir qui ne parvint pas à masquer son air amusé.

— Plus sérieusement, reprit Victoire, tu dois encore te faire un sang d'encre de savoir Skip à la piscine.

— Oh oui, comme l'année dernière : mais je m'améliore un peu quand même, je n'ai pas vomi. Et puis, je ne peux pas lui interdire de vivre et...

Elle s'interrompit, pensive, et termina sa phrase sans grande conviction :

— Et il y a des maîtres-nageurs ! J'ai toujours pensé que les parents étaient là pour aider
leurs enfants à grandir, pas pour les brimer avec
leurs propres peurs ou les diriger vers des rêves
qui ne sont pas les leurs.

— Tu... Tu n'as jamais eu envie de lui raconter ?

— J'y ai déjà pensé, mais il est trop jeune
pour entendre ça.

Fabrine baissa les yeux vers ses chaussures avant de regarder celle qui était pour elle
un cadeau pour le cœur... Une sœur.

— Un jour, peut-être. Pour le moment, il
n'y a que toi qui sais et c'est très bien ainsi !

— Je trouve ça énorme que tu lui aies
payé des cours de natation et...

Vic suspendit sa phrase un instant, puis
reprit dans un murmure plein de tendresse
comme si chacun de ses mots était enveloppé de
velours :

— Tu es un sacré bout de femme, tu sais.
Je ne plaisante pas... Une sacrée maman et un
bout de femme exceptionnel.

— Toutes les mères du monde le s...

— Non, Fabrine, la coupa Victoire. Il y
a beaucoup de parents qui baissent les bras, qui
renoncent à la moindre difficulté. Toi, jamais !
Je me souviens quand, à la maternelle, l'instit'
t'avait craché au visage que ton fils ne comprenait rien, qu'il était juste... Incapable. Je me rappelle également à quel point Skippy était stressé
de devoir lâcher ta main pour entrer dans cette
école qui le terrifiait. Je n'ai jamais oublié la façon dont il te regardait. C'était celle d'un petit
animal apeuré qui s'éloigne en essayant de retenir ses pleurs pour ne pas faire de peine à sa
maman. Petit bout d'homme de quatre ans qui
voulait être fort, mais les larmes l'emportaient
toujours sur sa volonté parce qu'à cet âge-là, on a
déjà des larmes d'adulte lorsque la détermination

est encore celle si fragile d'un enfant. Il essuyait alors ses yeux le plus discrètement possible mais immanquablement, toutes les deux, on le voyait faire. Tu t'en souviens ?

Fabrine lâcha un petit sourire nostalgique.

— Oui, je m'en souviens.

— Et toi, tu jouais les femmes de tête juste avant de t'écrouler lorsqu'il ne pouvait plus te voir.

— Et dans la voiture, comme tu es une amie au top, tu me réconfortais en t'effondrant à ton tour.

— Et on chialait comme deux gourdes ! conclut Victoire.

Plongées dans leurs souvenirs, les deux amies échangèrent un regard complice avant de se mettre à rire.

Vic gonfla le torse comme un avocat lors d'une plaidoirie et reprit :

— C'est quand même toi qui as soupçonné sa dyslexie, non ? C'est bien toi qui t'es saignée financièrement pour le faire tester, pour lui payer des séances de *psycho-machin* quand tout le monde t'affirmait, plein d'une certitude condescendante, que tout ça n'était que de l'argent gaspillé pour des psys en mal de reconnaissance. Et aujourd'hui, regarde-le, notre petit Tom... Oh ! Ce n'est pas le premier de son collège, non, il ne rentre pas suffisamment dans le moule pour ça, mais son intelligence n'est plus à démontrer et il nous le prouve chaque jour par tout ce qu'il fait, tout ce qu'il invente. J'ai rarement vu un ado si bien dans ses baskets avec, en prime, une récidive sur les sorties en solo... À-la-pis-cine !

Élevant la voix, Victoire sépara ses derniers mots en serrant le poing qu'elle tira brusquement vers l'arrière à la manière d'un sportif qui triomphe.

— Là, tu me scotches, poursuivit-elle pleine de conviction. Alors, ne me dis pas que tu n'es pas une femme exceptionnelle ou je te jette des cailloux.

Elle feignit de ramasser une pierre imaginaire et de la lancer sur son amie...

Fabrine resta pensive quelques secondes.

— Tu sais, je crois que je n'avais jamais eu vraiment peur de quoi que ce soit avant ; enfin, tu vois... S'il y avait une décision à prendre, je la prenais et je fonçais, un saut à faire dans le vide, et j'étais la première à plonger, mais...

— Mais quoi ? demanda Victoire.

Fabrine haussa les épaules.

— À la seconde où la sage-femme a déposé Tom sur mon ventre, à la seconde où j'ai senti son petit corps tout chaud sur ma poitrine, à cette seconde précise, j'ai eu peur... Peur de ne pas prendre les bonnes décisions, peur de me tromper, peur d'avancer, peur de reculer, peur d'en faire trop ou pas assez…

Elle soupira en haussant les sourcils et conclut d'une façon fataliste :

— Alors, au risque de te décevoir, je suis quand même morte de trouille qu'il aille à la piscine.

Toutes deux se dévisagèrent et chacune d'elles put voir dans le regard de l'autre qu'un trop-plein d'émotion était sur le point de jaillir. Alors, par pudeur, pour ne pas laisser la tendresse des souvenirs ruisseler sur leurs joues et entacher ce beau dimanche de juin — enfermées à faire du ménage—, elles éclatèrent de rire.

Les copains

Skip sortit quelques biscuits supplémentaires du placard et les déposa sur la table.

— Ça creuse, la piscine, articula péniblement Luca en enfournant un nouveau gâteau dans sa bouche.

— Toi, y'a tout qui te creuse, plaisanta Morgan.

— Va te pendre, lui répondit l'intéressé en mimant ses propos, la bouche à moitié ouverte et pleine de gâteaux prédigérés par la salive.

— Beurrr... T'es vraiment un porc, dit Nathan en faisant mine de vomir.

Les quatre amis s'esclaffèrent.

Au duo inséparable que formait Skip et Morgan s'ajoutaient Luca et Nathan et, à eux quatre, ils avaient le sentiment d'être invincibles, inséparables, indestructibles. Ils ressentaient l'euphorie de leur jeunesse couler dans leurs veines avec, pour seule chimère, la certitude qu'hier n'avait existé que pour eux et que demain les attendait. C'était le temps béni des amitiés qui se cueillent, des souvenirs qui se moissonnent et des fous rires incontrôlables qui se récoltent et se gravent à jamais... Comme un lien sacré.

Luca faisait une demi-tête de plus que ses trois copains et ses origines réunionnaises donnaient à sa peau une couleur tirant vers le cacao. Il passait son temps à grignoter et à se moquer lui-même de son excédent de poids sans doute pour devancer d'éventuelles railleries ; railleries qui ne viendraient jamais, pas en tout cas de la part de ses trois amis.

Ses parents étaient militaires et avaient été mutés dans le Var quelques années auparavant. Rapidement, ils avaient acheté un appartement dans le même immeuble que celui de Skip et Morgan. Le bâtiment de neuf étages comptait trois entrées et ne payait pas de mine. En revanche, il était idéalement placé. Tout près de la ville sans avoir à en subir les inconvénients, il se trouvait à mi-chemin entre une maternelle, une école élémentaire et le collège Ferrié. Il y avait même de l'autre côté de la route jouxtant la maternelle « l'École normale » qui préparait les futurs professeurs des écoles, mais ce que Tom, Morgan, Nathan et Luca adoraient par-dessus tout dans le quartier, c'était la proximité de la piscine Alex Jany qui se trouvait à moins de deux cents mètres de leurs habitations. C'est tout près de là, dans une petite maison blanche proche de la route, que vivait Nathan.

De cette joyeuse bande, il était le plus petit. Ses cheveux coupés en brosse, son regard noir et sa corpulence trapue lui donnaient un air de vrai méchant. Il ne reculait devant rien et ne baissait jamais les yeux. À l'âge où les regards méprisants et dominateurs sont souvent les prémices des humiliations futures, Nath ne laissait rien passer et plus d'un avait regretté l'avoir fixé. Les imprudents avaient alors constaté à leurs dépens que, non seulement il ne baissait pas les yeux, mais il savait également lever les poings. Pourtant, contrairement aux apparences, Nath était sans nul doute le plus sensible de la bande, un garçon à vif, un Bad boy qui cherchait à dissimuler derrière son agressivité la souffrance d'un gamin dont le père alcoolique n'avait jamais su lui donner la moindre preuve d'amour. Cette situation familiale faisait de lui un collégien que les professeurs qualifiaient sans doute, dans son dos, de cancre. Parfois, les trois amis le chambraient sur sa façon de parler et Skip imitait alors parfaitement la voix, la diction et les mimiques brutales de son copain. Pourtant, sans que le petit groupe n'ait jamais eu à instaurer de règle, les railleries ne se faisaient jamais en public et, surtout, elles n'étaient en aucun cas blessantes ou méprisantes et Nath le savait. Il était également surnommé « l'immigré » par ses trois amis, un surnom affectueux dû au fait que lui seul ne résidait pas dans le bâtiment « L'Esterel ». Luca plaisantait souvent sur ce surnom. Il disait en essayant d'imiter l'accent et la voix brisée du « Parrain » comme dans le célèbre film du même nom : « C'est moi qui suis black et c'est toi qu'on surnomme l'immigré. Tu me fais beaucoup de peine... Oui, beaucoup de peine ! »

Amusé, Nathan répondait avec son éternelle façon d'avaler une partie des mots : « Question 'mitation, tu d'vrais vraiment laisser ça à Skip, ton parrain a la voix d'Donald Duck... »

Skip sortit un paquet de gâteaux chocolatés.

— Il n'en reste que quatre, constata-t-il en déposant l'emballage sur la table.

— Un chacun, s'empressa de trancher Luca dont les yeux s'agrandirent sous l'effet de la gourmandise.

— Tu peux prendre le mien... J'n'ai plus faim, lui répondit Skippy.

Luca le remercia du regard et s'empressa d'avancer la main vers la boîte.

— On partage ? demanda Morgan dont l'appétit aurait presque pu rivaliser avec celui de son ami.

— Tom a dit « tu » peux prendre le mien en me regardant... Moi ! Qu'est-ce que tu ne comprends pas dans « tu » ?

Les deux copains se défièrent du regard quelques secondes avant d'échanger un sourire complice. Luca divisa le biscuit en deux parts égales et tendit la moitié vers Morgan, puis suspendit son geste au dernier moment. Il fixa son ami et cracha la voix pleine d'une fausse autorité :

— J'te préviens, le rêveur « un quart poète, trois quarts crétin » : si tu me refais le coup de l'autre imitateur de pacotille, t'es bon pour la morgue.

Les quatre copains s'esclaffèrent au souvenir de la blague qu'avait fait Skippy l'avant-veille.

Dans la cour de récréation, alors que leur classe revenait du sport, il s'était avancé vers Luca qui dégustait un Pepito et lui avait demandé s'il pouvait lui en prendre un.

— T'es lourd, c'est mon dernier ! avait répondu le grand Réunionnais en regardant tour à tour le paquet désespérément vide et son petit groupe d'amis, espérant sans doute obtenir leur soutien. Skip s'était alors approché en le regardant avec ses yeux de cocker. Il avait légèrement penché la tête et marmonné d'une voix qui aurait pu faire pâlir de jalousie les acteurs les plus doués de la planète :

— Mais c'est que j'ai trop faim, moi ! J'ai oublié de prendre mon dèj' sur la table, ce matin et tu comprends, après le sport...

Il avait fait une attendrissante moue empreinte d'une tristesse toute feinte ; puis, implorant du regard chacun de ses amis à la façon d'un mendiant — en insistant peut-être un peu plus sur les grands yeux noirs de Nina —, il avait ajouté d'une voix tremblante :

— Ne me lâchez pas, vous tous ; dites-lui que j'ai faim... Si faim !

— Tu fais chier, Tom, avait soufflé Luca avant de lui offrir à regret son dernier biscuit.

Le visage triste et défait de Skip avait immédiatement disparu derrière son sourire angélique et ses grands yeux bleus rieurs. Il s'était penché pour prendre le dernier Pepito en remerciant chaleureusement son ami et, après avoir humé les délicieux effluves du chocolat, il en avait croqué un insignifiant, un minuscule morceau qu'il s'était mis à mâchouiller du bout des dents comme aurait pu le faire quelqu'un ayant peur de s'empoisonner.

Soudain, avec une mine dégoûtée, il avait recraché l'infime partie encore dans sa bouche en faisant claquer sa langue sur le bout des lèvres pour en expulser la moindre miette. Prenant tout le monde par surprise, il avait alors jeté le précieux biscuit au sol avant de l'écraser de tout son poids sans omettre de tourner le pied de gauche à droite pour réduire le gâteau en « poussière de Pepito ». Alors, avec une mimique désopilante, il s'était écrié d'une voix suraiguë :

— Beurrr, il n'est pas bon, ton gâteau !

Abasourdi, tout le monde s'était regardé sans comprendre avant d'exploser de rire.

Skip avait immédiatement pris ses jambes à son cou pour ne pas risquer les foudres de Luca. Ce dernier s'était lancé à sa poursuite en lui jurant que, s'il le rattrapait, sa tête subirait le même sort que son précieux biscuit ; mais après quelques mètres, comprenant que son excédent de poids lui ôtait toute chance de mettre à exécution ses menaces, il avait stoppé sa course et, penché en avant les mains sur ses genoux pour reprendre son souffle, il s'était appliqué à dévisager son ami de son regard le plus noir avant d'éclater de rire. Tous deux s'étaient rejoints, hilares avec, en guise de représailles, une franche accolade.

— P'tain, c'est vrai qu'le coup du Pepito, c'tait quand même bin poilant ! s'esclaffa Nathan.

— Ouais, excellent ! renchérit Morgan en fixant tour à tour Luca et Skip.

— Ça va, ça va ! bougonna Luca juste pour la forme avant de donner à Morgan sa moitié de biscuit. C'est le genre de truc qu'il faudrait plutôt faire à ta vieille voisine. Lui jouer un sale tour, à cette folle...

— Genre une expédition « punitive » ? demanda Nathan. Comme de la confiture sur la poignée de sa porte ou de la super glue ?

— Ouais, ça serait trop drôle ! lança Luca en envoyant une tape amicale sur l'épaule de Skip. C'est vrai que ta voisine devient de plus en plus insupportable. Plus moyen de venir te voir sans qu'elle ouvre sa porte pour balancer une vacherie. L'autre fois, elle m'a même appelé *Chocolat*, dit-il avec un sourire acide.

— Madame Hibou, tu parles d'un nom de famille, poursuivit Morgan en faisant de minuscules tas avec les miettes de biscuits restées sur la table.

— Mouais, à croire qu'elle est toujours derrière sa porte, c'te vieille folle ! insista Nathan. L'a vraiment l'nom qui va avec ce qu'elle est. Un vrai hibou à toujours épier c'que font les gens !

— Je sais, je sais tout ça, concéda Skippy, mais... Elle est complètement folle. Ma mère l'a même vue pousser les crottes de son chien pour les placer devant la porte d'entrée de l'immeuble, vous vous rendez compte ?!

— C'est dingue. Moi j'dis elle n'est pas folle, elle est juste méchante ! conclut Nathan.

Skip posa les deux index sous ses yeux, tira vers le bas en prenant un regard bovin et fit la lippe pour donner à son visage une expression triste et sévère. Il releva légèrement le menton et pencha la tête de gauche à droite avec de petits mouvements saccadés. Puis, regardant tour à tour ses amis, de la même façon que le faisait toujours madame Hibou avant de les invectiver, il ouvrit la bouche en prenant soin d'avancer ses lèvres sur ses dents pour les recouvrir et donner l'impression qu'il n'en avait plus.

À cette seconde précise, ses trois copains cessèrent de parler tant le visage de leur ami s'était transformé. Une fois de plus, il avait trouvé « le truc » qui faisait qu'immédiatement on reconnaissait la personne qu'il cherchait à parodier même si la personne en question vous vous rendez compte ?!

— C'est dingue. Moi j'dis elle n'est pas folle, elle est juste méchante ! conclut Nathan.

Skip posa les deux index sous ses yeux, tira vers le bas en prenant un regard bovin et fit la lippe pour donner à son visage une expression triste et sévère. Il releva légèrement le menton et pencha la tête de gauche à droite avec de petits mouvements saccadés. Puis, regardant tour à tour ses amis, de la même façon que le faisait toujours madame Hibou avant de les invectiver, il ouvrit la bouche en prenant soin d'avancer ses lèvres sur ses dents pour les recouvrir et donner l'impression qu'il n'en avait plus.

À cette seconde précise, ses trois copains cessèrent de parler tant le visage de leur ami s'était transformé. Une fois de plus, il avait trouvé « le truc » qui faisait qu'immédiatement on reconnaissait la personne qu'il cherchait à parodier même si la personne en question avait au moins soixante ans de plus que lui. Le silence plana quelques secondes parce que chacun attendait que jaillissent les mots de madame Hibou dans la bouche de Skippy.

Soudain, une petite voix fluette, nasillarde et crispante retentit :

— Vous faites quoi, les jeunes ? Ne restez donc pas là, dans le couloir, z'avez pas assez de place pour jouer dehors ? Allez, ouste, ouste, ouste !

Dans la petite cuisine, les rires inondèrent la pièce et Skip, réalisant qu'il tenait vraiment le personnage, ne put se retenir de pouffer à son tour.

— P'tain, r'fais ça, r'fais ça, c'est dingue ! s'écria Nathan aussitôt approuvé par Morgan et Luca.

Skip tira de nouveau sous ses paupières et pinça ses lèvres pour singer une nouvelle fois madame Hibou mais, au souvenir de l'imitation

qu'ils venaient d'entendre, les éclats de rire retentirent avant même que la voix ne jaillisse...
Chaque fois que Tom les fixait avec ses yeux
tristes et qu'il tirait sur ses paupières, le fou rire
devenait plus intense, à tel point qu'il suffisait
que l'un d'eux regarde l'autre pour déclencher
une nouvelle crise d'hilarité, bouillante, jouis-
sive et incontrôlable comme le sont souvent les
fous rires et, plus encore, ceux qui fleurissent
dans l'insouciante adolescence.

Finalement, à bout de souffle, ils durent
se rendre sur le balcon pour respirer un peu
d'air frais sans avoir eu l'occasion d'entendre à
nouveau la voix de crécelle de madame Hibou.

Le secret de Fabrine

Fabrine coupa le moteur et inspira à pleins poumons.

Deux fois par semaine, elle passait à l'institut spécialisé pour voir si tout allait bien... Peut-être, aussi, pour se donner bonne conscience même si, ces derniers temps, ces visites lui semblaient un peu vaines.

Les fois précédentes, sa maman s'était contentée de regarder par la fenêtre en la confondant tantôt avec sa gouvernante, tantôt avec sa nièce quand ce n'était pas avec sa propre mère pourtant décédée depuis de nombreuses années.

La maladie avait cette particularité de brûler les souvenirs les plus récents et, tel le phénix, elle faisait renaître de ses cendres les plus anciens comme s'ils dataient de quelques jours, de quelques mois. Ainsi, il arrivait souvent à sa mère de se croire encore une petite fille et d'évoquer des évènements datant de plus de cinquante ans comme s'ils s'étaient déroulés la veille. Les bons jours, elle avait quelques moments de lucidité et, durant cette trêve, Fabrine voyait les yeux de sa mère s'emplir d'étoiles parce qu'elle la reconnaissait. Ces instants de grâce effaçaient alors les semaines de frustration et de lassitude.

Lorsque, six mois plus tôt, les pertes de mémoire étaient devenues vraiment problématiques pour ne pas dire dangereuses, le père de Fabrine avait pris la décision de faire interner sa femme dans un institut spécialisé et, bien sûr, il s'agissait de l'un des plus onéreux et respectables établissements de la Côte d'Azur. Le vieil

Eliot et ses costars de luxe, ses sociétés cotées en bourse, ses montres en or, ses voitures hors de prix et ses manières hautaines. Le vieil Eliot et ses leçons de morale qu'il était incapable de s'appliquer, le roi du « Fais ce que je dis, pas ce que je fais », le souverain du CAC quarante.

Elle détestait tout, chez lui... Cette façon de gonfler le torse et de se tenir droit, cette prestance qui, aux dires de tous, lui donnait un charisme exceptionnel, cette voix douce, feutrée, presque fragile qui devenait soudainement tranchante et despotique lorsqu'il haussait un peu le ton. Ce contraste lui procurait alors une autorité naturelle comme l'alpha d'une meute qui montre brusquement les dents après avoir léché. Fabrine haïssait même le parfum de son père, parce que la mémoire olfactive était de loin la plus tenace et que, si le visage ou le timbre d'une voix s'effaçaient avec le temps, les odeurs, elles, subsistaient comme la cicatrice d'un souvenir. Lorsqu'il lui arrivait de croiser quelqu'un qui portait les mêmes effluves que son père, un nœud lui comprimait la poitrine et une main de dégoût lui soulevait le cœur.

Elle caressa machinalement le cuir de son volant, plongée dans ses souvenirs...

Dans les premiers temps, elle avait essayé de faire taire cette rancune, surtout après la naissance de son fils qu'elle ne voulait pas priver d'un grand-père ; mais Tom ne devait pas avoir plus de trois ans lorsqu'une nouvelle dispute avait éclaté, une tempête plus forte, plus violente que les précédentes, parce que la rancœur se nourrit dans le calme du diplomatique renoncement pour transformer l'amertume en haine. Aujourd'hui, même la douce chaleur des souvenirs d'enfance ne parvenait plus à réchauffer son cœur. Lorsqu'elle pensait à son père, il ne subsistait qu'un paysage hiémal où les sentiments semblaient figés à jamais dans le froid le plus absolu de sa colère.

D'une certaine façon, elle en voulait également un peu à sa mère. Dévouement, clémence ou simple lâcheté ? Fabrine n'avait jamais su si sa chère maman était restée par amour ou par abnégation. Était-ce la peur de la nouveauté ou la crainte de devoir renoncer à tout ce luxe qui l'avait rendue si docile ? Elle se disait souvent que, dans bon nombre de couples, le cri de la liberté était finalement moins puissant que le chuchotement des habitudes et, en cela, elle admirait son amie Victoire pour sa soif d'indépendance. Peut- être que, dans le fond, cette rancœur était simplement due au fait que sa mère lui renvoyait l'écho de son propre échec, de son incapacité à pardonner son père et à accepter.

Dans le fond, les choses étaient presque plus simples, aujourd'hui. Désormais, elle n'avait plus à subir les regards implorants de sa mère lorsque celle-ci lui demandait d'accorder son pardon. Si, durant des années, elles avaient entretenu des relations distantes parce que certains secrets ont le pouvoir de tout salir, même l'amour, il lui était plus facile à présent d'aimer cette inconnue qui ressemblait à sa maman que d'avoir aimé cette mère devenue une inconnue. Ce paradoxe la surprenait et elle réalisait qu'elle était passée à côté de bien des choses par entêtement, sans doute. Il lui fallait se rendre à l'évidence : l'amour n'avait jamais disparu... Il sommeillait, tout simplement, et la déchirure qu'elle ressentait à la voir s'éloigner un peu plus chaque jour en était la preuve.

Fabrine attrapa son sac à main et regarda sur le siège passager la boîte de pâtisseries dont sa mère raffolait : des éclairs au café. Elle la saisit en esquissant un sourire acide et soupira :

— J'arrive, maman !

Comme tous les dimanche soirs, Skip attendait avec impatience que sa mère rentre de la
clinique. Il lui tardait de savoir comment allait
sa grand-mère et si aujourd'hui avait été un bon
jour, un de ceux où elle se souvenait. Dans le cas
contraire, Fabrine lui raconterait — non sans
humour —, avec qui grand- mère Éliane l'avait
confondue parce que, disait-elle, il valait mieux
en rire qu'en pleurer. Elle n'avait jamais été le
genre de femme à se plaindre ou à ressasser le
négatif à longueur de journée. C'était une bat-
tante qui avançait quoi qu'il arrive. Skip admirait
cette force chez elle même s'il n'était pas dupe.
Derrière les sourires de façade, il voyait bien

que cette situation l'attristait souvent.

Un jour, il avait surpris une conversation durant laquelle elle expliquait à Victoire que l'Alzheimer ressemblait à une double peine ; un deuil qu'il fallait se préparer à vivre par deux fois. La maladie, disait- elle, vous retire d'abord tout ce qui fait d'une personne qu'elle est unique à vos yeux. En lui volant sa mémoire, elle brise cette douce complicité qui vous unit, parce que l'amour repose toujours sur une passerelle invisible, une passerelle édifiée par les souvenirs. Elle dépouille alors le cœur du malade de tous ces instants magiques pour ne laisser aux yeux des proches qu'une enveloppe vide, une photographie vivante de cette personne qui, jadis, vous a étreint, embrassé et aimé. Soudain, celui ou celle qui vous est cher vous regarde avec indifférence et ce détachement est une véritable torture. C'est le moment que choisit la voleuse d'âmes pour terminer son abject travail. Après avoir grignoté l'esprit avec perversité, elle vend le corps comme un vulgaire morceau de viande à son amie la faucheuse.

Dans les premiers temps, Skip accompagnait régulièrement sa mère à la clinique spécialisée où il adorait retrouver sa grand-mère qui l'appelait encore « Mon tout petit ». Il lui racontait ce qu'il avait fait durant la semaine et elle l'écoutait comme elle l'aurait fait avec un adulte. D'aussi loin qu'il s'en souvienne, mamie Éliane avait toujours été la plus douce des conseillères, celle qui ne juge pas et trouve les mots qui réconfortent avec cette bienveillance brodée de sagesse.

À présent, Fabrine téléphonait toujours à la clinique avant de décider s'il pouvait l'accompagner et tout dépendait de ce que répondaient les infirmières. Même si cet état de fait l'agaçait parfois, Skip avait dû s'y résoudre. Sa mère disait avec un pâle sourire : « Ce n'est pas bon, à ton âge, de voir d'aussi près les ravages de la maladie. Tu viendras la prochaine fois si c'est un bon jour pour mamie. »

Lorsqu'elle allait encore bien, c'est sa grand-mère qui venait leur rendre visite, parce que Fabrine ne voulait pas qu'il ait la moindre chance de croiser son grand-père. Skippy n'avait jamais su pourquoi et, malgré l'immense complicité qu'il partageait avec sa mère, cette question était toujours restée tabou.

Un jour qu'il avait insisté un peu plus que les autres, la voix de Fabrine s'était étranglée, comme fragilisée par le poids de l'émotion. Elle avait alors murmuré dans une plainte déchirante : « Je t'en prie, mon ange... Un jour, quand tu seras plus grand, tu veux bien ? » Puis, ses yeux s'étaient remplis de larmes, des larmes pleines d'amertume, sans colère ni cri, juste des perles de peine qu'elle avait essayé d'emprisonner derrière les parois étanches d'un sourire triste.

Alors, Skip s'était juré de ne plus chercher à savoir.

Il éteignit la télévision et chassa ces souvenirs tristes qu'il noya dans un verre de lait.

Avec un petit sourire en coin, il repensa à l'émission qu'il venait de regarder quelques
minutes auparavant. Une femme avait parlé du
pouvoir de l'esprit sur tous les éléments qui
nous entourent et de cette force que nous avions
tous en nous sans en avoir conscience. Il se précipita dans sa chambre comme s'il avait le feu
aux trousses. Maintenant que la table était mise,
il fallait qu'il note vite ce qu'il avait sur le cœur
avant que les mots ne s'échappent... Peut-être
aussi allait-il essayer de faire ce qu'avait expliqué l'invitée sur le plateau de télévision. La

femme avait parlé de pouvoirs magiques...
L'idée le fit sourire.

2

Le journal intime

**Journal de bord très intime de Tom Visconti :
Commandant en chef de chaque page, Commandant suprême de chaque ligne.**

Tom se jeta sur son lit en soupirant d'aise. Spontanément, il plongea la main entre le sommier et le matelas et attrapa le petit journal intime dont il connaissait l'emplacement par cœur. Il avait acheté ce carnet sur les conseils de Morgan qui lui racontait souvent à quel point il était divertissant de noter ses souvenirs, ses états d'âme et qu'il devait quelques années plus tard un peu comme on redécouvre une vieille photographie, mais en mieux : « Tu verras, c'est super génial que de noter ce qu'on a sur le cœur et puis, les mots sont magiques ! Ils peuvent exprimer une émotion avec bien plus de force et de précision que tous les films et toutes les photos du monde. En plus, nos parents n'ont pas l'argent pour acheter une caméra ; alors, moi, je fais le « fabricage » d'un caméscope maison ! », avait-il ajouté en montrant sa tempe avec le bout de son index.

Skip n'avait jamais compris l'engouement de son meilleur ami pour les mots, l'écriture ou la lecture. Alors, au début, il s'était essayé à ce petit jeu comme ça, juste pour voir ce que pouvait bien ressentir son « frangin » et partager avec lui un secret de plus. Puis, très vite, le plaisir avait pris le dessus sur son scepticisme. Son journal intime ne quittait jamais son lit à l'exception des fois où il dormait chez sa marraine. Skippy trouvait amusant de noter le jour

même les précieux conseils que pouvait lui donner Victoire et puis, chez Vic, c'était également
un peu chez lui.

— Voyons voir ça ! dit-il pour lui-même à
voix haute comme il le faisait souvent lorsqu'il
était seul dans sa chambre avec, pour seule compagnie, son précieux carnet.

Machinalement, il remonta le temps au hasard des pages et s'arrêta sur quelques phrases.
Morgan avait raison, il était toujours plaisant de
relire le passé, parce que la magie de l'écriture
conservait aux souvenirs un petit côté impéris-
sable.

14 novembre 1985 : trop fort !

Aujourd'hui, Morgan n'a rien trouvé de mieux que de se casser la gueule...

Il parcourut à nouveau quelques feuilles et s'arrêta sur le **26 juillet 1985** en souriant :

Sacré Nath !

Aujourd'hui, la caissière du supermarché nous a donné des bons pour gagner des places de ciné. C'est un bon tous les cinq francs d'achat, nous en avons donc reçu quatre.

Les règles du jeu sont simples : il faut gratter et avoir trois étoiles pour gagner une place.

Nath a gratté deux tickets... « Perdu », « perdu » !

Spontanément, il demande à la caissière :

— Au bout d'combien de « perdus » on a gagné quequ' chose ?

On l'a tous regardé, abasourdis par les conneries qu'il peut sortir naturellement parfois sans même s'en rendre compte. Quand il a réalisé ce qu'il venait de dire, il a voulu se justifier, mais plus il essayait d'expliquer, plus il s'enlisait... Alors, il a éclaté de rire à son tour.

2 septembre 1985 : pauvre Nath.

Il est arrivé avec le visage grave. Son père l'avait frappé et il portait un gros bleu au niveau de la clavicule. Il a joué les durs en disant que ce n'était pas grave, que son vieux avait juste un peu bu. On lui a dit qu'on ne le lâchait pas, qu'on était avec lui, que c'était notre pote et là, soudain, il a craqué. Putain, on ne l'avait jamais vu pleurer... Surtout lui !

C'est étrange, les larmes, c'est un peu comme quelqu'un qui bâille et qui vous donne envie de bâiller, c'est contagieux ou communicatif, je ne sais pas quel est le bon mot. Bref, alors, on a tous pleuré et, comme on se trouvait un peu cons, on s'est tous mis à rire parce que maman dit toujours qu'à nos âges : « On doit avoir plus de rire à donner que de larmes à vendre. »

Jusqu'à aujourd'hui, je n'avais jamais trop compris ce qu'elle voulait dire par là.

17 septembre 1985

Maman pense souvent à mamie. Je le vois bien. Je lui ai demandé si on pouvait avoir un chien, ce n'est pas la première fois que je demande, mais c'est toujours la même réponse... Non !

Merde, j'aimerais tellement avoir un chien !

Tom leva machinalement les yeux sur les murs de sa chambre. À gauche et à droite de son lit, des posters d'acteurs ou de films récents comme « Terminator » recouvraient un papier peint bleu clair. En face de lui, la totalité du mur était garnie de photos de chiens glanées dans des magazines. Des chiens et des dauphins, ses deux animaux préférés.

Il fit une petite moue et replongea le nez dans son journal intime en faisant défiler les pages vers un présent plus proche...

21 mars 1986 : Nina.

Aujourd'hui, une nouvelle est arrivée en classe. Comme Morgan était absent, le prof l'a installée à côté de moi... Elle s'appelle Nina. Merde, j'avais du mal à travailler... Pas facile d'écrire sans respirer !

Je pense qu'on aime les prénoms en fonction des souvenirs qu'on garde de certaines personnes parce qu'on les associe à ces bons moments, en quelque sorte. J'adore ce prénom... Nina. Pourtant, je ne l'avais jamais entendu avant.

Ce soir, en rentrant, j'ai porté les devoirs à Morgan et sa mère ne m'a pas laissé entrer, parce qu'il a la gastro et qu'il a vomi partout. Dommage, je voulais lui parler de la nouvelle... Elle est trop belle, Nina !

Alors que sa mère m'expliquait qu'il n'était vraiment pas bien, je n'ai plus vraiment écouté ce qu'elle racontait, parce que j'ai pensé : « Si Morg' est toujours malade, Nina sera encore assise à côté de moi. »

Sérieux, Morgan, pardon, vraiment pardon, mais... J'espère que tu vas vomir encore longtemps !

Mercredi 14 Mai 1986

Nina me parle souvent. Elle fait du théâtre et trouve que j'ai « quelque chose ». C'est ce qu'elle a dit, mais je ne sais pas trop ce qu'elle entend par-là. Morgan dit que c'est parce que j'ai la cote avec elle... J'espère qu'il a raison.

Jeudi 15 mai 1986

On a un nouveau voisin juste en-dessous de chez nous. C'est le mec le plus calme du monde, à croire qu'il

ne marche pas, mais qu'il plane au-dessus du carrelage.
Aujourd'hui, on l'a croisé dans l'ascenseur et maman
avait l'air bizarre comme moi avec Nina... Mais en
pire !

Lundi 2 juin 1986

De ma fenêtre, à la nuit tombée, j'ai vu le voisin
partir. C'est la deuxième fois ! Il était tout habillé en
noir avec un sac à dos. J'n'ai pas réussi à rester éveillé
jusqu'à son retour... Je pense que c'est peut-être un mec
super entrainé ou un espion !

Mardi 3 juin 1986

Nina, Nina, Nina, Nina, Nina, Nina, Nina,
Nina, Nina, Nina, Nina, Nina, Nina, Nina, Nina,
Nina, Nina, Nina, Nina, Nina, Nina, Nina, Nina,
Nina, Nina, Nina, Nina, Nina, Nina, Nina, Nina,
Nina, Nina, Nina, Nina, Nina, Nina, Nina, Nina,

Nina, Nina, Nina, Nina, Nina...

Mercredi 4 juin 1986

Dimanche, on va tous à la piscine et il y aura Nina. Morgan pense qu'elle m'aime beaucoup. J'espère qu'il a raison, même si maman avait dit juste : « C'est nul d'ajouter « Beaucoup » à « Je t'aime ». » Moi, je voudrais qu'elle m'aime... Tout court !

Tom attrapa son stylo sur sa table de nuit
et s'étira avant de noter :

Dimanche 8 juin 1986

*Aujourd'hui, j'ai imité madame Hibou pour la
première fois. Apparemment, je devais bien « cramper »
le personnage parce que, du coup, Nath et Luca ont eu
mal au ventre tellement on a ri.*

*Trop bien, la piscine. On a beaucoup joué dans
l'eau et il faisait hyper chaud. Quand Nina s'est collée
contre moi pour essayer de me couler, j'ai senti sa peau
toute chaude qui glissait contre la mienne, on aurait dit
de la soie. C'est bizarre, l'eau, ça rend les corps tout*

doux et tout lisses. Je n'avais jamais remarqué ça quand c'était Morgan, Nath ou Luca qui essayaient de me noyer...

Après, il a fallu sortir de l'eau, mais moi, je ne pouvais pas à cause de Nina qui s'était trop collée à moi... C'était gênant, j'avais une petite bosse dans mon maillot. J'ai fait semblant de vouloir nager un peu.

C'est chiant, les maillots de bain !

À ce souvenir, Tom esquissa un petit sourire gêné, puis inspira profondément avant de noter la date en caractères gras :

Demain, c'est lundi. Reste un peu plus de deux semaines avant la fin de l'année scolaire... Pour la première fois, je n'ai pas envie que l'année se termine parce que, si je n'ai pas le courage de l'embrasser, je risque de n'pas revoir Nina avant septembre...

Tout à l'heure, quand les copains sont partis, j'ai vu une émission, à la télé. Ça m'a donné une idée de folie qui assure trop !

Tom porta machinalement le stylo à sa
bouche en repensant de nouveau à l'émission
qu'il venait de regarder.

Selon la spécialiste invitée sur le plateau
de télévision, le pouvoir de la pensée allait bien
plus loin que nous ne l'imaginions et il était tout
à fait possible d'influencer l'univers pour obtenir ce qu'on souhaite pour peu qu'on sache
comment le demander.

Si la concentration était suffisamment
poussée, la personne entrait dans une sorte de
transe comparable à celle qui survenait lors des
voyages astraux et son âme vibrait au bon diapason
pour entrer en contact avec son ange gardien car

oui, selon elle, nous avions tous un ange gardien. Il suffisait alors de visualiser l'aboutissement du vœu souhaité pour que l'univers se charge du reste.

L'invitée avait ajouté en se donnant des airs mystérieux :

« Mais attention, peu, très peu de personnes sont capables d'atteindre ce degré de concentration, il s'agit d'un don ! Celles qui y parviennent ont alors le sentiment que la pièce dans laquelle elles se trouvent tremble légèrement, c'est ce qu'on appelle la vibration alpha. À ce moment précis, votre corps est en harmonie totale avec votre esprit. Dans notre jargon, on dit que vous êtes « alignés ». Le vœu est alors entendu par l'univers et se réalise ! »

Malgré son sourire moqueur, Skip — qui ne croyait pas vraiment à ces sottises — avait tout de même tendu l'oreille, intrigué par les explications de « l'experte ésotérique » qui semblait tellement convaincue par ce qu'elle avançait que son enthousiasme en devenait contagieux.

« *Pour faciliter la communication avec son ange gardien, il est préférable d'écrire le souhait qu'on s'apprête à faire pour bien le visualiser et, surtout, surtout... De ne le révéler à personne !* »

Puis, la jeune femme s'était allongée sur le dos en donnant les trois étapes nécessaires à la réalisation du vœu ; étapes qui, selon elle, demandaient une extrême concentration.

Skip nota en rouge, sur son journal intime, le vœu qu'il était sur le point de demander à l'univers, à son ange gardien ou à Dieu lui-même, puis s'allongea lui aussi et posa les mains sur sa poitrine. L'idée le fit sourire à nouveau, mais il s'obligea à rester concentré. Après tout, Nina valait bien qu'on se ridiculise cinq petites minutes !

Première tentative

Skippy ferma les yeux et appliqua à la lettre les précieux conseils prodigués par l'étrange femme de la télévision.

Étape une : « Clore les paupières et faire le vide total en visualisant son souhait le plus précisément possible. »

Il fut surpris de constater que, même mentalement, Nina lui donnait des frissons.

« *Les premiers temps, il est toujours difficile de visualiser avec clarté une projection mentale* », avait précisé l'intervenante en regardant le présentateur dans les yeux, bien consciente du charisme qu'elle dégageait.

Skip se concentra et se rendit vite compte qu'elle avait raison. Après quelques secondes seulement, ce n'était plus son vœu et le doux visage de Nina qu'il voyait, mais son propre corps, allongé comme un idiot avec, en écho, l'absurdité que la situation lui renvoyait. Sans le vouloir, il ouvrit légèrement les yeux pour être certain que personne ne l'observait.

— Merde ! se reprit-il à haute voix. Tu dois rester concentré, tu peux le faire !

À nouveau, il renouvela l'étape une en cherchant cette fois à ne pas se laisser distraire.

Étape deux : « Respirer le plus calmement possible et chercher à voir le noir absolu qui se trouve derrière ses paupières. Ralentir ses pulsations cardiaques sans jamais perdre de vue son souhait. »

L'image de Nina qui l'embrassait était juste délicieuse.

Étape trois : « Rester concentré jusqu'à ce qu'on perçoive un point dans la tête, un peu comme un mal de crâne latent. »

« Si vous avez cette légère douleur, surtout, ne relâchez pas votre concentration ; ne la relâchez sous aucun prétexte jusqu'à ce que vous ayez un sentiment de vertige comme si votre corps chutait dans le vide. C'est seulement à ce moment-là que vous pourrez ouvrir les yeux. Vous aurez alors l'impression que la pièce dans laquelle vous vous trouvez tremble légèrement ou se déforme imperceptiblement. Aussi étrange que cela puisse paraitre, vous n'inventez rien ! Les déformations physiques se produisent lorsque l'esprit et le corps ne font plus qu'un et que l'alignement est total. C'est à ce moment-là, lors de la vibration alpha, que vous pourrez formuler votre vœu à haute voix ! »

À cette seconde précise, Skip s'était demandé si la femme avait consommé une drogue quelconque avant d'intervenir sur le plateau télé. Il chassa cette idée et se força à demeurer immobile et calme.

À présent, son corps lui paraissait étrangement léger comme s'il n'en percevait pas toutes les extrémités. Était-ce un engourdissement dû à sa position statique ? Depuis combien de temps se trouvait-il ainsi ? Deux minutes ? Cinq ? Peut-être quinze... Ou plus ?

Peu importe, reste concentré !

Il réalisa soudain qu'il avait un léger mal de crâne, une douleur discrète, mais bien présente comme en avait parlé la femme. Il se força à ne pas y penser et visualisa de plus belle l'obscurité derrière ses paupières.

« *Fixer uniquement son attention sur son vœu. Respirer calmement et ne surtout pas relâcher sa concentration.* »

Soudain, dans le couloir il entendit la porte s'ouvrir.

— Mon petit kangourou, c'est moi !

Les longs cheveux noir corbeau de Nina se volatilisèrent, cédant la place à la chevelure rousse soutenue par les grands yeux verts en amande de sa mère.

— Tu es là, mon cœur ? C'est l'heure des bisous, des bisous et des re-bisous ! chantonna Fabrine en faisant quelques pas de danse volontairement ridicules.

Skip soupira en lâchant un large sourire.

Que pouvait la concentration la plus absolue face à l'irrémédiable folie de sa mère ?

— Mon Ski-pou-net, insista cette dernière en détachant chaque syllabe alors qu'elle s'approchaitde la chambre de son fils.

— J'suis là, ma Mounette, capitula-t-il.

Elle ouvrit la porte en louchant légèrement et passa la tête comme une gamine qui espionnerait de la façon la moins discrète du monde.

— Il faut vraiment que tu consultes un psy, se moqua Skip en souriant.

Fabrine loucha un peu plus encore et demanda d'une voix de petite fille innocente :

— Pourquoooi ?

— Tu es désespérément bonne à enfermer, tu sais ça, ma Mounette ?

— J'adore quand tu m'appelles Mounette ! répondit Fabrine en gloussant.

— Eh bien sache, Mounette, que tu viens de m'interrompre dans une expérience scientifique capitale ! dit-il en prenant son air le plus sérieux.

— Et elle consiste en quoi, cette expérience ? demanda-t-elle avant d'enlacer son fils en respirant son odeur. Comme un pansement sur tous les tracas du monde.

— Des trucs *érotériques* qui requièrent une grande concentration pour entrer dans une autre dimension et...

Fabrine éclata de rire.

— *Érotériques* ? Tu es sûr que ce n'est pas ésotériques que tu voulais dire ? Ou alors érotiques et, dans ce cas-là, je sors tout de suite, ajouta-t-elle, moqueuse.

— Oui, c'est ça, ésotérique, c'est ce que je voulais dire, répondit Skip en faisant semblant de faire la tête avant de jeter un coussin sur sa mère en riant.

— Et c'est quoi exactement, cette expérience ?

— Rien, tu ne comprendrais pas, tu n'as pas... Le don ! dit-il en toisant sa mère ironiquement.

— En tout cas, j'ai le don pour trouver les films, MOI !

— Tu l'as, tu l'as ? s'empressa de demander Skip qui espérait qu'elle parvienne à louer le film « Les Goonies » pour leur traditionnelle soirée pizza.

C'était une nouveauté qui venait juste de paraître à la location mais, au vidéoclub situé rue Labat, les sorties récentes étaient toujours très difficiles à obtenir et le gérant de « Vidéo Un » n'acceptait pas de les réserver. Le client devait avoir la chance d'être là quand le film revenait.

— Évidemment que je l'ai ! J'ai téléphoné pour le retenir dans la matinée.

— Et il a accepté ?

Fabrine se contenta de répondre par un petit sourire empreint d'espièglerie.

Elle avait bien remarqué que le gérant ne la lâchait pas du regard lorsqu'elle allait chercher une location.

— Il t'a vraiment à la bonne, plaisanta Skip, tout fier du charme ravageur de sa mère. Il doit être amoureux !

— Je ne vois pas de quoi tu parles. J'ai juste réservé un bon film, voilà tout ! répondit-elle en prenant un air exagérément hautain avant de passer avec élégance une main dans le feu de ses cheveux sans omettre de papillonner des cils comme une collégienne.

— Remarque, tu imagines tous les films gratuits qu'on pourrait avoir si...

— Mais c'est que tu me vendrais pour des vidéos ! le coupa Fabrine, faussement outrée.

— Non, seulement, je pourrais te vendre, répondit Skippy, mais en plus, pour certaines nouveautés, je pourrais même te livrer !

— Tom, espèce de...

Elle essaya de l'attraper, mais il fut plus rapide et s'échappa dans la salle à manger en s'esclaffant.

Fabrine écouta les rires de son fils résonner des murs et inonder la pièce voisine. Le bonheur dessina un sourire sur ses lèvres, un sourire qui illumina son regard émeraude d'une exceptionnelle nitescence, une lumière à rendre jaloux le plus adroit des peintres.

Les gourmandises du coeur

Tout était fin prêt. Le film patientait dans le magnétoscope et deux gros coussins moelleux attendaient sur le canapé que Skip et sa mère s'y lovent. Il ne restait plus qu'à attendre la livraison des pizzas.

Le dimanche soir, le repas se déroulait toujours dans le salon. Confortablement installés sur le sofa, c'était leur petit rituel. Ils se blottissaient l'un contre l'autre pour regarder une bonne vidéo en dégustant un repas scientifiquement et méthodiquement déséquilibré assorti d'un grignotage de bêtises en guise de dessert...

Des gourmandises habituellement proscrites le reste de la semaine. Pour tous les deux, ce moment faisait partie des petites douceurs hebdomadaires, des sucreries pour le cœur dont le principal ingrédient s'appelait l'amour. C'était une parenthèse où le temps s'arrêtait durant deux heures... Deux heures qui n'appartiendraient qu'à eux. Pour éviter de terminer trop tard, ils commençaient généralement le film vers dix-neuf heures, dix-neuf heures trente ; mais avec la fin de l'année scolaire, ce soir serait un dimanche sans règles. Skip regarda sa mère un instant. Elle faisait tourner un stylo dans sa main et semblait totalement ailleurs.

— Tu penses à mamie ? demanda-t-il pour la forme, sachant très bien qu'il était dans le vrai.

Pour toute réponse, elle se contenta d'un maigre sourire.

— Parfois, j'ai du mal à comprendre les choses des adultes, dit-il, un peu gêné.

— Les choses des adultes ?

— Oui, tu sais... Sur la mort.

Il marqua une courte hésitation et demanda abruptement :

— Elle va mourir, mamie ?

La question embarrassa un peu Fabrine parce qu'à bientôt treize ans, son fils était à l'âge où l'enfance lui permettait encore de demander ce genre de choses sans filtre, sans diplomatie, mais il entrait également dans celui de l'adolescence, un âge où il lui faudrait apprendre à faire preuve d'un peu plus de pondération.

Elle inspira profondément, partagée entre l'envie de le reprendre et celle de ne rien dire. Finalement, elle répondit, laconique :

— On meurt tous un jour, mon chéri.

— Ce n'est pas ce que je voulais dire. Ce que je trouve étrange, c'est de voir combien ça nous rend tristes... Ici.

— Comment ça, ici ?

Skip haussa les épaules.

— Tu te souviens de l'émission de télé qu'on avait regardée tous les deux, celle où ils parlaient de l'endroit où tu aimerais aller ?

— Le Guatemala ?

— Oui, c'est ça, répondit-il, enthousiaste. Tu te rappelles, le guide touristique avait fait visiter un cimetière et les tombes étaient magnifiques. Il y en avait de toutes les couleurs : des roses, des bleues, des vertes fluo... Les croix aussi étaient coloriées et même les buttes de sable avaient été teintées. À un moment, une touriste avait marché sur un cercueil et s'était aussitôt excusée. Tu te souviens ce qu'avait répondu le guide ?

Fabrine sourit en se remémorant les mots de l'accompagnatrice.

— Oui, elle avait répondu qu'au Guatemala, le rapport à la mort était très différent et...

— Et qu'il y avait régulièrement des gamins qui jouaient dans le cimetière, qui faisaient des parties de cache-cache ou même du vélo. Elle avait ajouté aussi qu'à la Toussaint, les enfants venaient y faire voler des cerfs-volants en hommage aux personnes décédées et que, chez eux, on ne vivait pas le deuil dans la tristesse, mais dans la joie.

Skip marqua une hésitation et reprit, un ton plus bas :

— C'est exactement ce que j'ai du mal à comprendre dans notre pays, maman. Puisqu'on dit qu'il y a un paradis, une vie géniale après la mort, alors, pourquoi on est triste quand ceux qu'on aime s'en vont ?

Fabrine hésita et répondit dans un murmure :

— Parce qu'on ne les verra plus et que...

— Ça, ce sont des bêtises, trancha-t-il en remuant la tête. Moi, si un ange gardien venait me dire qu'une personne que j'aime va partir en Italie ou une autre ville et que, là-bas, elle ne souffrira plus de sa maladie, qu'elle n'aura plus mal et qu'elle goûtera à une vie de rêve, si l'ange ajoutait que la seule condition à ce paradis, c'est de ne plus voir cette personne pendant très longtemps, eh bien, je signerais de suite et même...Je signerais avec le sourire.

— Ce n'est pas vraiment pareil, reprit Fabrine, peu convaincue par l'écho de sa voix.

— Si, c'est exactement pareil, maman. La vérité, c'est que dans notre pays, on est des hypocrites de la croyance. On fait semblant tant que ça nous arrange, tant que tout va bien, tant que ça ne nous concerne pas pour avoir bonne conscience alors qu'en *Amérique Australe*, ils sont persuadés qu'il existe vraiment un ailleurs, un paradis. Alors, eux, ils ne sont pas tristes.

Je trouve même que nos mots dans notre reli-
gion sonnent faux. On dit « perdre quelqu'un »,
alors que perdre, c'est pour toujours... On devrait plutôt dire « égarer », tu ne crois pas ?
Puisqu'en réalité, on est supposé retrouver la
personne qui nous quitte.

Fabrine resta muette. Elle regarda son
fils, les yeux brillants d'admiration et sentit
une boule lui comprimer la gorge à mesure que
la fierté parcourait tout son corps. La matu-
rité dont Tom faisait parfois preuve ne cesse-
rait jamais de l'impressionner. Elle ne prit pas
la peine de le reprendre sur son « Amérique
Australe » en guise d'Amérique Centrale, pas
plus qu'elle ne trouva les mots pour essayer de
contredire ses propos. Qu'aurait-elle pu ob-
jecter à cette leçon de vie donnée par un enfant de douze ans et demi ? Elle se contenta de
l'attirer à elle pour le serrer très fort dans ses
bras...

La sonnerie de la porte d'entrée annonça le livreur de pizza et mit fin au sérieux de la conversation. Skip exulta en poussant de petits cris de joie. Il passa d'un sujet pesant à une totale désinvolture avec cette rapidité déconcertante propre à son âge.

— J'y vais, dit Fabrine. J'en profite pour descendre les poubelles.

— Super ! Je sors le coca ! Trop hâte de voir le film.

— Moi aussi, mon cœur, je reviens vite, dit-elle en abandonnant à regret le canapé et les bras de son fils.

— « Tout court ! », lui cria-t-il alors qu'elle refermait la porte.

Le voisin

L'ascenseur couina légèrement avant de se mettre en route, mais à peine avait-il descendu un étage qu'il s'immobilisa sur le palier du troisième. Avant que les portes ne s'ouvrent, Fabrine sentit son cœur se serrer comme une collégienne. L'espace d'une seconde, dix idées stupides lui traversèrent l'esprit : *Et si c'était le nouveau voisin qui attendait pour monter ? Et après ? se raisonna-t-elle. Quand bien même ce serait lui oule Pape ! Oui, mais si c'est lui... Tu es conne, ou quoi ? Pourvu que ce soit lui ! Pourvu que ce ne soit pas lui ! Idiote !*

Les portes s'écartèrent doucement, mettant définitivement fin au suspense. Lorsqu'elle le vit, elle eut le sentiment que mille bulles de champagne explosaient dans son estomac.

Que tu es gourde, ma fille !

Pour se donner une contenance, elle prit un petit air hautain en parfaite contradiction avec la poubelle qui lui servait de sac à main. Se trouvant immédiatement ridicule, elle lâcha un timide bonsoir en même temps que son « précieux bagage » en plastique noir.

— Bonsoir, répondit l'homme d'une voix grave en entrant péniblement dans l'ascenseur, les bras chargés de cartons jusqu'au-dessus du menton. Il esquissa un sourire crispé, gêné par les papiers qu'il essayait de maintenir tant bien que mal sous ses aisselles mais, soudain, ses pieds se prirent dans le sac poubelle que Fabrine avait laissé au beau milieu du passage. Par réflexe, il essaya de se dégager au plus vite, mais le cuir de sa chaussure se colla au caoutchouc de l'emballage. Son corps bascula brusquement vers l'avant et il dut lâcher tout ce qu'il avait dans les mains pour s'appuyer à la paroi et ne pas tomber.

— Mon Dieu, je suis vraiment désolée ! Vous allez bien ? demanda-t-elle.

— Oui, oui, pas de problème, ne vous inquiétez pas ! Je me suis juste pris les pieds dans un sac poubelle. Mais où avais-je donc la tête ? Un sac à ordures en plein milieu de l'ascenseur, c'est pourtant bien sa place ! répondit-il d'une voix cassante.

Désarçonnée, Fabrine se sentit rougir. Elle qui, habituellement, n'avait pas la langue dans sa poche, resta muette une seconde... Une seconde qui lui parut interminable.

— Je plaisante, bien sûr ! Il n'y a vraiment pas de mal ! s'empressa d'ajouter l'homme, soudain gêné par sa propre audace. Dans ses gestes,

Fabrine devina une timidité qui n'avait rien de feinte. Il croisa son regard, détourna les yeux, la fixa à nouveau, puis contempla les feuilles de papier qui jonchaient le sol.

— Encore pardon, je vais... Je vais vous aider !

— Non, non, mademoiselle. C'est moi qui... Je suis terriblement maladroit.

— Ce n'est pas de votre faute ! J'ai laissé le sac en plein milieu. Je l'avais posé là en croyant être arrivée au local à poubelles, mentit Fabrine.

Elle se baissa rapidement pour ramasser les documents éparpillés çà et là afin que l'homme ne remarque pas son trouble.

— Laissez, ce n'est pas à vous de... J'allais jeter tout ça, de toute façon ! C'est l'avantage des déménagements, on fait un peu de vide.

Sans tenir compte de ce qu'il disait, elle s'affaira à regrouper les documents le plus rapidement possible en tapotant les feuilles sur le sol pour les aligner correctement.

— Vraiment, ne vous donnez pas la peine ! insista-t-il. Inutile d'en prendre soin, tout va finir aux ordures, de toute façon !

Réalisant qu'il avait sans doute raison, elle se trouva tout à coup stupide d'essayer d'ordonner des feuilles destinées au vide-ordures.

Quelle idiote tu fais ! Relève-toi et commence par dire bonjour... Les papiers attendront !

Elle se redressa d'un bond et sentit le haut de son crâne heurter quelque chose de dur. Le choc fut immédiatement suivi d'une douloureuse onomatopée.

— Hurm !

Comprenant ce qu'il venait de se passer, Fabrine se retourna plus mal à l'aise que jamais et constata avec horreur que son nouveau voisin se tenait le visage des deux mains.

— Oh mon Dieu, mon Dieu, je vous ai fait mal ?

— Ça va ! C'est juste le nez, ça *be* pique un peu les yeux, essaya-t-il d'articuler comme s'il avait soudainement attrapé un rhume. Je *be* suis baissé pour vous aider et vous vous êtes relevée en même temps. C'est *bas* grave.

— Oh, je suis confuse... Oh là là ! Quelle idiote je fais !

Plus elle se confondait en excuses, plus elle avait le sentiment de s'enliser. L'homme se tenait là, debout, la tête penchée en arrière, les yeux larmoyants sous l'effet du choc. Ne sachant que faire, elle s'approcha pour regarder de plus près l'étendue des dégâts.

— Laissez-moi voir, je vous en prie ! Mon Dieu, j'ai tellement honte !

— Sincèrement, c'est juste le coup, ça va déjà beaucoup mieux, répondit-il en retirant ses mains pour la rassurer et en grimaçant un sourire.

Elle s'approcha encore et fut heureuse de constater que le nez ne semblait pas cassé. Son regard plongea une seconde dans les yeux océan de son énigmatique voisin. Contre toute attente, elle se surprit à penser qu'il était terriblement grand, terriblement séduisant et qu'ils se trouvaient terriblement près l'un de l'autre. Leurs corps se touchaient presque, à présent.

— Vous voyez, *ça* va déjà mieux, articula-t-il dans un murmure.

Il la fixa, puis détourna le regard comme un enfant pris en faute.

Cette timidité la fit sourire. Elle recula doucement et à nouveau, leurs yeux se cherchèrent un instant, juste une seconde qui suffit à faire exploser une nouvelle bouteille de champagne dans son estomac quand, soudain, elle vit le sang couler.

— Oh merde, merde ! Vous saignez... Votre nez saigne !

— Oh ! Ce n'est pas grave, c'est pour ça que je gardais la tête penchée en arrière, ça *b'arrive* parfois, c'est sans doute un *betit* vaisseau qui a *bété* !

— Mon Dieu, il faut vous mettre une compresse, vous avez ça, chez vous ? demanda-t-elle en repoussant le carton qui bloquait la porte de l'ascenseur.

— Aucune idée, sans doute quelque part mais, avec le déménag...

— J'ai ce qu'il faut à la maison ! dit-elle en appuyant sur le quatrième étage sans lui donner le temps de terminer sa phrase.

Skip entendit la porte s'ouvrir brutalement.

— Tom, fonce en bas récupérer les pizzas et vide l'ascenseur encombré de poubelles ! Il y a eu un petit accident, notre voisin du troisième saigne un peu du nez !

Skippy sursauta.

Sa mère venait de l'appeler Tom, ce qui signifiait... Urgence, grosse colère, guerre mondiale ou apocalypse ! Avait-elle également parlé du « tueur à gages » qui vivait juste en dessous ?

Il se précipita vers la porte d'entrée et la vit traverser le couloir accompagnée de « l'assassin » dont le t-shirt blanc était taché de sang.

Elle bifurqua sur sa droite, entrainant l'inconnu vers la pièce d'eau située juste avant sa chambre à coucher.

— Ben merde ! Qu'est-ce qui s'est passé ? demanda Skip, curieux.

— Tom, pas de gros mots ! Fonce... Pizzas... Poubelles ! trancha-t-elle par mots-phrases en fouillant avec frénésie dans l'armoire à pharmacie située au-dessus du lavabo.

En se dirigeant vers sa chambre, Fabrine repensa à la conversation téléphonique qu'elle venait d'avoir avec Victoire. Celle-ci s'était empressée de lui poser de nombreuses questions sur sa rencontre pour le moins inattendue et gênante avec son voisin.

Pourquoi après lui avoir cogné le nez l'avait-elle laissé partir sans l'inviter à manger ? À quoi ressemblait-il de plus près ? Avait-il toujours autant de charme ? Quel était le timbre de sa voix ? Ses yeux étaient-ils vraiment les mêmes que ceux de Terence Hill ?

Comme toujours dans ces moments-là, Vic s'était emportée et son accent provençal avait chanté mille cigales avant qu'elle ne l'assaille à nouveau de toutes sortes de questions, des plus basiques aux plus gênantes...

Fabrine sourit et posa machinalement les yeux sur la chambre de son fils.

Elle adorait le regarder dormir de ce sommeil lourd propre aux enfants ou aux adolescents. Un repos qui, bien souvent, désertait le sommeil des adultes, parce que ces derniers, de jour comme de nuit, ne savaient plus rêver.

Même si Tom avançait en âge, l'adolescence tant redoutée par les parents semblait ne pas le concerner, en tout cas, pas encore. Fabrine était fière de cette complicité qu'elle avait su tisser avec son petit homme. Lorsqu'elle le déposait devant le collège, elle observait les autres élèves qui quittaient le véhicule familial sans un regard pour leurs parents comme si leurs géniteurs étaient devenus quelque peu... gênants. Skip, lui, ne descendait jamais de voiture sans l'embrasser au point que c'était elle qui lui demandait parfois : « Tu n'as pas peur que les autres te... »

« Mais je les emmerde ! », répondait-il sans lui laisser le temps de terminer sa phrase. Il lui volait alors une bise de plus... Pour la taquiner ; et c'est elle qui, à ce moment précis, se sentait un peu... embarrassée. Non pas qu'elle avait honte de ces marques d'affection qui lui serraient le cœur, mais elle craignait que son fils ne subisse les communes moqueries propres aux cours de récréation. Pourtant, contre toute attente, elle s'était vite rendue compte que l'assurance et le détachement dont Skippy faisait preuve lui valaient un certain respect de la part de ses camarades sans doute parce qu'il était difficile de railler quelqu'un qui se moquait royalement du « Qu'en-dira-t-on ». Chaque pointe, chaque lance, chaque flèche avait besoin de la tendresse d'une âme influençable pour pénétrer et blesser la chair, mais que pouvaient les piques les plus acérées face à ce mur d'indifférence qu'opposait Skip ?

Fabrine s'approcha doucement du lit pour s'y asseoir le plus délicatement possible... Elle l'observa un instant et mille notes de soleil, mille rayons de musique envahirent son cœur. D'une main de velours, elle effleura le visage de son garçon afin de caresser ses rêves sans risquer de les briser, puis elle murmura un inaudible « Je t'aime » qu'elle s'empressa de corriger par un « Tout court » qui explosa dans sa poitrine aussi fort qu'un coup de tonnerre. Avant de sortir de la pièce, elle observa le désordre qui y régnait... Dans ce domaine-là, il n'y avait aucun doute possible. C'était bien la chambre d'un adolescent.

Elle sourit et referma doucement la porte.

Ce matin-là, Tom se dépêcha de prendre sa douche et de s'habiller. Dans cinq minutes, sa mère partirait pour le travail et, s'il faisait vite, il aurait largement le temps d'essayer à nouveau le « truc » du vœu.

La veille au soir, il n'avait pas osé recommencer. D'abord parce qu'avec l'incident du voisin, le film s'était terminé un peu plus tard que prévu ; ensuite et surtout parce qu'il ne voulait pas risquer d'être interrompu à nouveau. Une fois dans son lit, il avait eu le plus grand mal à ouvrir les portes du sommeil. Lorsqu'il les effleurait, le doux visage de Nina le tirait en arrière comme pour l'empêcher de s'évaporer dans les méandres de ses songes parce que, peut-être, elle ne s'y trouverait pas... Les rêves étaient capricieux et on ne décidait jamais qui seraient les invités.

À plusieurs reprises, il s'était persuadé que cette histoire de vœux n'était qu'une stupidité et que le plateau télé avait convié une voyante un peu farfelue simplement pour distraire les téléspectateurs durant trente minutes. Pourtant, quelque chose en lui hurlait le contraire, mais peut-être était-ce le même « quelque chose » qui, des années plus tôt, l'avait convaincu qu'il venait d'une autre planète et possédait les mêmes pouvoirs qu'un certain... Superman ?

Ce souvenir le fit sourire.

— Mon cœur, je ne vais pas tarder. Tu as tout ce qu'il te faut ? demanda sa mère en le sortant de ses rêveries.

— J'ai tout, n't'inquiète pas ! Alors, tu as bien discuté, hier soir, avec marraine ?

demanda-t-il avec un petit air coquin, laissant sous-entendre qu'elle avait discuté du voisin.

— Oui, oui... Sans plus ! répondit sa mère de façon évasive.

Skip passa une main dans ses cheveux, attrapa une mèche rouge imaginaire et l'enroula autour de son doigt en penchant légèrement la tête comme le faisait souvent Victoire. La simple gestuelle annonçant l'imitation à venir fit sourire Fabrine. Soudain, la voix légèrement enrayée de Victoire inonda la pièce comme si cette dernière s'y trouvait. Un accent de Provence qui caressa les murs pour y déposer mille cigales :

— Alors, alors, ma chérie ! Tu racontes à « S.O.S. Vic » pour que je t'explique quoi faire et surtout comment ?

Fab s'esclaffa et manqua de s'étrangler en avalant son café de travers :

— Tu veux bien éviter tes pitreries de bon matin, Skip ! Je voudrais pas me tacher avant d'arriver au travail.

Il leva les mains devant son visage en signe de capitulation, puis demanda à sa mère d'un air taquin :

— Tu vas le revoir ?

— Qui ça ? répondit-elle en feignant de ne pas comprendre.

— Tu sais très bien qui ! Et si je devais monter une troupe de théâtre, tu ne jouerais pas dedans, se moqua-t-il. Trop mauvaise !

— Et si je devais monter « Le club des jeunes effrontés », c'est certain, tu en serais ! répondit-elle du tac au tac.

Les yeux pleins de malice, il lui lança un regard en coin et chantonna en séparant chaque syllabe :

— Mais tu ai-me-rais bien le re-voir !

Pour toute réponse, Fabrine attrapa son sac à main et claqua une bise furtive sur la joue de son fils avant de se précipiter vers la porte d'entrée comme si elle avait le feu aux trousses.

— Je suis pressée, je file !

— Tu n'as pas répondu ! insista-t-il en riant.

— Le film était super, hier soir, conclu Fabrine avant de refermer la porte derrière elle comme si l'appartement brûlait.

Tom sourit à nouveau, puis se leva d'un bond. Il rinça son bol plus qu'il ne le lava, l'essuya tout aussi vite et se précipita dans sa chambre.

Journal de bord très intime de Tom Visconti :
Commandant en chef de chaque page,
Commandant suprême de chaque ligne.

Son journal intime dans les mains, Tom
nota en noir :

Deuxième tentative :
*Il me semble qu'hier, j'ai failli y arriver, mais
maman m'a dérangé.*
*Je vais le refaire. Je ne sais pas si j'ai
halluciné hier soir, mais qui ne tente rien
n'a...*
Si seulement je pouvais !

Il changea de couleur et nota soigneusement en rouge le vœu qu'il s'apprêtait à faire.

Après avoir répété les deux premières étapes, il inspira calmement et se força à visualiser la pièce noire qui se trouvait derrière ses paupières. À nouveau, il sentait poindre un léger mal de tête et, à nouveau, l'extrémité de ses doigts s'engourdit, à nouveau, il espéra.

Et si j'y arrivais, si j'en étais capable ?

Reste concentré, se motiva-t-il.

Brusquement, il eut l'impression de tomber dans le vide et d'être aspiré, oui... Littéralement aspiré ! La sensation lui rappela celle qu'il avait parfois ressentie lorsque dans ses tendres années, il lui arrivait de s'évanouir lors d'un trop gros chagrin. Il ne parvenait alors plus à reprendre son souffle et un étrange goût métallique envahissait sa bouche juste avant qu'il ne perde connaissance.

La panique le gagna et il ouvrit les yeux pour faire cesser cette étrange sensation, mais ce qu'il vit alors le sidéra totalement.

C'était une chose que de tenter une vaine expérience en étant persuadé qu'elle échouerait, c'en était une autre de la voir aboutir. Skip avait le sentiment d'être le rêveur désabusé qui, après avoir coché les mêmes numéros durant des années, contemple, médusé, son ticket de loto gagnant. Autour de lui, les meubles de sa chambre tremblaient imperceptiblement. Les objets tressautaient également, mais de façon beaucoup plus marquée. Un mélange de peur et d'euphorie le gagna au point qu'il manqua de se relever, de quitter sa chambre en courant et, même, d'oublier de faire son vœu.

Le souvenir de la femme à la télévision résonna dans sa tête :

« *C'est à ce moment-là, lors de la vibration alpha, que vous pourrez formuler votre souhait.* »

Il se força à demeurer calme et, comme l'avait indiqué l'invitée à la télé, il prononça son vœu à haute voix, une voix tremblante qu'il eut du mal à reconnaître :

— Je veux que Nina m'embrasse et qu'elle tombe amoureuse !

Tout s'arrêta net. Les objets se figèrent brusquement comme s'il avait imaginé tout ça. Seul un léger mal de tête lui rappela qu'il n'avait pas rêvé.

Héloïse et moi

Voilà, j'en étais là, de mon histoire, et je sentais que Héloïse, la journaliste, voulait en savoir plus, à présent...

Elle a changé de position sur le grand canapé en cuir sans parvenir à masquer une certaine impatience. J'ai regardé ses longues jambes et j'ai lâché mon plus charmant sourire si tant est qu'à l'approche de la cinquantaine, il en reste quelque chose de... charmant. Ce n'est pas que je voulais la séduire, quinze ans doivent nous séparer, mais j'adorais et j'adore toujours cette façon qu'elle a de tout regarder comme si elle découvrait le monde pour la première fois. Bon, pour être tout à fait honnête, *il y a beaucoup de choses que j'apprécie chez elle, notamment l'espièglerie qui se dessine dans ses yeux à chacun de ses sourires. Elle a ce petit air malicieux qui donne à la beauté le charme et l'élégance des grandes dames. Un mélange de Bar Refaeli et de la jeune et jolie actrice Léa François même si quelques années les séparent.*

Après avoir bu une gorgée de jus d'orange, elle m'a dit :

— *Je vous avais demandé les raisons qui vous poussaient à venir régulièrement dans la région, mais je ne m'attendais pas à ce que la réponse soit si...*

— *Si longue ?*

— *Non, pas du tout ! Si... Développée, même si je me demande toujours où vous voulez en venir ! Votre histoire est sympathique, elle me fait sourire, me...*

— *Elle risque de ne pas vous faire sourire longtemps mais, pour cela, il faut que vous me laissiez le temps de vous la raconter à ma façon avec ces instants de vie qui, vous le verrez, ont leur importance dans cette histoire. J'estime que, pour bien comprendre un sentiment, il faut en avoir goûté les émotions. Vous n'êtes pas d'accord ?*

Sans lui laisser le temps de répondre, j'ai poursuivi :

— Vous devez d'ailleurs penser que je vous dépeins là un tableau bien idyllique de notre amitié. Bien sûr, comme tous les copains, il nous arrivait de nous disputer pour des broutilles mais, franchement, quelle importance ici ? Voyez-vous, je tiens à vous livrer cette histoire avec l'insouciance de mes yeux d'enfant, vous la raconter avec la mystérieuse beauté des souvenirs, ceux qui encensent les bons moments et adoucissent les mauvais, un peu comme on oublie les galères du service militaire pour ne retenir que les instants de complicité ; et c'est ainsi que je me souviens de notre amitié. Je ne sais pas si je suis très clair, mais... Mais c'est important pour moi.

— *Je comprends. Vous voulez apporter à votre histoire les couleurs que votre cœur a gardées en mémoire ?*

— *C'est tout à fait ça ! ai-je répondu avec un sourire enthousiaste.*

— *Et il y est arrivé ? reprit Héloïse, la voix pleine de curiosité. Il a vraiment réussi à faire ce... Ce truc des vœux ?*

— *Vous n'êtes pas journaliste pour rien, ai-je rétorqué pour la taquiner.*

Puis, plus sérieusement, j'ai ajouté :

— *Vous m'avez bien dit que vous n'étiez pas pressée, Mademoiselle Benoit ? Je veux dire : avez-vous quelque chose de prévu dans les deux heures qui suivent ?*

Elle a semblé réfléchir à la question avant de lâcher avec entrain :

— *Absolument pas !*

J'ai pris une grande inspiration et j'ai demandé au barman du hall de l'hôtel de nous apporter une bouteille de champagne accompagnée de quelques fraises.

J'avais vu ça dans le film « Pretty Woman » et, après avoir testé le savoureux mélange, j'étais devenu adepte... Adepte des fraises. À vrai dire, je déteste le champagne, mais je savais qu'il ferait plaisir à Héloïse.

— Midi approche. Vous désirez peut-être manger quelque chose ? lui ai-je demandé lorsque le champagne est arrivé.

— C'est une invitation ?

Je crois qu'à ce moment-là, j'ai dû rougir comme un crétin. Je vous ai prévenu dès le début de mon histoire. Je ne suis pas très doué avec les filles...

J'ai versé le précieux liquide sans répondre, parce que j'aurais sans doute dit une sottise ; puis, je me suis installé confortablement dans l'immense canapé. Elle m'a regardé en souriant et je n'ai pu m'empêcher de me demander si ce sourire avait un autre but que de se montrer courtois... Foutue crise de la quarantaine trois quarts !

— Merci pour cette délicieuse attention et... Que me vaut cet honneur ?

À ce moment-là, je crois avoir esquissé un rictus nerveux et nostalgique, les yeux perdus dans le vague comme le sont parfois les regards tournés vers le passé.

— Je... Je n'avais jamais vraiment raconté cette histoire ; pas dans les détails, en tout cas. À vrai dire, voyez-vous, je pense que je refusais d'y penser. Et là, bref, vous avez posé la bonne question au bon moment et je présume que ça me fait du bien d'en parler.

À nouveau, elle a souri et a eu le tact de ne pas demander pourquoi. De toute façon, l'histoire lui apporterait bientôt la réponse.

— Alors, il a réussi à faire en sorte que son vœu se réalise ? a-t-elle insisté, le regard aussi pétillant que les bulles qui dansaient dans son verre.

Le serveur s'est approché pour savoir si nous désirions passer à table. Héloïse m'a regardé en souriant avant de lui faire signe que oui.

J'ai laissé passer quelques secondes, plongé dans mes souvenirs, et j'ai raconté le reste de l'histoire.

3
Une drôle
de farce

S kip n'en revenait toujours pas. Depuis deux jours, il ne pensait qu'à ça. Était-ce le hasard ou bien son vœu ? Avait-il vraiment été entendu par... Par quoi ? L'univers ? Son ange gardien ?

Lorsqu'il était arrivé au collège, ce matin-là, il s'était dirigé comme d'habitude vers le préau où son petit groupe se trouvait la plupart du temps. De loin, il avait vu Morgan plongé comme toujours dans un bouquin. Luca dégustait un croissant et Nath, avec sa légendaire bonne humeur, semblait vouloir lui en piquer un morceau en riant. Skip avait tendu le cou à la recherche de Nina sans parvenir à la voir et l'impossible s'était produit.

Il avait senti deux mains chaudes se poser délicatement sur ses paupières et le rire de Nina s'était envolé dans son dos ; puis, les doigts de la jeune fille étaient descendus sur ses épaules pour le faire brusquement pivoter. À peine avait-il croisé le regard de Nina, à peine son cœur avait-il eu le temps de descendre dans ses chaussures et de remonter dans sa gorge avec l'étrange vertige d'un manège à sensations fortes qu'elle avait posé ses lèvres sur les siennes sans la moindre hésitation avant d'ajouter une phrase sans queue ni tête, débitée à une vitesse folle :

— Tu pourras y repenser toute la journée, que moi ; mais je n'avais aucune idée de la façon de t'expliquer que plein de choses... Et toi...

Essayant de se ressaisir, elle l'avait regardé un peu gênée avant de prendre une grande inspiration comme si elle était sur le point de participer à un record d'apnée ; mais ce n'est pas dans les bras glacés de l'océan qu'elle s'apprêtait à plonger, plutôt dans l'abyssale profondeur de son courage. Alors, juste avant de partir, elle avait murmuré :

— Bref, si toi aussi tu as envie de sortir avec moi... Skip l'avait regardée s'éloigner de quelques pas sans parvenir à dire un mot. Puis, il avait crié son prénom. Leurs regards s'étaient cherchés, mélangeant mille craintes et autant de certitudes... Alors, dans le silence de l'instant, ils s'étaient compris.

Dans la cour de récréation, le monde semblait continuer à tourner normalement. Personne n'avait remarqué qu'un feu d'artifice venait d'exploser. Une déflagration silencieuse qui n'était audible que par eux.

Skip jeta son cartable dans l'entrée et se précipita sur le balcon où séchait le linge sur le Tancarville.

— Parfait ! dit-il pour lui-même.

Le mistral soufflait assez fort, maintenant. C'était le temps idéal pour mettre à exécution son plan. L'après-midi promettait d'être fort en émotions si tout se passait bien.

Il décrocha le téléphone et tourna le cadran rotatif pour composer le numéro de Morgan.

— C'est moi ! dit-il, plein d'entrain.

— Putain, Skip, je sais que c'est toi. Si tu m'appelles pour ton idée à la noix, je ne suis pas certain que...

— *Allez*, ne fais pas ta chochotte, on va se fabriquer des souvenirs pour s'allonger dessus dans nos vieux jours !

C'était une phrase qu'aimait particulièrement dire sa mère lorsqu'elle envisageait de faire quelque chose de mémorable, mais la tirade ne sembla pas vraiment convaincre Morgan.

— Et si la vieille Hibou comprend et nous balance ? Ou pire, si on se fait choper... Mes parents vont me tuer et, perso, je n'ai pas envie de faire le *mourage* tout de suite.

Skip changea le combiné de main et croqua dans une banane. Il se doutait que son meilleur ami essaierait une fois de plus de le raisonner, mais il savait également que, dans le fond, Morgan adorait qu'on le pousse un peu, beaucoup.

Le morceau de banane dans la bouche, il articula péniblement :

— *Cha* fait des mois qu'elle fait *echxprès* de laisser son chien faire. *Ches* crottes *dewant*...

Il avala sans vraiment mâcher pour parvenir à parler distinctement et poursuivit :

— Devant la porte d'entrée, je te l'ai déjà dit. Tout le monde le sait, alors, ça pourrait être n'importe qui. Je ne vois pas pourquoi elle nous soupçonnerait plus qu'un autre voisin. Et franchement, ce sera bien plus marrant que de badigeonner de la confiture, non ?

— Ouais, mais tu as dit toi-même que tu ne voulais pas risquer de te fâcher avec les vois...

— On ne se fâchera avec personne, puisque personne ne sera au courant !

— ...

N'obtenant pas de réponse, Skip ajouta avec une explosion d'enthousiasme :

— *Allez* ! Elle mérite bien une bonne petite expédition punitive, non ?!

— Ouais, c'est sûr, mais…

Skip sentait un sourire poindre derrière l'hésitation de son ami. Il pouvait presque voir son visage tant il le connaissait par cœur.

— Ne fais pas celui qui hésite, lâcha-t-il en riant. T'en as autant envie que moi, Morg !

À l'autre bout du fil, Morgan soupira.

— Putain, t'es quand même vraiment timbré, comme mec. Le plus timbré de la Terre !

— Et toi, le plus raisonnable ! À nous deux, on fait la paire. Quand on sera plus vieux, on pourra se rappeler ça comme deux frères et le raconter à nos petits-enfants !

Il engouffra son dernier morceau de fruit et demanda de façon rhétorique :

— Alors, tu rappliques ? Tout le monde est ok pour le faire.

— Vous faites chier. À quelle heure arrivent les autres ?

— Un peu plus tard, mais j'ai d'abord besoin de ton aide pour mon autre truc... Mais là, ça reste entre toi et moi.

— Un autre truc ? T'as inventé quoi, cette fois-ci ? Une lettre à Mitterrand avec du cyanure à l'intérieur ? Un braquage à main armée ?

— Non, rien d'aussi léger, plaisanta Skippy. C'est un petit service que je dois rendre à ma mère mais, surtout, tu garderas ça pour toi.

— Putain, j'n'aime pas quand tu termines par « Garde-le pour toi », râla Morgan.

— T'inquiète pas, je te dis, rien de grave ! Mais tu gardes quand même ça pour toi, insista Skippy. Sinon, tu risques de mourir dans d'atroces souffrances !

— Quand tu dis que ça doit rester entre nous, tu veux dire... Même pour ta petite Nina ? le charia Morgan.

— Ta gueule, Morg !

Cette fois, les rires de son ami résonnèrent dans le combiné alors qu'un rictus amusé
se dessinait sur les lèvres de Skip. Il savait qu'il
venait de gagner la partie.

— Alors, tu arrives ? insista-t-il.

— ...

— Allo, ici la Terre ?

— T'as gagné. Dans dix minutes !

Tom n'arrêtait pas de repenser à son vœu.

Il lui arrivait de se dire que tout ça n'était qu'un simple hasard. Après tout, Nina lui avait avoué que, depuis pas mal de temps, elle envisageait de sortir avec lui. Le vœu n'y était donc sans doute pour rien. D'un autre côté, elle ne pouvait pas expliquer ce qui lui était passé par la tête, ce jour-là.

« J'n'ai pas réfléchi, je n'ai rien prémédité. Je t'ai vu arriver et... Et je t'ai embrassé », lui avait-elle dit avec un sourire embarrassé pour expliquer son geste conquérant. Alors, les convictions de Skip concernant le hasard s'effondraient et la théorie du vœu exaucé par

Il s'étira sur le canapé, un large sourire au coin des lèvres. Il n'en revenait toujours pas d'avoir une petite amie… Pour les copains aussi, la nouvelle avait été accueillie avec ce mélange de joie et de curiosité propre à l'adolescence d'autant qu'il ne s'agissait pas de n'importe quelle fille. C'était la jolie nouvelle. Nina qui lui prenait la main lorsqu'il marchait ; Nina qui s'asseyait sur ses genoux dans la cour de récré ; Nina qui lui faisait des confidences et dont il surprenait parfois les regards, des regards comme des friandises qui faisaient s'envoler des nuées de papillons dans son ventre. Depuis peu, il se posait pas mal de questions auxquelles il n'avait jamais pensé auparavant. Les papillons qu'il sentait voltiger dans son estomac allaient-ils s'envoler un jour pour ne plus jamais revenir ? Comment était-il possible que les adultes perçoivent comme une normalité toute établie que quelqu'un prenne votre main, caresse votre joue ou s'endorme à vos côtés ?

Il avait eu un jour une longue conversation avec sa mère sur ce qu'elle appelait la routine. Elle n'avait pas vraiment réussi à lui expliquer ce qui se passait entre le moment où celle-ci n'existait pas et celui où elle s'installait dans le lit conjugal, blottie entre deux corps qui, jadis, s'étaient aimés, s'étaient désirés.

« La routine, c'est le cancer de l'amour », avait-elle ajouté pour toute conclusion ; mais Tom n'avait rien compris à ces « trucs » d'adultes. Aujourd'hui, il pensait en saisir un peu mieux le sens. La routine, c'est lorsque les papillons désertent le ventre des amoureux pour ne plus jamais revenir s'y poser. Bien sûr, il avait raconté à sa mère l'épisode de l'incroyable baiser que Nina lui avait volé. Il était déjà suffisamment difficile de ne rien dire concernant le secret du vœu sans devoir, de surcroit, étouffer toute cette joie dans le silence.

Au début, elle avait posé mille questions sur son physique, son caractère, ses notes et, même, sur des choses plus intimes. Skip avait ri en se demandant qui des deux était le plus immature.

— On dirait une adolescente, genre, tout juste niveau sixième et encore ! l'avait-il raillée.

— Raconte, raconte, *racooonnnte* ! s'était empressée de répondre Fabrine en jouant intentionnellement la gamine qui trépigne d'impatience. Puis, elle lui avait expliqué ce qu'elle appelait les rouages de l'amour et là, il s'était demandé si le concours d'entrée en médecine n'était pas plus simple.

La chose la plus importante qu'il devait retenir, c'était de rester lui-même mais, en même temps, il fallait devenir le prolongement de l'autre, se montrer prévenant sans être collant, tendre sans devenir gnian-gnian, fort sans être macho... Au bout de trois minutes d'explications indigestes, il avait éclaté de rire face au visage grave de sa mère.

L'amour ne devrait jamais être sérieux.

« Reste vrai, mon Skippy et, surtout, reste toi- même, c'est le plus important », avait-elle conclu en riant à son tour avant d'ajouter : « Et puis... Oublie tous mes conseils à la noix. De toute façon, je suis nulle en amour ! »

Il se leva d'un bond et se dirigea vers la salle de bain pour se brosser les dents. Ce soir, il essaierait de faire un nouveau vœu. Il savait déjà ce qu'il allait souhaiter et si, cette fois encore, il était exaucé, il n'aurait plus le moindre doute. Sa mère avait toujours refusé de façon catégorique qu'il y ait un chien à la maison, même de petite taille.

Les folles idées de Skip

— Tu ne vas pas faire ça ? s'inquiéta Morgan.

— Bien sûr que si ! C'est une super idée.

— Une super idée ? Mais ta mère risque de faire le *comprendage* et...

— Avant que le nouveau voisin n'emménage, c'est déjà arrivé plein de fois. La femme qui vivait là nous faisait parfois le *remontage* du linge tombé chez elle, répondit Skippy en estropiant volontairement un mot à son tour. Avec le mistral, c'est la journée idéale ! conclut-il.

171

— On ne dit pas le *remontage*, mais la *re-montation* du linge ! le reprit Morgan autant pour plaisanter que pour essayer de se détendre. Il fixa ensuite son ami quelques secondes comme si ce dernier était devenu fou.

— Ferme la bouche, tu vas gober une mouche ! le taquina Skip.

— Putain, mais ta mère n'a pas besoin que tu joues les entremetteurs !

— Je ne joue pas les entre-machins, je…

— Entremetteurs ! C'est un mot qu'on apprend quand on lit des livres, se moqua Morgan.

— Oui, si tu veux. Je ne joue pas les en-tremetteurs, je l'aide à vaincre sa timidité.

La main posée sur la table, Morgan tapo-tait nerveusement sur celle-ci du bout des doigts en se dandinant. Auriculaire, annulaire, majeur et index faisaient des allers-retours à une vitesse folle en produisant un petit clap sur la nappe semblable au sabot d'un cheval lancé au galop. Depuis tout petit, ce geste l'apaisait lorsqu'il se sentait nerveux.

— Je te préviens, je t'aide, « Alfred », dit-il en utilisant de nouveau une paronomase, façon *Morganesque*. Mais y'a pas intérêt que ta mère soit au courant que j'étais là si tu te fais choper !

— Croix de bois, croix de fer ! répondit Skip en levant solennellement la main droite pour se moquer de son ami avant de lui saisir le visage des deux mains pour l'embrasser sur le front.

— Tu fais chier ! lâcha Morgan, faussement fâché. En plus, elle est canon, ta mère, tout le monde le dit. Tu crois vraiment qu'elle a besoin de toi ?

Tout fier, Skip lui lança un petit clin d'œil. Ce n'était pas la première fois qu'un de ses amis lui faisait un compliment sur le physique de sa mère, mais il y était toujours très sensible.

— Alors, c'est bon ?

— T'es vraiment têtu, soupira Morgan en signe de capitulation.

— Allez, viens ! J'ai tout préparé sur le balcon.

— Et si le voisin est là ? s'inquiéta soudain Morgan.

— Il est parti il y a trente minutes et, de ce côté, le parking est toujours vide. Pas d'inquiétude à avoir !

— T'es au courant qu'il faut vraiment te faire soigner, mec ?

— *Mouais*, mais c'est pour ça que tu m'aimes, non ?

Morgan percevait une certaine excitation parcourir ses veines ; c'était comme une drogue à laquelle son ami l'avait rendu accro. Les symptômes étaient toujours les mêmes. Au début, il refusait catégoriquement d'aller au-devant de ce qu'il appelait « Les conneries Skippesques ». Puis, explications déjantées de Tom anéantissaient ses hésitations et l'impensable devenait envisageable puis l'envisageable, incontournable. C'est ainsi que l'euphorie qui le gagnait balayait systématiquement sa raison.

— T'es pas seulement fou, tu es carrément dangereux, ajouta-t-il en dodelinant de la tête sans parvenir à s'empêcher de sourire.

Skip ouvrit la porte-fenêtre donnant sur le minuscule balcon et, comme s'il n'attendait que ça, le mistral s'engouffra dans la cuisine.

— Parfait, je te dis, juste ce qu'il faut de vent !

Morgan regarda les vêtements qui se balançaient sur le séchoir.

— Et tu vas faire comment pour parvenir à jeter la culotte de ta mère sur le balcon du voisin ? Putain, j'crois même pas ce que je viens de dire. Tu as vraiment des idées tordues !

L'excitation qui le gagnait avait fait monter sa voix dans les aigus.

— Idée géniale, tu veux dire ! rétorqua Tom en décrochant une petite culotte en dentelle rouge avec un air malicieux. Au passage, il retira également une chaussette qu'il envoya valser par-dessus la rambarde afin de ne laisser aucun doute sur le coupable, à savoir... Le vent.

— Alors, comment tu vas faire ?

— J'ai tout prévu, regarde !

Du menton, il désigna une canne à pêche posée sur le côté de la porte.

Morgan n'en revenait toujours pas.

— Tu... Tu vas vraiment le faire ? bégaya-t-il.

Sans répondre, Skippy s'ébouriffa les cheveux, loucha légèrement et, imitant parfaitement la voix du « Doc » dans le film *Retour vers le futur*, il cria par- dessus les rafales :

— Marty, c'est le temps idéal pour notre expérience scientifique. Nous allons créer un trou dimensionnel engendrant ainsi une fusion anatomique de sentiments entre nos deux cobayes ! Cette fusion de sentiments produira tôt ou tard une juxtaposition anatomique des deux muscles faciaux en contraction, à savoir un magnifique baiser d'amour !

Morgan ne put se retenir de rire. Il se sentait glisser irrémédiablement vers la folie contagieuse de son meilleur ami. Essayant de se reprendre, il demanda comme un ultime baroud d'honneur à l'obstination de son complice :

— Et tu crois vraiment que ton voisin va rendre la petite culotte de ta mère ? Il sera sans doute très gêné et va sûrement la jeter. Et même s'il la rendait, c'est ta mère... C'est ta mère qui serait mal à l'aise et...

— Marty, mon ami, répondit Skippy en poursuivant sa grandiose imitation, qu'il la rende ou non, ce n'est pas ça, l'important ! Ce que nous ne devons pas perdre de vue, c'est le trou de fusion dimensionnel des sentiments que va provoquer cette découverte. Certes, notre cobaye ne parlera peut-être jamais de sa jolie trouvaille brodée de dentelle rouge, mais je peux t'assurer qu'elle provoquera en lui un tourbillon passionnel capable de déclencher dans son inconscient... *Les foudres de l'amouuurrr* ! cria-t-il crescendo.

La voix exagérément enrayée du Doc grimpa dans les aigus. Morgan ne put résister et se fendit d'un large sourire.

— Tiens-moi ça ! dit Skippy en déposant dans la main de son ami la culotte de sa mère. Puis, se reprenant, il la lui arracha et la déposa sur un petit meuble proche de la porte en criant :

— Rends-la-moi, gros pervers dégueulasse !

Morgan regarda sa main comme si elle venait d'être dépossédée d'un trésor.

— Ne fantasme pas ! le taquina Skippy en riant.

— N'importe quoi, se défendit l'intéressé, un peu gêné. Tu veux faire comment, alors ?

— Je vais me pencher un peu par-dessus la rambarde et faire le balancier avec la canne à pêche. Toi, tu me tiens juste les chevilles.

— Putain, mais t'es malade !

— T'inquiète ! Je ne vais pas trop me pencher. Le plus difficile, c'est de parvenir à faire passer la culotte sur le balcon du dessous, surtout avec tout ce vent.

Joignant le geste à la parole, Skippy fit coulisser ses doigts sur le fil de nylon jusqu'au petit hameçon et y accrocha le morceau de dentelle. Puis, sans laisser le temps à son ami d'argumenter, il cria en se penchant dangereusement au-dessus du garde-corps :

— *Allez*, Mc Fly, c'est le moment !

Morgan se précipita pour lui saisir les jambes au niveau des genoux.

— T'es fou ! hurla-t-il.

— Tiens-moi les mollets, je dois descendre encore un peu !

— Merde, t'es déjà bien assez bas comme ça, gros taré !

— Juste un peu plus ! hurla Tom pour couvrir le vent qui feutrait ses mots.

Se tenant d'une main ferme aux barreaux du garde-corps, il se dandina légèrement pour permettre à son buste de basculer un peu plus encore. Morgan resserra désespérément sa prise autour des genoux de son ami et se pencha dans l'autre sens pour faire contre poids. Rapidement, il jeta un coup d'œil à Tom qui, d'une main, tenait la rambarde et, de l'autre, faisait des mouvements de balancier avec la canne à pêche pour diriger la culotte là où il le souhaitait.

— Remonte, t'es trop bas, merde ! hurla-t-il en proie à la panique.

— J'y suis presque...

Morgan serra plus fort encore et les quelques secondes supplémentaires lui parurent durer une éternité ; puis, soudain, il entendit crier comme une délivrance :

— C'est bon, c'est bon, c'est fait... Je remonte !

D'un geste rapide, il attrapa le pantalon de son ami au niveau de la ceinture et tira de toutes ses forces vers l'arrière pour l'aider à revenir. Skippy banda ses muscles et poussa le plus fort possible contre la rambarde avec la main qui ne tenait pas la canne à pêche.

À peine les deux pieds au sol, il exulta :

— Youhou, mission accomplie !

Morgan le considéra un instant, partagé entre l'envie de rire et celle de lui hurler dessus, mais le soulagement qu'il éprouva à l'idée que tout se soit bien passé balaya sa colère.

— Heureusement que tu avais dit « Je ne vais pas trop me pencher ! », cria-t-il quand même pour la forme.

— C'est à cause des rafales. Il fallait que je parvienne à déposer la culotte assez loin sur le balcon et le plus près possible du mur mitoyen. Sinon, le vent risquait de l'emporter.

— Ce mec est fondu !

— Tu me l'as déjà dit. Et pas qu'une fois, plaisanta Skippy. Puis, regardant tour à tour son ami et le fil de la canne à pêche, il murmura en faisant une grimace :

— Oups, petit problème...

— Quoi ? s'inquiéta Morgan.

— On a...

Il vérifia l'extrémité du fil de nylon d'un air amusé.

— Quoi, quoi, on a quoi ? insista Morgan.

— On a perdu l'hameçon !

— Merde, ça veut dire qu'il est... Sur la culotte ?

— Probable ! répondit Skippy en haussant les épaules de façon nonchalante.

Les deux amis se dévisagèrent quelques secondes et, contre toute attente, ce fut Morgan qui, le premier, sentit poindre une incontrôlable envie de rire. Comme bien souvent à cet âge, la petite crise d'hilarité se montra vite communicative. Skippy rejoignit son ami dans ce doux délire et les éclats de rire s'envolèrent, portés par les rafales comme autant de souvenirs immarcescibles, parce que l'amitié est un tatouage qui se grave à l'encre des fous-rires quelque part entre l'adolescence et le monde des adultes...

Madame Hibou

Ils étaient tous accroupis derrière le local à poubelle des HLM Achard situé à quelques centaines de mètres du bâtiment l'Esterel. De là, la visibilité était excellente, il ne restait plus qu'à attendre.

Comme tous les mercredis après-midi, Madame Hibou passerait acheter son pain dans la petite boulangerie qui jouxtait le bord de la route en signalant à la boulangère que, la veille, celui-ci, il était beaucoup trop cuit tout comme elle lui avait craché le jour précédent, parce qu'il ne l'était pas assez. Si par le plus grand, le plus incroyable des hasards, la cuisson devait un jour lui convenir, elle trouverait sans nul doute quelque chose à redire sur la quantité de sel ou la qualité du levain. Comme tous les mercredis, elle achèterait ensuite quelques jeux dans la petite presse mitoyenne à la boulangerie. Cela lui procurerait le seul sourire de sa semaine. Un sourire éphémère qui ne durerait que le temps de quelques grattages avant que sa démangeaison perpétuelle de mauvaise humeur ne revienne.

« C'est à ce moment précis qu'il faudra agir ! », avait dit Skippy.

Dans l'appartement, quelques minutes plus tôt, il s'était fait un plaisir de soumettre son plan à ses amis, allant même jusqu'à faire un schéma des différentes étapes à suivre pour mener à bien l'expédition punitive.

La joyeuse bande avait accueilli l'idée totalement déjantée de leur ami à grand renfort de rires et de grossièretés en tout genre pour ponctuer l'enthousiasme général. Seul Morgan — comme à l'accoutumée — s'était montré plus réservé, partagé entre l'envie et la prudence.

Après avoir expliqué à Nina quelle drôle de personne était madame Hibou, Skip lui avait dit, un peu embarrassé :

— Surtout, n'hésite pas. Si tu veux, tu peux nous attendre ici. On n'en a vraiment pas pour longtemps. C'est juste à côté.

Morgan avait alors regardé Nina, en espérant qu'elle soit, peut-être, la voix de la raison dans cette équipe de fadas ; mais ses attentes s'étaient littéralement effondrées lorsque la seule fille du petit groupe avait répondu avec un enthousiasme peu commun :

— Que je reste là ? Tu plaisantes ? Ton idée est géniale. Je veux en être !

— Oh, merde ! On en a deux... Deux qui se ressemblent et qui s'assemblent ! s'était-il alors lamenté. Comme si un cinglé dans la bande ne suffisait pas, il nous fallait le couple !

Tous — même lui — avaient ri aux éclats.

Skip recula avec prudence.

— Elle arrive ! murmura-t-il.

Il sentit la main de Nina envelopper la sienne et les petits papillons multicolores s'envolèrent dans son ventre. Elle se pencha au-dessus de son épaule pour voir à quoi ressemblait cette mégère dont ils avaient tant parlé.

Au loin, une vieille femme à la chevelure blanche et désordonnée avançait d'un pas alerte pour son âge. Elle tenait dans sa main droite une canne, mais Nina se demanda à quoi bon pouvait lui servir celle-ci, car pas une fois elle ne la vit s'appuyer dessus. Au bout d'une laisse, un petit chien beige s'arrêta pour renifler le pied d'un platane, mais la mamie tira d'un coup sec pour le faire avancer. Quelques mètres plus loin, elle se baissa pour lui parler avec douceur comme si elle regrettait son geste.

— C'est bien là son seul ami, murmura Skip dans le cou de Nina.

Un peu plus loin, le petit chien s'arrêta pour se soulager... Madame Hibou le regarda faire avec fierté ; puis, comme si de rien n'était, elle poussa avec l'extrémité de sa canne les excréments au beau milieu du trottoir.

— Ben merde, elle est dingue ! s'exclama Nina.

— Je te l'avais bien dit ! Et non, elle n'est pas dingue, elle est juste méchante et vicieuse.

La vieille dame poursuivit sa route en jetant de gauche et de droite quelques rapides coups d'œil pour vérifier que personne ne l'avait vue faire.

Nina se recula d'un bond pour ne pas être repérée.

— Étape une, on la laisse commander son pain, ce n'est que lorsqu'elle entrera dans le tabac presse que je me chargerai du chien, souffla Skip en sortant de son sac à dos une petite peluche qui ressemblait étrangement au compagnon à quatre pattes de madame Hibou.

Tous les cinq se mirent à glousser.

— Chut, restez discrets, les mecs, murmura Nathan avant de se reprendre en regardant Nina.

— Pardon pour les mecs, c'est l'habitude.

— Pas grave, sourit Nina. Avec vos conneries, je me sens pousser un truc entre les jambes !

Des rires étouffés s'envolèrent.

— Cette fille est folle, conclut Morgan.

Un sourire de fierté accroché au coin des lèvres, Skippy posa la peluche au sol et extirpa de son sac à dos une boîte vide de Ricoré, un bâton dont l'extrémité était relativement plate et une petite cordelette.

— Je vous le dis, ce mec est totalement barge, pouffa Morgan en secouant les mains comme pour les sécher. Sa tête profondément enfoncée dans ses épaules lui donnait un air de petit garçon pris en faute.

— J'ai dû piocher dans mes économies pour acheter cette peluche ; alors, un peu de respect, Morg !

— C'est bien ce que je dis. Piocher dans tes économies pour ensuite ruiner la peluche... T'es fou !

— Elle sort, elle sort et elle va vers le tabac presse ! s'exclama Nina en étouffant son rire.

— C'est le moment, répondit Skip en ouvrant le couvercle de la boîte de Ricoré.

Partagée entre l'hilarité et l'écœurement, la petite troupe regarda d'un air dégoûté ce qu'il y avait à l'intérieur.

— Beurk ! Tu as raison, Morg, ton copain est vraiment fou ! s'exclama Nina.

— Je t'avais prévenue !

— J'adore ça, j'adore ça ! s'écria-t-elle, tout excitée, avant d'ajouter avec entrain :

— Donne, donne. C'est moi qui le fais !

Morgan la regarda, abasourdi, et haussa les épaules en signe de résignation.

Sans hésiter une seconde, Nina saisit la boîte de Ricoré alors que Nathan, Luca et Morgan prenaient un air écœuré...

— Mais c'est qu'elle le fait ! murmura Morgan, interdit, en écarquillant les yeux.

L'envol de Fabrine

La maison spécialisée où se trouvait sa mère venait de l'appeler. Le nouveau traitement semblait agir même si le corps médical avait pris soin d'indiquer à Fabrine que le médicament en question ne ferait sans doute pas de miracle.

— C'est un peu de temps gagné sur la maladie que nous vous accordons : juste un peu de répit, avait dit le médecin.

Après avoir annulé ses deux rendez-vous de fin de journée, Fabrine s'était empressée de fermer son cabinet un peu plus tôt que prévu, bien consciente de la chance qu'elle avait de

195

pouvoir décider aujourd'hui de ses horaires sans avoir à en référer à un supérieur hiérarchique. En s'approchant de son véhicule, elle n'avait pu retenir un sourire de fierté en contemplant le caducée qui trônait sur son pare-brise.

Les choses n'avaient pas toujours été aussi simples.

Lorsque, quelques années plus tôt, elle avait rencontré son ex-compagnon, elle s'était empressée de le suivre pour fuir le cocon familial, un cocon qui l'étouffait parce qu'elle devait en partager l'espace vital avec son père. Elle avait donc quitté le nid douillet de la somptueuse villa en se jetant dans le vide pour abandonner tout ce luxe qu'elle haïssait désormais. La chute avait été brutale parce que, pour voler de ses propres ailes, il était primordial de laisser au temps le soin de vous façonner des rémiges longues et puissantes capables de vous porter jusqu'au firmament de vos rêves ; mais les ailes de

196

Fabrine n'avaient été qu'un piètre moyen de freiner sa chute, des voilures à peine suffisantes pour l'empêcher de s'écraser au sol.

À tout juste dix-neuf ans, elle avait abandonné ses études de kinésithérapeute pour se contenter de petits boulots avant d'être embauchée dans un institut de beauté où les heures s'enchaînaient sans la moindre reconnaissance, que ce soit de la part des clients ou de ses patrons. Le pire était d'y rencontrer d'anciennes élèves venues « par hasard » faire un soin du visage ou un modelage du corps. Certaines la toisaient dédaigneusement tout en feignant d'être faussement compatissantes. Elle, la fille du grand Eliot Visconti, l'une des plus grandes fortunes françaises, elle, l'héritière du groupe « E.V. EMPERIO », elle, la rebelle déchue devenue simple employée chez Yves Rocher... Quelle revanche !

Bien sûr, durant les soins en question, les commères se faisaient un malin plaisir de raconter — comme ça, juste pour parler — avec quel bonheur elles avaient obtenu leur troisième ou quatrième année de fac et combien elles étaient heureuses aujourd'hui. Fabrine ravalait sa peine comme un sirop amer et se contentait de sourire ou, du moins, d'essayer. Rapidement, elle était tombée enceinte et, quelques mois seulement après la naissance de Tom, le courageux père avait choisi l'option célibat en expliquant qu'il était trop jeune pour jouer les papas poules.

Bien évidemment, la mère de Fabrine avait proposé son soutien, essayant de la convaincre que son aide serait discrète, que ce serait leur petit secret ; mais Fabrine savait que, tôt ou tard, son père le découvrirait et cette idée lui était insupportable. Alors, elle avait décliné l'offre. Accepter aurait été la preuve cuisante de son échec et son père aurait eu alors tout le loisir de prononcer cette formule plus tranchante qu'un Katana, plus acerbe que le plus impitoyable des sermons... La phrase qui résumait à elle seule tout le reste et qu'il aurait pris plaisir de lui murmurer avec un air condescendant : « Je te l'avais bien dit ! » C'est là, entre un trop plein de sanglots et un trop peu d'illusions, qu'elle avait pris la décision de se battre et de reprendre ses études pour obtenir son diplôme de kinésithérapeute. Il lui restait deux années à trimer pour boucler son cursus, deux années dans une vie, elle pouvait y arriver et elle le ferait... Quitte à se tuer au travail s'il le fallait.

Les six premiers mois avaient été difficiles : épuisants, même... Puis, Victoire, redevenue célibataire, s'était littéralement mise en quatre pour l'aider, que ce soit financièrement ou physiquement. Très souvent, elle prenait son filleul durant tout le week-end et il lui arrivait même de le récupérer en semaine, jouant les mamans de substitution avec tout l'amour dont elle savait faire preuve.

Une fois le précieux diplôme obtenu, les larmes avaient été aussi nombreuses que les rires pour les deux amies. Des larmes de joie et de soulagement, douces et chaudes comme un triomphe.

Fabrine démarra sa vieille voiture en souriant à ce souvenir.

Aujourd'hui, le cabinet ne désemplissait pas et le bout du tunnel était enfin visible.

— Allez, ma vieille, ne tousse pas ! dit-elle en s'adressant à sa Renault 5 comme cela lui arrivait souvent. D'ici peu, tu seras à la retraite, ma Titine mais, pour l'heure, emmène-moi faire quelques courses ; puis, on passera récupérer Skippy et on filera faire une petite balade en famille pour rejoindre mamie, ok ?

Mamie caca

Madame Hibou s'approcha avec prudence de la peluche en se penchant un peu plus à chaque pas pour vérifier qu'elle n'avait pas perdu la vue. Lorsqu'elle comprit qu'il s'agissait d'une mauvaise blague, elle se redressa en gonflant le torse afin de ne pas perdre la face et vociféra sur un ton sévère pour dissimuler au mieux la panique qui la gagnait :

— Si c'est un canular, il est de très mauvais goût, bande de cons ! Où est mon chien ?

Cachés derrière le bâtiment, les cinq amis pouffèrent silencieusement. L'agacement et les grossièretés de la vieille dame renforçaient le burlesque de la situation et chaque insulte était un peu de sucre qui rendait leur plaisanterie plus douce, plus délectable encore.

— Allez, allez, fais-le, murmura Morgan à l'attention de la vieille acariâtre.

— Elle va le faire, elle va le faire, c'est obligé, c'est un réflexe ! répondit Nina d'une voix feutrée où se mêlait impatience et excitation.

Chacun retenait son souffle en attendant que se produise ce que Skip leur avait vendu pour inévitable.

— Youki, Youki ! Viens, mon chien, appela la femme en essayant de demeurer calme. Mais cette posture ne dura pas très longtemps. La patience n'était pas son fort...

— Je vous préviens, petits cons, je vais... Vous avez intérêt de vous montrer, merdeux de merde ! Où est mon chien ? s'emporta-t-elle à nouveau, sa voix de crécelle grimpant brusquement vers les aigus.

En réponse à ses hurlements, le silence plana quelques secondes.

— Allez, maintenant, maintenant ! souffla Skippy comme une prière.

Soudain, ce qu'il espérait tant, ce qu'ils espéraient tous, se produisit. La vieille dame se pencha pour ramasser la peluche et, alors que son bras se tendait, la petite bande d'amis cessa de respirer... Un sourire triomphal s'afficha sur chaque visage et de petits piaillements d'excitation semblables à des cris d'oiseaux s'échappèrent de leurs gorges. Horrifiée, Madame Hibou contempla quelques secondes l'objet qu'elle tenait dans les mains avant de le lâcher en jurant. Machinalement, elle porta la main à son nez et prit une mine dégoûtée lorsque son odorat lui confirma ce que son bon sens lui avait déjà soufflé comme une évidence.

Les rires maîtrisés de la joyeuse bande s'envolèrent doucement comme un chant de victoire au moment même où le hurlement de madame Hibou explosa, pareil à une défaite :

— De la merde, c'est de la merde ! cria-t-elle en regardant d'un air ahuri la boulangerie.

Puis, s'emportant soudain, elle brailla comme une démente toute droite échappée d'un asile :

— De la merde, de la merde, c'est de la merde ! J'en ai plein les doigts. De la merde...

Elle gardait la main en l'air pour l'éloigner le plus possible de son corps en sautillant d'un pied sur l'autre. La petite bande d'amis ne put se retenir plus longtemps et les rires qu'ils avaient jusqu'alors essayé d'étouffer jaillirent comme une véritable explosion d'euphorie. Attirée par le bruit, madame Hibou leva les yeux dans leur direction sans parvenir à les apercevoir, le local à poubelles jouant son rôle de rempart.

— Youki, Youki, il est là, votre Youki ! cria Skippy en modifiant l'intonation de sa voix qui devint grave et caverneuse.

— Allez, on s'tire vite, elle a entendu, articula péniblement Morgan entre deux éclats de rire.

Nina se pencha pour poser une caresse sur la tête du petit chien attaché à la cordelette et lui dit :

— Désolé, mon copain, on doit te laisser avec… Mamie caca.

En entendant ce surnom pour le moins approprié, les rires redoublèrent. Les cinq amis s'enfuirent le plus vite possible en direction de leur QG : le bâtiment l'Esterel.

Le deuxième vœu

Tom n'arrêtait pas de repenser à madame Hibou et à leur expédition punitive menée avec succès. Il avait été surpris que Nina accepte son idée et plus encore que ce soit elle qui prenne l'initiative d'étaler, sur la pauvre peluche, les excréments que contenait la boîte de Ricoré. En arrivant au bâtiment l'Esterel, ils en avaient tellement ri qu'à présent, il ressentait une légère douleur abdominale. Il devait l'accepter, c'était la rançon de la gloire !

Se remémorer les grands moments de leur farce avait été presque plus fort que de la vivre, parce que chacun y allait des singeries et des su-renchères qu'il y apportait. À présent, ils avaient la possibilité d'en savourer le triomphe sans avoir à en subir le stress. Tous s'étaient jurés de garder le secret quoiqu'il arrive et Skip savait qu'il pouvait compter sur le silence de ses trois meilleurs amis. Quant à Nina, il n'avait aucun doute : elle faisait désormais partie intégrante de la bande.

Il sourit au souvenir du baiser qu'elle lui avait donné avant de partir et des mots tendres murmurés à son oreille comme une confiserie pour le cœur. Il n'y avait aucun doute, elle avait adoré ce fol après- midi.

Après leur merveilleuse expédition puni-tive, ils avaient arpenté les trottoirs de Dragui-gnan en refaisant le monde de toutes leurs illu-sions, en riant à l'angle d'une rue, en chantant au détour d'une autre avec la joie intense et indicible de ses premiers instants de liberté, ceux où la porte de l'enfance se referme lentement sans que celle du monde des adultes ne s'ouvre vraiment. La glace qu'ils avaient dégustée à la terrasse d'un café avait eu cette saveur- là et ce, quel que soit le parfum choisi. Un goût de noisette, de vanille et de fraise, un goût de soleil et d'embruns qui éclaboussait de sa folie la magie de l'instant présent.

Il ferma la porte de sa chambre à clé et attrapa son journal intime. En rouge, il y nota le vœu qu'il s'apprêtait à faire et le souligna :

Nouveau voeu :

Je veux que maman accepte d'avoir un chien à la maison.

Il regarda ce qu'il venait d'écrire, inspira profondément et s'allongea sur son lit, les mains croisées sur sa poitrine.

Allez, mon grand, comme la dernière fois ! se motiva-t-il.

Il ferma les yeux, se concentra pour visualiser le noir le plus absolu derrière ses paupières tout en contrôlant sa respiration...

4

La rencontre

Fabrine s'arrêta à la boîte à lettres pour en vérifier le contenu. Derrière elle, une clé tinta dans la serrure de la porte d'entrée et, au travers de la vitre opaque, elle reconnut la chevelure blonde de son mystérieux voisin. Son cœur s'arrêta de battre.

Lorsqu'il la vit, l'homme se figea une seconde, puis son visage s'éclaira derrière un large sourire.

— Bonjour. Je suis heureux de vous revoir, je... Je suis parti comme un voleur, la dernière fois.

Fabrine tarda à répondre et se réprimanda intérieurement de faire preuve de tant de mièvrerie. Elle se reprit immédiatement et lâcha sur un ton qu'elle voulut détaché, mais qui sonna faux à ses oreilles :

— Non, non, c'est moi qui... C'est moi qui ne vous ai même pas proposé un verre d'eau.

À nouveau, son voisin se fendit d'un large sourire et elle se demanda s'il avait conscience du charme qu'il dégageait. Elle enchaîna avec les politesses d'usage :

— Encore désolée pour votre nez, monsieur. J'espère que vous allez mieux.

— Très bien et, comme vous pouvez le voir, je n'ai plus rien ! répondit-il en montrant son nez de l'index avant d'ajouter :

— Et c'est Noël, pas monsieur !

— Fabrine, répondit-elle en serrant la main qui lui était offerte. Encore toutes mes excuses. J'aurais dû...

Sans lui laisser terminer sa phrase, il demanda, avec ce sourire si particulier qui dégageait un indéfinissable mélange d'espièglerie et de timidité :

— Vous seriez libre pour prendre un verre, ce soir ?

Désarçonnée, elle sentit son ventre se nouer et marqua une hésitation. Elle qui le pensait réservé... Avant même qu'elle n'ait le temps de répondre, il reprit sur un ton embarrassé qui tranchait totalement avec la seconde précédente :

— Chez moi ! Je veux dire, pas en ville, chez moi avec votre fils et votre mari si... Enfin, je veux dire... Pour me présenter et m'excuser de vous avoir fait peur et...

Le retour de son embarras l'amusa. Il donnait à son physique viril une touchante fragilité un peu comme un jeans usé porté avec une veste de haut couturier. Noël fixa le carrelage un instant, puis le turquoise de son regard emprisonna le vert smaragdin des yeux de Fabrine avec une intensité déroutante.

Elle observa son reflet dans le miroir de la salle de bain sans pouvoir s'empêcher de sourire : un sourire qu'elle connaissait par cœur et qu'elle n'avait pas revu depuis bien longtemps. Celui d'une étudiante écervelée.

Après avoir brossé ses cheveux et enfilé un nouveau haut, Fabrine vérifia le courrier reçu et réalisa que même la missive du Trésor public ne parvenait pas à lui ôter cette petite virgule posée au coin de ses lèvres.

Skippy sortit de sa chambre en ouvrant sa porte avec toute la discrétion dont pouvaient faire preuve les adolescents. Un coup de masse dans la serrure aurait été plus discret.

Fabrine sursauta.

— Coucou, Mounette ! Déjà rentrée ?

— Bonjour, mon cœur. Prépare-toi vite, je n'ai pas eu le temps de t'appeler, mais on file voir mamie.

— Cool ! Alors, c'est qu'elle va bien, aujourd'hui ?

— Un peu mieux. Je t'expliquerai dans la voiture. Dépêche-toi, il ne faut pas rentrer trop tard, le voisin nous invite à prendre l'apéro, répondit-elle sur un ton neutre.

Skippy la regarda en coin.

— Quoi ? demanda-t-elle le plus innocemment du monde. Continue comme ça et tu resteras ici ce soir. Au revoir, les *bons gâteaux apéro* que tu aimes tant.

— Mais je n'ai rien dit ! se défendit-il en levant les mains devant son visage, le regard plus moqueur que jamais.

— Venant de toi, c'est pire !

Tous deux se dévisagèrent, complices.

— Aujourd'hui, je l'ai entendu jouer du piano.

— Qui ça ?

— Qui ça ! répéta Skippy en secouant la tête comme pour dire : *Maman, c'est gros comme une maison, tu sais très bien de qui je parle.*

— Notre voisin jouait du piano. C'est bien la première fois que je l'entends faire du bruit.

— Du bruit, le piano ? s'insurgea Fabrine.

— Oui, enfin, je me comprends. D'habitude, il est tellement silencieux que c'est comme s'il n'y avait personne.

Tom marcha sur la pointe des pieds pour parodier la démarche feutrée de l'homme qui vivait un étage au-dessous.

— À mon avis, il doit avoir des patins pour chez lui. Ou alors, des tapis partout et de la moquette sur les murs et aussi sur sa vaisselle… Ou bien les agents secrets apprennent à se déplacer sans bruit en lévitation !

— Tu en fais un drôle d'espion, toi. Allez, on y va.

— J'arrive de suite, répondit Skip en se précipitant dans le couloir.

— Et au fait, tu faisais quoi, tout seul dans ta chambre ? demanda Fabrine. D'ailleurs, tu es bien tout seul ? le taquina-t-elle.

— Très drôle, maman ! Arrête ça de suite ou je te reparle du voisin, trancha-t-il pour changer de sujet en repensant au souhait qu'il venait de faire.

Il avait encore perçu la drôle de sensation, l'étrange vertige juste avant de formuler son vœu. Il espérait à présent qu'il se réaliserait même si cette étrange idée résonnait encore comme une farce lorsqu'il se la racontait.

— Noël, il s'appelle Noël, lui dit Fabrine, amusée.

— Quoi ?

— Le voisin... Il s'appelle Noël, répéta-t-elle en posant la main sur la poignée de la porte d'entrée.

Au moment où elle l'ouvrit, des notes de piano résonnèrent doucement dans le couloir. De simples notes posées par-ci par-là avec quelques secondes de silence entre chaque accord comme si l'homme cherchait à apprivoiser l'instrument... Curieuse, elle tendit l'oreille, mais ce qui suivit la cloua sur place. Les notes s'envolèrent doucement, aussi légères que le chant d'un oiseau, aussi limpides et cristallines que celui d'un ruisseau. Puis, soudain, croches et doubles-croches se courtisèrent, se poursuivirent à une vitesse folle pour finalement se rattraper, se confondre et s'aimer au firmament d'une magique osmose musicale.

Stupéfaite, Fabrine regarda son fils.

— Du bruit, tu disais ?

Pour seule réponse, Skippy réalisa qu'il avait la bouche grande ouverte et resserra les mâchoires.

Elle se sentait de merveilleuse humeur.

Sa mère avait conservé toute sa tête durant la majeure partie de leur visite même si, vers la fin, elle s'était adressée à Skippy en le confondant avec le fils d'une de ses amies. Le médecin était passé dire bonjour, puis il avait discrètement fait comprendre à Fabrine qu'il désirait lui parler en tête-à-tête. Il tenait à préciser une nouvelle fois qu'il ne fallait s'attendre à aucun miracle concernant le nouveau traitement et que celui-ci ne serait sans doute qu'un frein à la maladie. Fabrine s'était demandé si l'homme se montrait toujours aussi prévenant avec les autres patients se trouvant dans la maison spécialisée ou si le nom qu'elle portait — et la fortune qui allait avec — avait également le pouvoir de rendre plus humain le corps médical. Dans le fond, elle connaissait parfaitement la réponse à sa question et savait également que, si sa mère bénéficiait de ce traitement expérimental venu tout droit des États-Unis, le hasard n'y trouvait aucune place. Le docteur l'avait cordialement saluée avant de la libérer. Une poignée de main un peu trop appuyée à son goût. L'ombre de son père planait toujours derrière elle.

L'équipe médicale s'était fait un devoir de lui indiquer que l'hélicoptère de monsieur Visconti se poserait à dix-neuf heures sur la piste prévue à cet effet. Il n'était pas rare que les visites planifiées de son géniteur soient relativement proches des siennes. Sans doute avait-il espoir qu'elle attendrait son arrivée. Ils pourraient ainsi tous deux jouer la carte de la surprise. La « coïncidence » était une alliée précieuse pour que la fierté ne soit pas égratignée. Une rencontre fortuite, orchestrée par l'oxymore d'un hasard provoqué.

À dix-huit heures trente, elle s'était donc empressée d'embrasser sa mère afin de regagner sa voiture sans risquer de le croiser et elle avait bien fait. Alors qu'elle venait de quitter le parking, le bruit caractéristique de l'appareil en vol stationnaire s'était fait entendre.

De sept à soixante-dix-sept ans

Elle s'étira pour attraper son mug de thé encore fumant.

Du temps... C'était déjà une très bonne nouvelle et, surtout, une grande joie que de voir sa mère la reconnaître et serrer son petit-fils dans ses bras. Fabrine lui avait d'ailleurs promis de revenir manger quelques gâteaux avec Skip en fin de semaine.

Elle porta doucement le mug à sa bouche en soufflant sur le liquide brûlant. Il n'était pas dans ses habitudes de traîner si tard, mais elle savait que, ce soir, le sommeil tarderait à venir.

L'apéritif chez Noël s'était merveilleusement bien passé et merveilleusement bien éternisé. Ils avaient parlé durant des heures comme s'ils se connaissaient depuis l'enfance. Deux amis qui se seraient perdus de vue pour se retrouver après une trop longue absence. Skippy n'était resté que le temps de chiper quelques biscuits apéritifs, puis il avait prétexté un mal de tête et un coup de téléphone urgent à donner à Nina afin de s'éclipser. Fabrine avait souri. Il était clair que le coup de téléphone à passer serait prioritaire sur l'aspirine. La tête saurait sans nul doute attendre là où le cœur se montrerait impatient.

« Il y a de quoi manger, dans le four, ne te couche pas tard. Les vacances sont bientôt là, mais tu dois toujours te lever demain matin », avait-elle dit en lui faisant un clin d'œil.

« Oui, môman », s'était empressé de répondre Skip sur un ton volontairement moqueur avant d'ajouter en imitant sa voix : « Et ne veille pas trop tard toi non plus... Tu as deux tendinites, une rééducation métacarpophalangienne et trois polyarthrites à soigner demain matin ! »

Noël avait explosé de rire en découvrant les talents d'imitateur de Skip. Un rire clair et franc tout droit sorti du cœur.

Fabrine trempa les lèvres dans son thé et, par réflexe, les retira aussitôt.

Idiote, ne va pas te brûler maintenant !

Durant la soirée, son hôte n'avait pas cherché à se mettre en avant comme la plupart des hommes, bien au contraire. Il s'était confortablement installé sur le sofa entouré de cartons qui attendaient toujours d'être déballés et c'est avec un plaisir non dissimulé qu'il l'avait écoutée. Étrangement, elle s'était surprise à lui parler sans la moindre retenue et les mots avaient jailli sans filtre ni faux semblant comme cela arrive trop souvent lorsque la séduction maquille l'authenticité d'une rencontre. Parfois, il lui tendait une assiette garnie de petits fours maison et, entre deux gourmandises et une gorgée de vin — une de plus —, elle se laissait aller à des confidences, des anecdotes sur les extravagantes clowneries que son fils imaginait et dont, sans doute, elle ne soupçonnait pas la moitié. Elle avait même parlé de sa mère malade et des relations plus que conflictuelles qu'elle entretenait avec son père sans toutefois préciser que son nom de famille n'était pas un simple homonyme du grand Eliot Visconti. Qui, de toute façon, aurait pu soupçonner que la fille du grand P.D.G. puisse résider dans un trois-pièces et exercer le métier de kinésithérapeute dans la petite ville de Draguignan ?

Au fil de la soirée, la timidité de Noël s'était presque volatilisée, mais elle revenait aussitôt que leurs regards se croisaient trop longtemps. Fabrine ressentait alors cette étrange sensation qu'elle avait presque oubliée, celle où les

yeux se cherchent et s'apprivoisent en se désalté-
rant dans le regard de l'autre comme on étanche
une trop longue soif d'aimer. Dans ces instants
magiques qui n'appartiennent qu'à l'aube d'une
rencontre, elle devinait chez Noël un trouble,
une confusion et elle adorait ça. Les hommes
rendaient souvent compliqués ces moments supposés inoubliables, parce qu'ils confondaient le
goût subtil et raffiné d'une fine couche de beurre
avec l'écœurement d'une plaquette tout entière
dans la bouche : la séduction et la prétention.
Noël ne semblait pas de ceux-là. Il écoutait, posait mille questions et ne parlait finalement que
très peu de lui.

À nouveau, elle souffla sur son thé pour
l'aider à refroidir en réalisant qu'elle affichait un
petit sourire stupide au souvenir de ces délicieux
instants.

Ce n'est pas tant l'immense bibliothèque
garnissant tout un pan de mur dans l'appartement

de Noël qui l'avait étonnée... Non, ce qui l'avait bouleversée, chamboulée, même, c'est que bon nombre des livres qui y étaient rangés se trouvaient également un étage au-dessus... Chez elle. Ils partageaient les mêmes goûts musicaux, les mêmes inquiétudes face à ce monde, les mêmes aspirations quant à la vie, mais le plus extraordinaire avait été lorsqu'au hasard de leur conversation, l'homme lui avait avoué ne pas supporter qu'on lui touche le nombril parce que toute intrusion dans ce dernier lui faisait horriblement mal.

— On me l'a coupé trop court ! avait-il dit en riant.

— C'est une blague, vous plaisantez ? Vous avez vraiment...?

Abasourdie par cet étrange point commun, elle était restée muette un instant mais, visiblement, Noël ne plaisantait pas. Durant quelques secondes, elle avait eu peur qu'il abonde systématiquement dans son sens juste pour lui plaire et qu'ainsi, il fabule des affinités qui n'existaient pas afin de créer une osmose imaginaire. Au cours de la soirée, elle s'était donc inventé un film préféré qu'en réalité, elle avait détesté.

— « Merci la vie » avec Charlotte Gainsbourg ! s'était-elle écriée, pleine d'un faux entrain.

Il allait sans doute répondre « Moi aussi ! » avec son sourire malicieux et ses yeux rieurs. C'en serait alors fini de la magie qui opérait entre eux parce que, c'est bien connu, il y a toujours une astuce aux tours des magiciens et que, lorsqu'on en découvre le « truc », le charme est définitivement rompu ; mais Noël avait fait une petite grimace et dit de sa voix suave en haussant les épaules :

— On ne peut pas gagner à tous les coups ! Désolé mais là, je ne vous suis pas... J'ai dé-tes-té ce film !

Alors, elle avait souri comme une enfant en lui avouant sa duperie et leurs rires s'étaient joints aux moqueries qu'il avait eues à son encontre, la réprimandant non sans humour pour sa détestable supercherie.

Un peu plus tard, un café à la main, elle s'était approchée du piano en lui demandant s'il accepterait de jouer un morceau et, pour la première fois, elle avait deviné dans son regard une certaine tristesse qu'il s'était empressé de dissimuler derrière un sourire de circonstance.

— J'ai toujours pensé qu'il fallait avancer dans la vie et ne pas s'apitoyer sur son sort, mais je dois reconnaître que cette blessure-là a eu du mal à cicatriser, avait-il dit en montrant sa main gauche où deux phalanges manquaient à son annulaire. J'ai, depuis, un peu de mal à jouer en public même lorsque l'auditoire se résume à une seule personne.

Puis, avec cette timidité qui la faisait fondre, il avait ajouté :

— Encore que... Votre seule présence est, peut- être, plus intimidante qu'une salle comble à l'opéra de Paris. Alors, ma foi, si vos oreilles peuvent supporter un requiem à neuf doigts...

Elle s'était sentie rougir. Sans doute l'alcool !

À ce simple souvenir, elle réalisa qu'à nouveau, ses joues s'empourpraient. Sans doute le thé un peu trop chaud !

— Je vous ai écouté, en fin d'après-midi, dans le couloir. Vous jouez... Vous jouez divinement bien ! s'était-elle entendue lui dire sur un ton qu'elle aurait sans doute jugé un peu trop énamouré dans les séries kitch que passait parfois le petit écran. Seulement voilà, lorsque le cœur s'exprime, il parle souvent fort et couvre la voix pondérée de la pudeur.

— Avant, oui, avait répondu Noël dans un soupir plein de regrets. Puis, en faisant claquer ses mains sur ses genoux, il s'était écrié : Allez, au Diable la nostalgie ! Je ne vous ai pas invitée pour me lamenter surtout qu'avec le recul, franchement, il y a plus à plaindre que moi.

— J'ai bien raconté mes petits tracas, moi, et vous avez eu la gentillesse de m'écouter sans vous endormir. Je suis toute disposée à vous entendre également et peut-être, même, à verser avec vous une larmichette si, et je dis bien si, je compatis à vos malheurs. Dans le cas contraire, j'aurais droit à mon concert privé !

— Vous êtes dure en affaires, mais... Mais vous l'aurez voulu !

Elle n'aurait su expliquer pourquoi mais, à ce moment précis, elle avait compris que ce qu'il s'apprêtait à lui raconter était une véritable déclaration, l'aveu implicite qu'une certaine confiance avait fleuri. Peut-être dans le terreau nourricier d'une complicité naissante ?

Son cœur s'était serré et elle l'avait écouté.

— J'ai grandi ici et débuté le piano au conservatoire de cette ville. Je m'entraînais énormément et jouais jusqu'à six heures par jour afin d'obtenir « le Graal ». Je suis ainsi passé à côté de mon adolescence mais, à l'âge de dix-neuf ans, j'ai remporté le prestigieux prix « Frédéric Chopin » à Varsovie. Quelques années plus tard, j'obtenais la non moins prestigieuse place de premier pianiste à l'orchestre philharmonique de Berlin...

— Waouh..., s'était-elle entendue murmurer.

Noël avait lâché un sourire nostalgique avant de poursuivre :

— J'étais marié à une prof de violoncelle, mais notre couple battait de l'aile, parce que je travaillais sans cesse et que le monde autour de moi n'existait plus. Je vivais, mangeais, dormais piano. Je voyageais beaucoup, je jouais dans les endroits les plus prestigieux, devant les grands de ce monde. Alors, je me suis mis à croire que le bonheur, tout comme l'amour, était quelque chose d'acquis. J'ai eu la prétention de présumer que la vie ne reprenait jamais ce qu'elle vous accordait. Ce n'est que plus tard que j'ai compris qu'elle ne donnait jamais rien... Elle ne faisait que prêter. Il y a toujours « un jour pas comme les autres ». Ce jour-là, j'aidais un ami à décharger son camion et j'ai eu la très bonne idée de monter sur celui-ci pour faire basculer un gros carton. Une fois la chose faite, j'ai eu la « plus meilleure bonne idée encore » de sauter en prenant appui sur la toiture. Mon alliance est restée accrochée à la ridelle et le poids de mon corps a fait le reste.

— Oh mon Dieu, c'est horrible ! s'était écriée Fabrine en portant machinalement la main à sa bouche. L'alliance est restée accrochée à la ridelle ?

— Non, non... Elle est restée accrochée à mon doigt. Mais mon doigt, lui, est resté accroché à la ridelle, avait rétorqué Noël sur le ton de la plaisanterie. Mon ex-femme l'a récupérée. Pas le doigt, l'alliance ! Vous pensez bien au prix de l'or, de nos jours !

Surprise par sa réponse, elle avait ri en le traitant de tous les noms.

Elle tourna son mug dans sa main, puis le porta à sa bouche. Cette fois, le liquide était à la température idéale.

— Je vous épargne la phase un peu chiante où ma petite vie a basculé, celle où je devais accrocher des sangsues à l'extrémité de mon annulaire pour essayer de faire en sorte que la greffe prenne ou mon divorce et ma petite dépression nombriliste.

Prenant un air volontairement triste qu'un magnifique sourire démentait, il avait demandé d'une voix faussement larmoyante :

— Alors, vous accordez une larmichette à mon histoire ?

Elle s'était donnée une seconde de réflexion en pinçant légèrement ses lèvres et en fronçant le nez, ce qui lui donnait une petite bouille enfantine et boudeuse. Puis, elle avait rétorqué sur un ton moqueur en remuant la tête, en signe de dénégation :

— Aucune chance, non ! Votre histoire ne peut rivaliser avec les notes que j'ai entendues cet après-midi. Je veux toujours mon concert privé, si bien sûr vous êtes d'accord.

— Rimsky Korsakov, avait répondu Noël en la fixant.

— Pardon ?

— Cet après-midi, c'était « Le vol du bourdon » de Rimsky Korsakov que vous avez entendu. Mais ce soir, ce sera ce que vous voudrez. Classique, jazz, musique de film. Vous avez une idée ?

— Je peux choisir ?

— Un concert privé, on peut toujours choisir. C'est là tout l'intérêt, non ?

— Alors, au risque de passer pour une idiote, je voudrais bien entendre la musique du film Love Story si vous voulez bien et peut-être à nouveau Le vol du bourdon.

— Love Story de Francis Lai. Très bon choix !

Il était resté quelques secondes immobile, un face-à-face avec l'instrument en caressant les touches avec une extrême délicatesse comme pour les apprivoiser. Puis, ses doigts s'étaient envolés au-dessus des notes, une danse hypnotique, un corps-à-corps envoûtant dont il était sorti vainqueur. Totalement absorbée, Fabrine avait renversé du café sur son joli chemisier

rouge et ce n'est que lorsque Noël s'était interrompu qu'elle en avait pris conscience.

— Je suis idiote, je vais devoir aller mettre
un peu de savon sur la tache et me changer !

— Ne vous embêtez pas, j'ai du savon,
ici, j'ai même l'eau courante et, si vous le voulez
bien, je vais vous prêter une chemise. Elle risque
d'être un peu grande, mais ce sera confortable.

Sans lui laisser le temps de répondre, il
avait pris la direction de sa chambre et en était
revenu avec le vêtement promis.

— J'ai pris l'initiative de la prendre noire,
des fois que vous renversiez encore un peu de
café, l'avait-il taquinée.

— Ce n'est pas gentil de se moquer... Et
puis, vous vous donnez du mal alors que j'aurais
tout aussi bien pu remonter me changer chez
moi.

— Oh, je le fais par pur égoïsme... Je n'ai
pas envie de vous voir partir.

Ils s'étaient fixés quelques secondes et
Fabrine avait demandé dans un murmure gêné :

— Vous permettez que je me change dans
votre salle de bain ?

Elle s'attendait à ce que, confus, il la
conduise jusqu'à la pièce d'eau, mais il avait pro-
testé fermement, presque autoritairement :

— Non, pas la peine ! Changez-vous ici,
c'est un ordre. Je ne regarderai pas !

Choquée et surprise par ce ton, elle avait
levé les yeux vers lui.

Les mains de Noël étaient plaquées à son
visage comme un enfant jouant à cache-cache,
mais le doigt qui lui manquait laissait un trou
béant au rempart qu'elles étaient supposées for-
mer et son œil gauche la fixait d'une façon volontairement lubrique.

— Allez-y, avait-il insisté avec une
voix de sorcière. Promis... Je ne re-gar-de
pas !

Devant le ridicule de la situation, elle avait éclaté de rire immédiatement rejointe par son hôte.

Un peu plus tard, « lovée » dans une chemise deux fois trop grande — qu'elle adorait déjà, deux fois trop —, elle lui avait demandé comment il pouvait parvenir à jouer aussi rapidement avec un doigt manquant.

Tout en remuant sa main comme un détraqué, il avait marmonné avec la même voix de sorcière :

— Je compense avec mon majeur ! Si vous saviez, petite, ce que je peux faire avec ce majeur...

Alors, face à cette nouvelle réponse inattendue qui tranchait totalement avec la timidité de Noël, ils avaient ajouté aux cartons et aux livres qui jonchaient la pièce des rires et des souvenirs qui, désormais, feraient partie intégrante de ces lieux.

Plongée dans le passé de cette folle soirée, Fabrine but une nouvelle gorgée de thé. Il
était presque froid, à présent.

Si la timidité de Noël l'avait séduite dans
un premier temps, l'humour dont il faisait preuve
pour la masquer l'attendrissait tout autant. En
se dirigeant vers la salle de bain, elle repensa à
ce qu'il lui avait dit sur le pas de la porte juste
avant qu'elle ne s'en aille.

— Au risque de vous paraître un peu
« cul-cul », je ne pense pas avoir été, si... Enfin,
il y a longtemps que je n'avais pas passé une aussi bonne soirée.

Puis, il avait posé ses grands yeux bleus
rieurs sur elle et s'était penché doucement pour
l'embrasser sur la joue. Juste une caresse du bout
des lèvres... L'ode d'une promesse.

— Pour tout vous dire, je rêve de vous
embrasser « pour de vrai » depuis la première
seconde où je vous ai vue, avait-il ajouté d'un

ton léger qui tranchait totalement avec l'aveu qu'il venait de lui faire et l'expression de son visage devenu grave.

L'humour et la légèreté pour masquer la timidité, s'était-elle dit intérieurement. Un silence avait plané quelques secondes comme une éternité de bonheur et un sourire avait fleuri sur ses lèvres. Noël s'était un peu rapproché — un peu plus —, pour terminer sa phrase dans un souffle :

— Je crois que ces moments-là ne devraient jamais être pris à la légère, vous ne trouvez pas ? Ils sont... Ils sont le papier sur lequel s'écrira l'histoire.

En se penchant dans son cou ou, plus précisément, en se mettant sur la pointe des pieds, elle avait soufflé à son oreille avec une pointe d'ironie :

— De toute façon, je n'embrasse jamais le premier soir. Bonsoir Noël.

C'est en regagnant son appartement qu'elle s'était rendue compte que son chemisier avait élu domicile unétage au-dessous. Si elle voulait parvenir à éliminer la tache, il lui fallait le laver ce soir.

L'horloge indiquait vingt-trois heures quarante-cinq.

Elle s'était assise sur le sofa en souriant. Le chemisier pouvait bien patienter encore seize petites minutes.

À minuit une précise, lorsqu'il avait ouvert la porte, ce n'est pas une bouteille de champagne qui avait explosé dans le ventre de Fabrine, mais une caisse tout entière libérant les bouchons, les muselets et des milliards de petites bulles pétillantes et euphorisantes dans tout son corps.

— J'ai oublié mon chemisier et...

— Et ?

— Et je vous ai dit que je n'embrassais jamais le premier soir... Or, il est minuit une,

nous sommes donc demain ! avait-elle dit à
mi-chemin entre la malice et la maladresse des
premières fois.

Quelques notes de plus

Rien sous les lits, rien sur les lits et, encore, rien de rien sur le canapé...

Deux jours s'étaient écoulés depuis son vœu et Skip ne voyait toujours pas l'ombre d'un petit chien gambader dans l'appartement. Lorsqu'il était rentré du collège, il n'avait pu s'empêcher d'inspecter discrètement chaque pièce, des fois qu'une petite boule de poils se serait assoupie quelque part ; mais une fois de plus, la déception était au rendez-vous ! Il est vrai que la femme à la télévision n'avait donné aucune précision quant au temps pouvant s'écouler avant qu'un vœu ne se réalise.

La veille, il s'était demandé s'il serait de bon augure de relancer le sujet « Petit chiot à la maison » comme ça, l'air de rien, juste pour parler et sonder la réaction de sa mère ; mais il y avait renoncé, préférant faire preuve d'encore un peu de patience. *Après tout, maman travaille. Elle ne peut pas aller chercher un chiot comme on achète une baguette de pain ! Peut-être qu'elle l'a commandé et qu'il va bientôt arriver. Peut- être même qu'il va seulement naître ces jours-ci... Peut-être...*

Une fois de plus, l'idée que tout ceci puisse être le fruit de son imagination lui traversa l'esprit mais superstitieux, il la chassa immédiatement pour ne pas attirer le mauvais œil. Il regarda sur le buffet une photo où sa mère le serrait dans ses bras en riant aux éclats et ce qu'il éprouva le surprit lui-même. Bien sûr, il savait que tous les enfants du monde aimaient leurs parents, mais ressentaient-ils à leur égard autant de fierté qu'il en éprouvait pour elle ?

Un jour, Vic lui avait expliqué qu'après avoir terminé ses études de kiné, sa mère s'était replongée dans tout le programme de mathématiques et de grammaire de la sixième à la terminale. Elle voulait pouvoir le suivre et l'aider en cas de besoin et il n'était d'ailleurs pas rare qu'il lui demande conseil lors des devoirs maison.

À nouveau, il regarda le cadre contenant le cliché avec un sourire plein de tendresse.

Fabrine venait de l'appeler pour lui annoncer qu'une fois son dernier patient parti, elle passerait le chercher pour déjeuner en ville avec Vic. Ils partiraient ensuite tous les deux rendre visite à sa grand-mère comme elle le lui avait promis trois jours plus tôt.

« Si ça ne t'embête pas, je préférerais rester ici. Je vais me débrouiller avec ce qu'il y a dans le frigo, parce que Nina doit me téléphoner ce midi. Tu viens me chercher juste après ? », avait-il répondu.

Il avait toujours été très autonome et ce, depuis la plus tendre enfance. À bientôt treize ans, il ne faisait aucun doute qu'il saurait se faire un sandwich.

Bien sûr, elle s'était empressée de lui sortir le couplet sur l'équilibre des repas mais, lorsqu'il avait rétorqué avec humour que l'équilibre du cœur était tout aussi important, sa douce maman s'était montrée étrangement compréhensive comme si, ces jours-ci, elle parvenait parfaitement à se mettre à sa place...

« *Tu es un petit monstre, perfide et manipulateur !* », avait-elle capitulé en riant.

Il vérifia pour la quatrième fois en moins d'une heure que le téléphone était bien raccroché. Il s'éloigna de ce dernier, puis se ravisa. Par acquit de conscience, il décrocha le combiné pour être également certain que la ligne fonctionnait correctement. Sa douche fut expédiée en un temps record parce qu'il le savait, c'était souvent à la seconde précise où le shampoing vous coulait dans les yeux que le téléphone se décidait à sonner. Attendre l'appel de Nina était le moment que choisissaient toujours les papillons pour virevolter dans son ventre. Skippy posa la main sur son estomac en soupirant. L'impatience devait être un nectar bien sucré.

Il enfila un jeans et se précipita dans sa chambre. Sur son journal intime, il écrivit en vert et en majuscules :

MAMIE CACA

Pas eu le temps d'écrire, ces jours-ci, mais journée mémorable mercredi. Madame Hibou a été rebaptisée « Mamie caca » par Nina. Les copains disent qu'elle est encore plus timbrée que moi... Pas madame Hibou, mais Nina ! Cela inquiète Morgan. C'est rigolo ! Expédition punitive à couper le souffle !

Skip réalisa qu'il souriait.

Il changea de couleur et poursuivit :

Maman a passé la soirée avec le voisin. Elle n'arrête pas de chanter et, dans l'ensemble, je suis content, mais je sais aussi ce que je vais devoir faire comme nouveau vœu... Trouver un camion de bouchons d'oreilles !

Aujourd'hui, on va retourner voir mamie. Elle va un peu mieux avec des nouveaux cachets, mais maman m'a bien prévenu qu'il y avait peu de chance pour que le traitement fonctionne.

Toujours pas de bébé chien chez nous... Je vais attendre encore un peu. Si ça marche, j'augmenterai le niveau de mes vœux pour faire destrucs plus difficiles pour mamie ou maman et son père ; mais je veux d'abord m'entraîner, surtout que c'estépuisant. J'espère que ça va marcher !

Il hésita un instant, puis nota :

Hier soir, à la sortie du collège, je crois que Nina a voulu me dire « Je t'aime ». Elle a hésité et s'est ravisée... Cette fois-ci, les papillons ont failli sortir par ma bouche !

Il referma son journal et le rangea à sa place. Il devait faire vite, à présent, pour mettre à exécution le plan qu'il venait d'échafauder sous la douche. Il récupéra un vieux magazine et en déchira délicatement deux pages. S'il avait renoncé à l'idée de reparler à sa mère d'un chiot, il n'était cependant pas exclu de laisser sur le canapé, comme ça, de façon totalement « involontaire », quelques photos attendrissantes d'adorables petites boules de poils tout juste sevrées. Il avait vu ou lu ça, quelque part. C'était la méthode *sublimitale* ou *surviminale*... Enfin, quelque chose dans ce genre-là ! Si son nouveau vœu était exaucé, peut-être montrerait-il à sa mère ce qu'il parvenait à faire. Ce serait une décision difficile, parce qu'il craignait qu'en dévoilant son secret, il perde le don. Il ne cessait d'y penser depuis deux jours. Les héros de bande dessinée ne dévoilaient jamais leurs pouvoirs. Pourtant, à bien y réfléchir, il y avait souvent une personne qu'ils finissaient par mettre dans la confidence... Une personne très proche. Le dilemme était de taille ! Une fois encore, l'idée que tout ceci ne puisse être que le fruit de son imagination lui traversa l'esprit. Pourtant, ce qui s'était produit dans sa chambre, il ne l'avait pas rêvé. Les objets avaient presque imperceptiblement bougé alors que la pièce tremblait. C'était un fait ! « L'alignement », avait dit la femme de la télévision. Il fallait rester optimiste et continuer d'y croire.

Il nota encore quelques souvenirs sur son journal intime et inscrivit également tout ce qu'il avait pu ressentir lors de la réalisation de ses vœux en essayant d'être le plus précis possible.

La sonnerie du téléphone le fit sursauter et déclencha aussitôt une explosion *papillonnesque* au-dessus de son nombril. C'était certain, avec Nina dans son cœur, il finirait lépidoptérophile à collectionner toutes sortes d'insectes aux ailes multicolores, des insectes échappés tout droits de son ventre. Il inspira profondément et souffla doucement. Dans ces moments-là, c'était bien connu, il fallait toujours se montrer pondéré et décrocher avec calme.

Il se rua donc sur le téléphone et arracha le combiné.

Au restaurant

— Et tu es restée chez lui et vous avez...?

Victoire laissa sa phrase en suspens, mais la petite minauderie coquine qu'elle fit la termina pour elle.

— Tu plaisantes, répondit Fabrine. Skippy était à la maison et, de toute façon, ça ne te reg...

— Je peux te prendre mon filleul ce soir, si tu veux, s'empressa de la couper Vic, le sourire jusque dans la voix. Comme ça, tu seras libre de faire tout ce que tu veux ! ajouta-t-elle en insistant exagérément sur le mot « tout ».

— Vic !

— Quoi ? J'essaie juste d'aider...

Fabrine se fendit d'un large sourire.

— Laissons le temps au temps et je te promets de venir moi-même te la demander, ton aide.

— Oh, *souleou* [1], j'n'arrive pas à y croire, deux jours sans nouvelle et, ce matin, tu reçois un énorme bouquet de fleurs au travail. Il l'a trouvée comment, l'adresse ?

— J'n'en sais rien, moi, les pages jaunes, je suppose.

— Oui, oui. *Putaing*, je suis conne, je suis conne ! Quand je suis excitée, je suis toujours conne, répondit Victoire en riant. Et là, je suis très, TRÈS EXCITÉE !

Le serveur déposa les deux cafés sur leur table et entendit le dernier mot de Victoire

---

1. Soleil ou, plus vulgairement, putain en provençal.

totalement sorti de son contexte. Il sourit avant de s'éclipser.

Vic pouffa et murmura comme on avoue un secret :

— Je crois que j'ai dit le mot excité au mauvais *momeng* !

— Tu es incorrigible.

— Ben quoi, il est mignon, ce serveur.

Vic resta quelques secondes silencieuse à regarder les véhicules qui circulaient sur le boulevard Clemenceau, qui passaient devant la sous-préfecture et disparaissaient en direction de La Poste.

— On hurle à qui veut l'entendre que nous sommes des femmes libérées, que nous voulons l'égalité des sexes et, dès qu'il s'agit *justemaing* de sexe, on se pose mille questions.

Fabrine adorait le petit côté « rentre-de-dans » de son amie.

Victoire entoura sa mèche de cheveux rouges autour de son index et reprit :

— Alors, donc, divorcé et professeur de musique pour le lycée et le conservatoire ?

— Oui. Enfin, il commence réellement en septembre, puisque l'année scolaire est presque terminée. Bref, rien de l'agent secret que Skip imaginait, mais...

Fabrine suspendit sa phrase et chercha dans ses pensées le mot qui conviendrait à son enthousiasme. Ne trouvant pas son bonheur dans la panoplie de son vocabulaire, elle lâcha avec conviction :

— Mais un « putain » de pianiste !

— Tu lui as dit que tu jouais aussi ?

— Tu plaisantes : pour me ridiculiser ? Ce point commun, je ne l'ai pas mentionné. Et quand tu l'auras entendu jouer, tu comprendras pourquoi.

Victoire plissa les yeux en inclinant légèrement la tête, l'air suspicieux.

— Donc, rien de l'agent secret de Skip !
Et les sorties nocturnes, alors, tout habillé de
noir ?

Elle se pencha en avant et murmura
comme si ce qu'elle allait dire était de la plus
haute importance :

— Tu n'as pas le droit de discréditer notre
petit Skippy si vite pour un *simple* coup de cœur.

— Il se cache dans les bois pour « captu-
rer » des sons, de nuit, qu'il incorpore ensuite
à ses propres compositions. Un subtil mélange
piano grillons, chouettes, etc. Mais je n'ai pas
encore eu le loisir d'écouter.

— Mouais, c'est louche, tout ça ! rétorqua
Victoire en feignant la méfiance. Puis, elle demanda plus sérieusement : Et sa femme, alors ?
Elle s'est barrée quand il a perdu son doigt et
avec un ami à lui, en plus ! Il doit la maudire !

Fabrine resta songeuse un instant.

— En fait, il n'en donnait pas vraiment l'impression. Habituellement, les gens séparés que tu rencontres sont aigris et, lorsqu'ils parlent de leurs « ex », c'est toujours avec un dossier accablant à charge sans remise en question de leurs possibles erreurs. J'ai pour habitude de me dire dans ces moments-là que, pour se faire une juste opinion, il faudrait avoir entendu les deux sons de cloche... Et encore ! Chaque couple est un monde à part et...

— Amen, la coupa Victoire en s'esclaffant.

— Non, mais sérieusement, reprit Fabrine en riant à son tour. Il semblait avoir un certain recul face à tout ça et face à de nombreuses choses, d'ailleurs. Finalement, il a plus évoqué ses propres fautes et...

Elle s'interrompit, le regard dans le vague.

— Et quoi ? Accouche !

— Et il a dit une phrase que j'ai trouvée très belle sur sa femme ou, peut-être... Peut-être sur l'amour en général...? Je ne sais pas trop.

— Oh toi, ma fille, tu files un mauvais coton ! Ce regard de chien fiévreux dans tes beaux yeux verts !

Fabrine fixa une seconde son amie et ses épaules se relevèrent en même temps que son sourire s'élargissait.

— Alors ? demanda Victoire.

— Alors quoi ?

— Ben, la phrase qu'il a dite !

— Merde, je suis à la bourre, répondit précipitamment Fabrine en jetant un rapide coup d'œil à sa montre.

— Il a dit : « Merde, je suis à la bourre » ?

— Mais non ! C'est moi, je dois y aller. Je file chercher Skip, on va voir ma mère !

— Tu me l'as déjà dit en arrivant et tu ne vas pas t'en tirer comme ça ! Il a dit QUOI ?

Sans répondre, Fabrine se redressa et attrapa son sac à main.

— Je dois vite régler mon addi...

— Je te l'offre, ton repas, mais tu me dis d'abord cette satanée phrase ! insista Victoire, les yeux pleins d'une colère surjouée.

— De toute façon, tu n'as jamais été sensible à la beauté des mots...

— Moi ? demanda Vic en posant la main sur sa poitrine avec un air parfaitement innocent.

— Tu m'énerves, capitula son amie. Bon, je pense que nous avions un peu bu mais, à un moment, alors qu'il me racontait pour sa femme, son ami et son doigt, il a fixé le mur derrière moi et il a dit que la routine lui avait « désappris à la regarder ». Puis, il a ajouté : « Il ne faut pas omettre de regarder une femme qu'on aime, sinon, elle fane dans ses oublis pour éclore dans le désir d'un autre. » Voilà, tu es contente ?

Pour toute réponse, Vic se pencha en arrière, le sourire jusqu'aux sourcils et les sourcils en accent circonflexe... Jusqu'aux nuages.

Fabrine lui envoya une pichenette sur l'épaule et toutes deux se mirent à rire.

Là où tout bascule

Héloïse m'a lancé un regard interrogateur en posant délicatement ses couverts sur les côtés de son assiette. Puis, elle a incliné la tête.

— Je ne comprends toujours pas où vous voulez en venir.

— Le bonheur est fragile, Héloïse, ai-je répondu en la fixant. Et je vous le répète, je tiens à bien vous dépeindre ces instants de vie pour que vous puissiez prendre toute la mesure de ce que je m'apprête à vous raconter à présent...

Le bonheur est fragile.

C'est un funambule qui
marche sur un fil, puis bascule !

5

Comme un
funambule

— **A**lors ?

— Alors quoi ? répondit Skip en jetant un petit regard en coin à sa mère de cette façon qu'elle aimait tant.

— Nina t'a appelé ! Tu racontes ?

— Regarde plutôt la route, petite curieuse. Je raconterai quand tu me raconteras toi aussi ! D'ailleurs, c'est quoi, ce gros bouquet de roses que tu as ramené à la maison ?

Fabrine lança à son fils un sourire d'une rare douceur et passa une main caressante dans les boucles de ses cheveux.

— Il va falloir prendre rendez-vous chez le coiffeur, « *Môsieur* » le séducteur. Enfin, si tu veux continuer à plaire à ta petite Nina.

— Ouf ! Heureusement, mais vraiment heu-reu-se-ment que j'ai les cheveux un peu longs ! répondit Skippy en posant la main sur son cœur comme après une grosse frayeur.

— Pourquoi tu dis ça ?

— Parce que « *Madame* », se moqua-t-il à son tour, mes cheveux sont pile-poil à la bonne longueur afin de vous offrir un très bon prétexte pour changer de sujet !

Tous deux se dévisagèrent un instant en souriant.

À la radio, Michel Sardou entamait les premières notes de : « Je ne suis pas mort, je dors ! »

Skip monta le son.

— J'adore cette chanson, maman !

Fabrine regarda avec fierté son petit homme. Il avait toujours été sensible au texte des chansons. Mère et fils se mirent à chanter de plus en plus fort au point de couvrir la voix chaude du chanteur. À n'en pas douter, la bonne humeur s'était invitée pour les accompagner durant le trajet, mais le bonheur, c'était bien connu, demeurait éternellement sauvage et nul ne l'apprivoisait jamais totalement. Confortablement installé, il donnait à ceux qui le côtoyaient l'utopique certitude qu'il serait éternel et sa disparition était toujours brutale, parce qu'elle se faisait sans discours ni préambule.

Ils venaient de passer la ville de Vidauban et Fabrine accéléra un peu sur la grande ligne droite menant au village du Luc-en-Provence. Pour un samedi de juin, la Nationale sept était relativement déserte. Perdue dans d'agréables pensées, elle ne le vit pas arriver.

Le chien sortit de nulle part et se jeta devant son véhicule. Par réflexe, elle braqua d'un coup sec sur la gauche, enfonçant simultanément la pédale de frein pour éviter de percuter l'animal. La voiture fit une embardée et, comme s'ils étaient soudainement dotés d'une vie propre, les pneus crissèrent sur la chaussée, semblant pousser un hurlement de terreur à l'approche de la camionnette qui arrivait en contresens. Instinctivement, Fabrine contre-braqua et perdit le contrôle de son véhicule. Le flanc de la petite Renault cinq se souleva d'un bon mètre avant de retomber lourdement sur l'asphalte. Fabrine eut alors le sentiment que la scène se déroulait au ralenti. Elle s'entendit hurler comme dans un mauvais rêve lorsque le platane qui jouxtait la route se rapprocha dangereusement de la portière côté passager.

— L'hôpital vous a appelée il y a combien de temps ?

— Une quarantaine de minutes, vous veniez juste de partir. J'ai même téléphoné à la pharmacie comme vous m'aviez dit que vous deviez y passer.

Livide, Victoire s'appuya sur la caisse en portant la main à son front. Elle sentait le froid envahir tout son corps.

Nicole posa une main sur son épaule et lui parla avec douceur pour la réconforter :

— Allez-y, je fermerai le magasin, ce soir, ne vous inquiétez pas ! La nouvelle collection de chemises est déjà en place, je peux me débrouiller toute seule, aujourd'hui.

Victoire prit une grande inspiration pour se ressaisir et regarda son employée avec gratitude. Elle avait de la chance d'avoir trouvé une perle pareille.

— Merci, Nicole. Ils sont bien, à l'hôpital de Draguignan ?

— Oui, c'est ce qu'a dit la standardiste. L'accident a eu lieu juste après Vidauban et c'était plus rapide et moins risqué que de les emmener à Toulon, mais je n'en sais pas plus, répondit la vendeuse, inquiète.

Vic arracha son sac à main plus qu'elle ne l'attrapa et s'élança vers la sortie.

— Merci encore, dit-elle la voix éteinte en quittant précipitamment la boutique.

Dans la rue Georges-Cisson, elle accéléra le pas et baissa la tête au moment de passer devant la Mairie afin de ne pas risquer d'être interpellée par une de ses nombreuses connaissances.

Draguignan était une petite ville de trente-cinq mille habitants, c'était également un grand village où les commérages allaient bon train, surtout entre commerçants. D'un geste furtif, elle essuya une larme qui cherchait à se libérer de ses paupières et se hâta un peu plus encore. L'angoisse résonnait dans se tempes à chacun de ses pas.

En attendant Victoire

Penchée au-dessus du lit de Skippy, l'infirmière accrocha la tubulure à perfusion et vérifia le goutte-à- goutte en augmentant légèrement le débit. Elle releva la tête et regarda avec douceur Fabrine qui entrait dans la chambre.

— Il a été un peu choqué par l'accident, alors, le médecin a préféré le mettre sous tranquillisants. Il vient de s'endormir.

Un ton plus bas, la jeune infirmière demanda :

— Vous avez fait vos examens et vu le neurologue ?

— J'en sors, répondit Fabrine, des sanglots dans la voix.

— Je suis de tout cœur avec vous, murmura l'infirmière. Si vous avez besoin de quelque
chose, n'hésitez pas.

Fabrine la remercia du regard, parce que
parler lui était devenu impossible tant sa gorge
la brûlait. Elle ravala ses sanglots et chercha à
les étouffer dans sa colère. Les larmes s'échappèrent en une infime caresse d'eau et de sel qui
effleura ses joues... Une caresse de souffrance
au beau milieu des coups que lui infligeait soudain la vie. Doucement, elle se pencha au-dessus
de son fils et déposa un baiser sur son front
alors que, derrière elle, la porte se refermait.

Je t'interdis de pleurer ! se réprimanda-t-elle
intérieurement pour se donner du courage. *Je te
l'interdis ou je te défigure de mes propres mains.*

Elle se redressa et inspira à plusieurs reprises pour contraindre sa peine à lui obéir. Sa

lèvre inférieure trembla sous l'assaut d'un trop-plein d'émotion. Lentement, elle quitta la chambre pour ne pas craquer devant Skip s'il venait à se réveiller. Il ne devait pas savoir !

Il s'en était fallu de peu. Si le talus n'avait pas légèrement dévié la voiture, le platane aurait percuté la portière côté passager au lieu d'enfoncer la porte arrière. Fabrine passa la main au-dessus de sa tempe gauche et sentit une douloureuse morsure lorsque ses doigts effleurèrent l'hématome que ses longs cheveux dissimulaient. Son fils portait les mêmes stigmates, mais au-dessus de l'arcade sourcilière droite avec, en prime, quelques points de suture.

Lorsqu'ils étaient arrivés sur place, Fabrine avait été prise de violentes nausées au point de ne pouvoir conserver plus longtemps son repas du midi. Elle avait mis ça sur le dos du stress, mais le médecin s'était empressé d'indiquer à l'infirmière de la diriger vers le scanner pour une batterie d'examens complémentaires en précisant avec une pointe d'humour : « Tant que vous y êtes, examens pour toute la famille, c'est ma tournée. »

Elle fit quelques pas dans le couloir et avala une gorgée du chocolat chaud récupéré au distributeur de boissons. Immédiatement, elle réalisa que la chaleur du cacao n'était pas une bonne idée. Son estomac lui bouscula les lèvres à plusieurs reprises au point qu'elle dut s'asseoir un instant pour ne pas vomir encore ! Elle jeta dans la poubelle le gobelet toujours plein et fixa, dans un état second, le sol triste et aseptisé de l'hôpital.

Lorsqu'elle releva la tête, elle vit Victoire qui arrivait en courant, le visage grave, les yeux pleins de questions.

— Il va bien, il va bien ! Juste une entorse au poignet et une bosse à la tête, s'entendit-elle prononcer entre deux hoquets. Ils vont le garder cette nuit, parce qu'il était très agité, ajouta Fabrine alors qu'un torrent de larmes remportait une première victoire face à sa détermination.

L'information parvint au cerveau de Victoire comme une délivrance chaude, douce, rassurante. Son amie allait bien, Skippy également, juste une entorse... L'espace d'une seconde, Victoire pensa que le stress était responsable de l'état dans lequel se trouvait Fabrine, mais la logique explosa dans son cerveau comme une vérité... Fabrine n'était pas du genre à pleurer pour rien. Quelque chose de grave était arrivé !

— Alors, pourquoi tu pleures ? demanda-t-elle, la voix éteinte.

Fabrine la considéra un instant comme si elle réfléchissait à la réponse à donner. Les larmes redoublèrent et elle enlaça simplement Victoire comme on étreint une sœur. À quelques mètres de là, le personnel soignant lui avait indiqué une petite pièce où elle pourrait se reposer en cas de besoin. Elle y entraina Vic sans dire un mot et se laissa tomber sur un petit fauteuil en skaï jaune. Alors, elle fixa son amie avec une rare intensité et murmura dans un souffle :

— J'ai pris une décision et je veux que tu la respectes, je veux que tu me le promettes !

Les mots résonnèrent aussi fragiles que la détermination de Fabrine semblait immense.

— Tout ce que tu veux, ma chérie mais, enfin, que se passe-t-il ? Parle-moi, je t'en prie, implora Victoire.

— Promets-moi d'abord !

Vic chassa une larme du revers de la main et promit.

Fabrine déglutit avec difficulté et chercha à nouveau un peu de courage en inspirant profondément de grandes bouffées d'air entrecoupées de hoquets. Alors, elle ferma les yeux et avoua ce que le neurologue lui avait appris une heure plus tôt.

À ses aveux noyés de larmes se mêlèrent bientôt les déchirants sanglots de Victoire.

Eliot Visconti

Eliot Visconti entra dans le hall du bâtiment et se dirigea d'un pas décidé vers l'ascenseur sans même lever les yeux vers les deux
vigiles et la standardiste qui le saluèrent. Il déposa son attaché-case sur le marbre crème et
rose de la succursale et jeta un regard pressé à
sa montre, une « Patek Philippe » en or rose et
blanc.

À l'étage, sa secrétaire afficha un sourire
professionnel en le voyant arriver, puis se tourna
et appuya immédiatement sur le bouton « Start »
de la cafetière.

— Bonjour, Michelle. Annulez la réunion de dix-sept heures avec les Volmon. Sortez-moi le dossier sur la « Naval de Sirs Sot embus » et faites en sorte que mon avion soit prêt pour dix-neuf heures précises, je dois être sur Paris au plus tard à vingt-et-une heures, dit-il d'une voix suave, mais pleine d'autorité.

— Bien, monsieur, répondit la secrétaire d'une cinquantaine d'années en réajustant son tailleur gris cendre. Que dois-je faire de votre repas caritatif prévu pour ce soir ?

— Annulez-le !

— Il y aura le Maire et le Minis...

— Annulez ! trancha le P.D.G. en ouvrant la porte de son bureau.

— Bien, monsieur. Autre chose ?

— Non, je vous remercie, Michelle, répondit Eliot en refermant derrière lui.

Quelques minutes plus tard, la secrétaire frappa discrètement à la lourde porte capitonnée et pénétra dans l'immense pièce décorée avec raffinement. D'un pas léger, elle s'approcha du bureau en bois de Bubinga dont le *veinage* tirait légèrement vers le rose. Sur l'angle de celui-ci, elle déposa le café encore fumant tout près d'un cadre contenant la photographie d'une charmante petite fille rousse aux magnifiques yeux verts.

Sans lever la tête des dossiers qu'il épluchait, Eliot Visconti marmonna un inaudible merci, puis ajouta plus distinctement :

— Je ne suis là pour personne, Michelle.

— Bien, monsieur, répondit la secrétaire sur un ton toujours aussi détaché et professionnel.

— Demandez à mon chauffeur d'être là à dix-sept heures trente pour me conduire à l'aérop...

— C'est déjà fait, monsieur.

Eliot esquissa un imperceptible sourire. Michelle avait toujours eu le don d'anticiper ses désirs.

— Parfait, dit-il en replongeant dans ses dossiers.

Vingt minutes plus tard, le téléphone posé sur son bureau émit une faible sonnerie, celle destinée aux appels extérieurs. Il arracha le combiné bien plus qu'il ne le décrocha et marmonna d'une voix rauque :

— Michelle, quel est le mot que vous n'avez pas compris dans : je ne suis là pour personne ?

La secrétaire laissa passer quelques secondes.

Depuis presque vingt ans qu'elle travaillait pour le grand Visconti, elle le connaissait par cœur. L'homme était un taiseux bourru, obstiné, têtu et intransigeant, mais dans cette cuirasse existait une faille.

— Votre fille sur la deux. Dois-je lui pro-
poser de vous rappeler demain ?

Eliot perçut la pointe d'ironie dans l'intonation de sa secrétaire, mais ne releva pas. Il se
racla la gorge pour se ressaisir :

— Passez-la moi !

6

Le secret

— Salut, la meilleure des marraines, articula Skip en s'étirant.

Victoire sursauta et regarda son filleul avec toute la tendresse du monde... Si tant est que le monde soit suffisamment vaste.

— J'ai trop bien dormi, après notre cascade. Il faudra demander ce qu'ils mettent dans la perfusion pour en ajouter dans le thé de maman. Elle qui dit toujours avoir du mal à trouver le sommeil.

Victoire lui sourit en se remémorant les mots de Fabrine.

Il est intelligent, c'est à nous de faire ce qu'il faut pour ne rien laisser transparaître, tu m'entends ?

Comme si Skip lisait en elle, il la considéra un instant et demanda :

— Toi, tu as pleuré. Il ne faut pas faire amie-amie avec des cascadeurs si tu ne supportes pas les émotions fortes !

— Je me suis fait un sang d'encre, idiot ! répondit Victoire en souriant avant de se redresser d'un bond pour ne rien laisser deviner de son embarras.

— Maman est où ?

— Partie chercher quelques affaires de toilette : pyjama, brosse à dents, etc. Tu passes la nuit ici en observation. Le médecin voulait la garder aussi mais, tu la connais, c'est une tête de mule. Elle a signé une décharge.

— On retourne quand à la maison ? demanda Tom en passant la main sur le pansement qu'il portait à l'arcade sourcilière.

— Demain en fin de matinée d'après ta mère. Et ne touche pas ton joli pansement, ça te donne un petit côté « Bad boy » que les filles vont adorer, surtout une, ajouta Vic en fronçant les sourcils.

— Cool ! Je dois voir Nina, demain. Elle va craquer sur le pansement, tu crois ?

— Nina, c'est qui, ça ? se moqua Victoire en essayant de faire un clin d'œil.

— Trop mal fait, la taquina Skippy en lui en envoyant un en retour.

Victoire sentit les larmes monter dans ses yeux, incontrôlable flot d'émotions prêt à trahir, par excès d'amour, un secret qu'elle se devait de ne pas dévoiler.

— Je file vite prévenir les infirmières que tu es réveillé et attraper un truc à manger au distributeur. Les émotions, ça creuse, je meurs de faim ! mentit-elle.

— Tu me rapporterais un mars ?

— Et un mars pour « monsieur cascade »,
répondit-elle en refermant la porte sans se retourner.

Fabrine raccrocha le téléphone. Sa main tremblait, son corps tout entier était une feuille balayée par le vent d'automne, mais elle avait tenu bon, parvenant à emprisonner ses larmes alors que la voix de son père s'était brisée à plusieurs reprises. Elle avait été brève, cassante, glaciale. Une conversation rapide sans la moindre concession et sans avoir prononcé ce mot qu'elle refusait de lui offrir : *papa.*

Va au diable !

Elle attrapa dans son sac les médicaments que lui avait prescrits le médecin. Deux par jour, c'est im-pé-ratif, avait-il dit en séparant les syllabes. Elle les avala avec un grand verre d'eau qu'elle savoura presque tant son corps lui paraissait sec, déshydraté par une pluie diluvienne de larmes. À présent, elle ne parvenait même plus à pleurer, il ne restait à sa souffrance qu'une peine sèche comme si la rivière s'était tarie.

Elle se dirigea vers la salle de bain pour dissimuler les quatre boîtes dans l'armoire à pharmacie. Skip ne devait pas les trouver, sinon, il poserait des questions et comprendrait ; parce qu'elle le savait, elle ne serait pas suffisamment forte pour lui mentir, les yeux dans les yeux. Tout en haut, derrière la grosse boîte de pansements, elle dissimula la « capécitabine » ainsi que les anti-vomitifs. À quoi bon tout ça ? se demanda-t-elle. Le neurologue avait été clair, le cancer ne reculerait plus, désormais. Il s'était installé sournoisement, sans faire de bruit, pour ne pas être démasqué. Comme un squatteur, il avait élu domicile dans un lieu qu'il détruisait petit à petit. Sans l'accident, sans le scanner passé lors de leur admission à l'hôpital, elle aurait continué à nager dans les mensonges d'un utopique bonheur qui lui souriait hypocritement il y a encore quelques heures. Fabrine sentit qu'à nouveau, l'envie de pleurer la submergeait, mais elle ne poussa qu'une petite plainte pathétique qui déforma son visage.

En attrapant les affaires de toilette qu'elle était venue récupérer, elle fixa l'énorme bouquet de roses qui trônait sur la table. Doucement, elle saisit la petite carte qui l'accompagnait.

Très chère Fabrine,

Encore merci pour cette merveilleuse soirée.

Je dois m'absenter quelques jours. Une visite chez ma sœur, une promesse.

À mon retour, je souhaiterais découvrir un bon restaurant dans le coin et, comme vous êtes de la région, je me sers honteusement de ce prétexte pour vous inviter.

*J'espère que vous accepterez, ce qui m'évitera
d'avoir honte plus longtemps.*

Noël

Le regard vide, elle contempla la petite
carte blanche sur laquelle dansait l'écriture de
Noël comme une chorégraphie de promesses qui
n'avaient plus de sens, à présent. Alors qu'elle
s'apprêtait à refermer la porte de son appartement, elle repensa aux photos de ces adorables
chiots que Skip avait sans doute découpées dans
un magazine et oubliées intentionnellement sur
le canapé. Elle n'était pas dupe et savait que
quand son fils avait quelque chose dans la tête...
L'idée surgit comme si quelqu'un venait de la
lui souffler. Elle s'immobilisa et sentit presque
fleurir un sourire sur ses lèvres. Avant de regagner l'hôpital, il lui restait quelque chose à
faire.

Le vieux dragon

Eliot regarda le téléphone comme si ce dernier pouvait lui sauter au visage d'une seconde à l'autre. La main tremblante, il appuya sur le bouton central, celui qui communiquait avec sa secrétaire. Aussitôt, la voix grave de Michelle résonna dans le petit haut-parleur :

— Oui, monsieur Visconti ?

— Michelle, prévenez mon chauffeur de ne pas se déplacer, annulez mon vol pour Paris ainsi que tous mes rendez-vous pour les jours à venir. Faites également prévenir mon épouse que ma fille a eu un empêchement. Elle ne passera que la semaine prochaine, dit-il d'une voix qui semblait sortir d'outre-tombe.

— Tout va bien, monsieur ? s'enquit la secrétaire, un peu inquiète.

Eliot regarda machinalement tout autour de lui. Le cuir raffiné des fauteuils, l'immense table de conférence de ce qui n'était pourtant qu'une succursale, l'élégance de la décoration et les tableaux parfaitement assortis à cette dernière.

— Oui, répondit-il sans conviction. Tout va bien. Vous pouvez rentrer chez vous, Michelle, je n'aurai plus besoin de vos services, ce soir.

Surprise, la secrétaire laissa passer un instant.

— Bien, monsieur. Bonsoir.

Eliot coupa la communication sans répondre et se dirigea vers l'immense baie vitrée qui surplombait le port de Toulon. Il observa sans vraiment s'en rendre compte le reflet que lui renvoyait le contre-jour dans la vitre. Ses cheveux poivre et sel, ses yeux émeraude qu'il retrouvait dans le regard de sa fille et son visage qui, jadis, avait eu un certain charme ; mais la tristesse défigurait la beauté aussi sûrement que la joie la magnifiait. Le pas lourd, il retourna à son bureau et se laissa tomber dans le cuir moelleux de son superbe fauteuil Viltra. Une larme roula sur sa joue, il l'essuya hargneusement et demeura quelques minutes immobile, le regard perdu dans le vide. Enfin, il trouva la force de se lever et se dirigea vers la sortie tel un automate.

— Vous êtes encore là, soupira-t-il en appelant l'ascenseur.

— Je ne voulais pas laisser un dossier en suspens, mais j'ai terminé, répondit la secrétaire. J'allais y aller. Vous avez besoin d'autre chose ?

— J'ai besoin que vous partiez lorsque je vous le demande. Vous avez le don de me taper sur les nerfs, cracha Eliot Visconti en s'approchant du comptoir derrière lequel se trouvait sa secrétaire. Il déposa sur ce dernier le pli qu'il tenait dans la main.

— Ç'aurait sans doute été plus facile si vous aviez fichu le camp, mais... Bon anniversaire ! marmonna-t- il en se retournant pour bloquer les portes de l'ascenseur avant que celles-ci ne se referment.

Surprise, Michelle regarda l'enveloppe.

— Ce n'est pas mon...

— La semaine prochaine, vous aurez passé vingt ans à mon service, ce qui est un record de patience et vous fêterez de surcroît vos...

— Pas de chiffre, monsieur ! le coupa-t-elle à moitié ironique.

Sans rien ajouter, il s'engouffra dans l'ascenseur et disparut.

Intriguée, elle regarda les portes se refermer sur son patron. Depuis le temps, elle avait appris à le connaître et même, en quelque sorte, à l'apprivoiser. La plupart des employés l'appelaient le dragon, un surnom qui lui allait comme un gant tant « l'animal » pouvait paraître froid et se montrer brûlant, tyrannique, même, lorsqu'il s'agissait de mener à bien une affaire.

Quelques années plus tôt, alors qu'elle traversait de graves problèmes personnels, elle s'était confiée à lui en essayant au mieux de retenir ses larmes sans vraiment y parvenir. Comme à son habitude, le grand Eliot Visconti avait semblé l'écouter d'une oreille distraite sans faire preuve de la moindre compassion. Elle était sortie de son bureau, dépitée, en se promettant de démissionner au plus vite... Deux jours plus tard, toutes les portes qu'elle avait cherché à enfoncer par ses propres moyens s'étaient ouvertes comme par enchantement et même le jeune banquier boutonneux qui jusqu'ici s'était montré aussi pédant qu'odieux avait fait montre d'un soudain regain d'empathie, lui communiquant même son numéro de téléphone personnel en lui signifiant avec un sourire exagérément mielleux qu'elle pouvait l'appeler à toute heure.

Ce jour-là, Michelle avait découvert le sens profond du mot... Jubilatoire.

Lorsqu'elle avait voulu remercier son patron, celui-ci s'était empressé de changer de sujet, ignorant totalement la phrase qu'elle venait de bafouiller après l'avoir pourtant répétée des dizaines de fois chez elle, devant son miroir. Avant de s'éclipser, le P.D.G. l'avait simplement gratifiée d'un léger regard rieur et Michelle s'était fait la réflexion que le visage du « dragon » se transformait totalement lorsque l'homme se donnait la peine de sourire, ce qui arrivait très rarement. Immédiatement, elle avait replongé le nez dans ses dossiers. Elle non plus n'aimait pas les effusions. L'authenticité d'un regard sincère valait souvent mieux que de grands discours...

Elle ouvrit l'enveloppe laissée par son patron et découvrit cinq billets à destination de la
Polynésie française ainsi qu'un séjour de deux
semaines en demi-pension dans un hôtel trois
étoiles.

Doucement, elle dégrafa la petite carte
sur laquelle Monsieur Visconti avait griffonné
quatre mots :

Bon séjour en famille.

Eliot

Elle esquissa un sourire ému.

Décidément, il n'aimait vraiment pas les
longs discours.

La surprise

En passant devant l'appartement de madame Hibou, Tom avait entendu la chaîne de sécurité glisser dans son logement. Sans doute leur concierge de voisine était-elle plaquée contre la porte, l'œil littéralement greffé au Juda afin d'épier leur passage et celui de tout l'immeuble. L'accident avait été une belle diversion pour éviter que sa mère le questionne sur l'incident qui, à coup sûr, avait déjà fait le tour du bâtiment.

Il jubila intérieurement en se disant cependant que leur petite blague ne semblait pas avoir servi de leçon à leur acariâtre de voisine.

— Je peux te demander de faire très, très attention en entrant ? demanda Fabrine à son fils.

Skip interrogea Vic du regard.

— Non, ne me dis pas que maman a enfin passé un coup de serpillière et que c'est... Propre ?

— Skip ! le reprit Victoire en faisant mine d'être outrée.

— Ah, ce n'est pas sec, c'est ça ? insista-t-il en pouffant.

— Tom, continue d'être insolent et je rapporte ta surprise spéciale sortie d'hôpital là où je l'ai trouvée, répondit Fabrine en ouvrant la porte et en s'écartant pour le laisser entrer le premier.

Elle sentit la main de Vic lui serrer l'avant-bras. Leurs regards se croisèrent et Victoire pinça légèrement les lèvres en la fixant comme pour dire : « Ça va aller, on reste forte toutes les deux ! »

Skippy pénétra dans le couloir, fit quelques pas et regarda rapidement sur sa droite. La petite table en bois brut était jonchée de feuilles de soins et d'enveloppes blanches qui tranchaient avec la faïence moutarde et les meubles en chêne foncé de la cuisine équipée. Tout semblait normal, de ce côté-ci... Pas de surprise ! Il tourna la tête sur sa gauche, direction la salle à manger et fixa la grande table en merisier. S'il y avait un cadeau, c'est peut-être là que l'aurait posé sa mère ; mais seul le gros bouquet de roses trônait sur cette dernière. Soudain, il se souvint du dernier vœu qu'il avait fait, puis se raisonna aussitôt. C'était impossible, sa mère n'aurait jamais cédé, pas si vite... Pas sans lui en parler. Pourtant, une petite voix lui souffla qu'il était dans le vrai. Hébété, il se retourna la bouche à demi ouverte, les yeux pétillants d'excitation et c'est là qu'il la vit arriver...

Sortant du salon, une petite boule de poils mal- assurée sur ses pattes s'avança vers lui en manquant de glisser à deux reprises sur le carrelage jaune moucheté de noir.

— Oh ! Maman, c'n'est pas vrai, maman ! C'est mon chien, c'est mon bébé chien ? demanda-t-il le sourire jusqu'aux oreilles en prenant avec douceur le petit animal dans ses bras.

— Il semblerait que oui ! Et c'est une fille.

— Oh ! Merci, merci, ma Mounette ! Tu es la meilleure maman du monde !

Il se pencha un peu plus pour embrasser la petite peluche beige alors que celle-ci se tortillait dans tous les sens pour essayer de lui lécher le visage.

— Regarde, maman, regarde ! Elle m'aime déjà.

Skippy croisa le regard de sa mère dont les yeux s'étaient emplis de larmes.

— Tu pleures ? demanda-t-il, étonné. Pourquoi tu pleures ?

— Parce que j'ai un chien, soupira-t-elle de façon fataliste en essayant de paraître drôle. Puis, elle ajouta pour justifier ses larmes :

— Et parce que je suis heureuse de te voir heureux, idiot !

Journal de bord très
intime de Tom Visconti :
Commandant en chef de chaque page,
Commandant suprême de chaque ligne.

Depuis quelques jours, maman semble parfois un peu triste. Elle m'a dit que c'était le contrecoup de l'accident, qu'elle avait eu tellement peur pour moi et qu'il lui faudrait un peu de temps pour reprendre ses marques, pour s'en remettre. Elle a ajouté qu'elle s'inquiétait aussi pour son cabinet qu'elle avait dû se résoudre à fermer.

Les parents se font tellement de soucis, parfois ! Moi, je pense qu'elle a hâte de revoir le voisin, mais ça, elle ne risque pas de me le dire.

Nina est folle de ma chienne mais, d'après Morgan, Nina est folle tout court !

Mercredi, on va tous aller se baigner à la rivière. Maman va encore se faire du souci comme chaque fois que je m'approche de l'eau... Moi, je trouve que c'est une super idée, la rivière, parce que je pourrai emmener « Pioupette », c'est le nom de ma petite peluche vivante. On l'a inventé avec Nina et la bande, parce que « Pioupette, c'est le chien qui est chouette, qui n'mange pas des cacahouètes, qui préfère les croquettes. » C'est nul, je sais, mais on a beaucoup ri avec ça. On a trouvé plein de rimes qui se terminaient par « ète », c'était un délire pour s'amuser et, comme souvent, ça c'est terminé en fou-rire incompréhensible pour le reste du monde... Sauf pour nous cinq.

— Pioupette, l'est super chouette ! a commencé Morgan en avalant un biscuit.

— Pioupette, l'aime bien faire la fête et les galipettes ! a renchéri Nathan.

— Pioupette, l'a pas d'quéquette ! a crié Luca en riant.

Déjà là, le fou-rire avait pointé le bout de son nez.

Nina nous a dévisagés avec sa tête de rigolote, puis elle a crié :

— Pioupette, l'aim' pas madame Hibou !

— Et elle est où, ta rime ? s'est moqué Nathan en haussant les épaules.

Alors, Nina a terminé sa phrase en faisant une grimace :

— L'y chie sur la tête !

C'est là que le fou-rire s'est invité.

Le vœu pour mon chien a encore marché, alors, j'en ai refait un il y a deux jours et, maintenant, j'ai plus de doute. Tout ce qu'avait dit la femme à la télé est vrai et j'ai été bien stupide de me moquer. Je ne vais pas le dire à mes copains, mais je vais en parler à maman.

Skip porta son stylo à la bouche en se disant qu'il était difficile de garder un secret. Jusqu'ici, Morgan avait été dans toutes les confidences mais là, le risque était trop grand.

Il se pencha sur son journal et écrivit un mot qu'il souligna :

Mon nouveau vœu :

Le nouveau vœu était vraiment difficile et plus c'est compliqué, plus il me faut aller chercher loin le noir derrière mes paupières. C'est épuisant ! Je ne sentais plus le bout de mes doigts lorsque les objets ont commencé à bouger dans ma chambre et, après, j'étais tellement fatigué que j'ai dormi pendant une heure ; mais aujourd'hui, l'incroyable s'est encore produit. Mon vœu s'est réalisé ! Ce matin, le téléphone a sonné. À la tête qu'a faite maman, j'ai tout de suite compris et j'ai fermé les yeux très fort en priant pour que ce soit ça. J'ai fait semblant de ne pas m'intéresser à la conversation mais, un moment après, quand maman a raccroché, j'ai vu qu'elle essuyait discrètement une larme. Elle s'est approchée de moi et m'a avoué l'impensable... Papi et elle s'étaient réconciliés ! « On doit même aller manger tous ensemble », a-t-elle ajouté.

Il faut que je lui explique comment tout ça a commencé et que je lui montre pour les vœux, mais j'ai peur qu'elle ne voie pas ou, pire, qu'elle soit fâchée de savoir que je suis responsable pour Pioupette ou pour Papi et elle. Je vais faire mon dernier souhait, un truc encore plus fou et, si ça fonctionne encore cette fois, je raconterai tout à maman. Oui, juste à elle.

Nager avec des dauphins, ce doit être juste... Magique, vraiment magique ! Les dauphins et les chiens sont mes animaux préférés, mais je ne vais pas faire le vœu de nager avec des chiens, ce serait crétin comme vœu !

Skippy s'assit en tailleur sur son couvre-lit bleu en souriant de la bêtise qu'il venait d'écrire. « Nager avec des chiens ! » Il fixa les posters des mammifères aquatiques qui jonchaient son mur, ferma les paupières, s'allongea doucement et se concentra comme il en avait désormais l'habitude, une concentration extrême où il regarda loin, très loin derrière ses paupières pour être aligné avec l'univers...

Skip appuya sur le bouton et cria en imitant la voix et l'accent de Victoire :

— *Té vé*, ma chérie, j'ai mis la cafetière *in* route, je file prendre ma douche ! dit-il en imitant exagérément l'accent du Sud de Vic.

— Je vais dire à ta marraine que tu te moques d'elle, répondit Fabrine de sa chambre.

— Je nierai même sous la torture, je nierai tout en bloc ! répliqua Skippy en entrant dans la salle de bain. Au passage, il plia méthodiquement son haut de pyjama — en boule — et le rangea « soigneusement » par terre.

La petite chienne sauta sur le vêtement et le secoua comme s'il s'agissait d'une proie...

Skip la souleva, enfouit son visage dans sa four-
rure en faisant claquer une multitude de bisous,
puis la reposa sur son pyjama.

Fabrine s'approcha doucement de la porte
et tendit l'oreille comme une espionne. Lorsque
le bruit singulier du pommeau de douche se fit
entendre, elle attrapa dans sa robe de chambre
le flacon de médicaments et se dirigea vers la
cuisine. Rapidement, elle se versa un fond de jus
d'orange et avala les deux gélules comme une
écolière tirerait sur une clope cachée dans les
toilettes du collège.

— Tu reprends quand le travail ? demanda Skippy, une serviette nouée autour du bassin
pour protéger sa nudité.

Fabrine sursauta et lâcha le verre qu'elle
tenait encore dans la main.

— Merde ! cria-t-elle lorsque le récipient
éclata sur le carrelage. Puis, plus calmement, elle
se reprit :

— Tu m'as fait peur, je te croyais sous la douche.

— Déstresse, *Mounette*, la railla Skippy, un peu étonné. J'avais oublié de prendre une serviette.

Fabrine le regarda avec tendresse en souriant du mieux qu'elle le put et débita un flot de paroles incessant en ramassant les morceaux afin de masquer son trouble :

— Eh bien, tu m'as fait sursauter. Pour le travail, je ne peux pas reprendre tant que j'ai la minerve, ce qui finalement n'est pas un mal pour l'éducation de ta boule de poils ; comme ça, lorsque tu es au collège, elle ne se retrouve pas toute seule. On a l'air malin, tous les deux, moi avec ma minerve, toi avec ton pansement sur le front et ton attelle au poignet. J'espère que tu n'as plus trop mal. C'est pratique, ces attèles à scratch...

Surpris par son attitude pour le moins étrange, Skippy la considéra une seconde, fixa les morceaux de verre brisé sur le sol puis, singeant les poses que prenaient les culturistes lors des concours, dit d'une voix pleine d'humour :

— Pas facile de garder son sang-froid devant un tel corps d'Apollon, n'est-ce pas ?

Fabrine se fendit d'un large sourire en le regardant s'éloigner. Lorsqu'elle entendit la porte de la salle de bain se refermer, elle fixa sa main droite qui tremblait. Elle déglutit avec peine pour ravaler ses sanglots et eut l'impression que son cœur lui griffait la poitrine tant il battait fort.

Deux jours plus tard
L'incroyable voyage

Morgan n'en revenait pas.

— C'est dingue, tu disais qu'ils étaient fâ-
chés à mort !

Skippy repensa à son vœu et s'en voulut de cacher la vérité à son meilleur ami,
mais avait-il vraiment le choix ? Il soupira et laissa passer quelques secondes avant
d'argumenter évasivement une banalité
qui résumait à elle seule l'improbable réconciliation :

— Oh ! Tu sais, les trucs d'adultes !

À l'autre bout du fil, Morgan confirma par un gargouillis, mélange d'une vague approbation et d'une certaine incompréhension. Puis, la voix pleine d'excitation, il demanda comme pour avoir confirmation :

— Et tu es sûr qu'on peut tous venir ? Je veux dire : toute la bande ?

— Oui, si vos parents sont ok, c'est tout bon ! Maman a juste dit qu'ils devaient signer une décharge pour avoir l'autorisation, un truc comme ça.

— Bon Dieu, Skip, j'n'y crois pas ! Tout le parc juste pour nous, personne d'autre ?

— Personne, je te dis ! Toute la journée de samedi, c'est que-pour-nous ! Ensuite, on dort dans un des meilleurs hôtels, un truc de fous, a dit ma mère !

Sa voix tremblait d'excitation à tel point que la fin de sa phrase s'envola tel un soprano.

Il respira, descendit de deux octaves et reprit plus posément :

— Et dimanche, on profite encore du parc jusqu'à dix-sept heures.

— Les parents de Luca ont dit oui ?

— Ouais, reste plus qu'à décider le père de Nath et les parents de Nina. Ça, ce sera l'plus difficile.

Un silence plana quelques secondes, parce que l'imaginaire prenait déjà le pas sur la réalité de l'incroyable aventure qui les attendait.

Morgan reprit :

— Putain, louer tout le parc de Marineland juste pour nous, c'est vraiment dingue ! J'n'arrive même pas à croire que ce soit vrai. Quand ta mère en a parlé à mes parents, j'ai cru que c'était une blague, un truc du genre caméra cachée... Merde, ça coûte combien, de louer tout un parc ? Tu te rends compte ? Je savais qu'il était riche, ton grand-père, mais là !

— Aucune idée mais, d'après ma mère, c'n'est rien pour lui et, à la façon un peu écœurée dont elle me l'a dit, j'espère qu'ils ne vont pas se « refâcher » d'ici samedi.

— Oh merde, non ! gémit Morgan.

Skip ricana.

— Non, t'inquiète, maintenant qu'elle a promis, elle n'annulera pas, ce n'est pas son genre. Surtout qu'elle vous en a parlé. En plus, ça tombe une semaine avant mon anniv', elle ne va pas me faire un truc pareil, c'est certain.

— Tu m'étonnes, John ! J'espère, pépère ! C'est trop bien qu'ils aient fait le « *réconciliage* », plaisanta Morgan. Il est si riche que ça, ton grand-père ?

Perdu dans ses souvenirs, Skip répondit d'une voix désabusée :

— J'n'sais pas trop, mais ma mère a dit un jour : « Il est aussi riche qu'il est con, c'est dire les milliards qui dorment sous son matelas ! »

Morgan demanda, étonné :

— C'est vrai, ta mère t'a vraiment dit ça ?

— Non, tu rigoles, pas à moi ! Mais je l'ai entendu le dire à ma marraine.

— Marineland ! J'n'y crois toujours pas. Tout le parc pour nous et on va nager avec les dauphins, en plus !

— Ça va, remets-toi ! Moi, tu sais, c'est mon quotidien, lança Skippy en jouant volontairement le blasé prétentieux avant de poursuivre :

— Et pour nager avec les dauphins, pense à faire signer l'autorisation à tes parents.

— Ouais, ouais, tu l'as déjà dit.

— Je sais mais, sans ça, tu ne pourras pas.

Le silence plana une seconde. Skip le rompit :

— Toujours ok pour la rivière, cette aprèm ?

— Toujours, mon pote. Je porte des biscuits !

— Alors là, tu m'étonnes, « monsieur j'ai toujours faim » ! Porte plutôt un maillot.

Sans répondre à la pique, Morgan soupira d'aise et lâcha :

— Putain, j'ai trop hâte d'être à samedi !

Skip se demanda s'il y avait une chance pour que les parents de Nina acceptent, mais il se souvint de ce que lui avait dit sa mère en souriant : « Le nom de ton grand-père peut faire des miracles. Aie confiance ! »

Il sourit en se disant que la vie était simplement merveilleuse, en ce moment... Puis, petit à petit, son sourire s'estompa, laissant simplement sur ses lèvres la trace de son furtif passage. À bien y réfléchir, ces derniers jours, il lui arrivait de trouver sa mère un peu distante, comme... Préoccupée. Maintenant que son vœu des dauphins s'était réalisé, il n'avait plus aucun doute sur l'étrange don qu'il possédait. Il allait pouvoir le lui montrer et, si elle le souhaitait, il pourrait même influencer les éléments... Pour elle. Mais à quoi pouvaient bien lui servir de telles compétences ? Pourquoi parvenait-il si facilement à influencer l'univers ? Pourquoi ce cadeau du ciel lui avait-il été donné ?

— Oh, t'es là ? demanda la voix de Morgan, le tirant de ses rêveries. Je disais : j'ai hâte pour samedi !

— Oui, oui. Moi aussi, moi aussi ! Trop, trop hâte. Bon, je dois te laisser, il faut que je sorte Pioupette.

— Pioupette, le chien qu'est super chouette ? plaisanta Morgan.

— Ouais, la Pioupette qu'aime faire la fête, renchérit Skip avant de crier :

— Merde, elle fait pipi !

Sur la table du salon, Fabrine servit deux grands verres de jus d'orange fraîchement pressée dans lesquels elle ajouta de la glace pilée et une feuille de menthe.

— Trop bon, maman. J'adore ça !

— C'est bien pour ça que j'en fais.

— Tu n'en faisais pas autant, avant.

— Je te rappelle que j'ai la chance d'être à la maison à la suite d'une cascade, alors, j'en profite pour faire plaisir à mon fils, répondit-elle en lui décochant un clin d'œil.

Skip s'amusa avec le velcro de l'attelle qu'il portait au poignet.

— Arrête de jouer avec, ça ne va plus tenir, après.

Un sourire moqueur accroché au coin des lèvres, il regarda sa mère de biais, puis décolla et recolla à toute vitesse le morceau de tissu noir en faisant mine de se gratter simultanément la tête. Le bruit du « scratch » donna l'impression qu'un micro amplifiait le passage des doigts dans sa chevelure, un peu comme dans un dessin animé.

— Que tu es bête, s'esclaffa Fabrine.

— Ça marche aussi sur d'autres parties de mon anatomie. Tu veux voir ?

— Non, merci, je visualise très bien !

— T'es pas drôle, Mounette, tu ne veux jamais jouer avec moi, bougonna-t-il en prenant une mine boudeuse.

Tous deux se mirent à rire.

— Termine vite ton jus d'orange jusqu'à la dernière goutte. Les vitamines ne durent qu'un quart d'heure, paraît-il.

— Oui, je vais me doper !

— En parlant de dopage, comment nage notre petite championne ? questionna Fabrine en regardant la petite chienne confortablement installée à l'angle du canapé. L'animal dormait profondément dans cette position si attendrissante qu'adoptent souvent les chiots, affalés sur le dos, les quatre pattes en l'air, la truffe enfouie sous son aisselle.

Skip ne put se retenir de sourire de fierté.

— Si tu l'avais vue jouer dans l'eau, tout le monde ne regardait qu'elle. Une véritable attraction, notre Pioup'.

Il posa les doigts sur le petit ventre rose de la chienne pour la papouiller. L'animal sursauta, s'étira en bâillant paresseusement et s'affala un peu plus encore en gardant closes les paupières pour savourer pleinement les caresses.

— Visiblement, la natation l'épuise, lâcha Fabrine avec tendresse.

Skip regarda sa mère, hésitant. Il avait pensé plusieurs fois à la manière dont il pourrait aborder le sujet mais, à présent, il hésitait, tergiversait, ne sachant pas comment s'y prendre. Il inspira profondément et se lança :

— Tu sais, il y a quelque temps, j'ai vu une émission à la télévision. Ça parlait du pouvoir qu'a notre volonté pour influencer le cours des évènements, le... C'est compliqué, mais...

Fabrine le regarda en fronçant les sourcils et Skippy se mit à rire nerveusement.

— Bon, je sais, ce n'est pas très clair, mes explications, mais si je te montre un truc incroyable, tu peux me promettre de garder le secret ?

— Waouh, tu es bien mystérieux ! se moqua Fabrine en passant la main dans ses cheveux.

Devant le regard grave de son fils, elle haussa les épaules avec une petite moue interrogative et capitula :

— Ok, je t'écoute.

— Promets d'abord !

Elle leva la main droite d'une façon théâtrale et promit.

Tom referma les doigts sur la main de sa mère, se leva et l'attira vers lui.

— Viens, je vais te montrer ce que j'arrive à faire.

Scooter

— Nicole, vous avez carte blanche pour habiller les mannequins, dit Victoire en fixant sa vendeuse. Laissez libre cours à votre imagination, ce sera très bien comme d'habitude. Pour samedi, j'ai demandé à Doriane de venir vous prêter main-forte. Vous savez, c'est la petite intérimaire, celle qui était restée trois semaines pour la période de Noël dernier.

— Oh, la petite brune toute « mimi » ? Avec elle, c'est certain, nous allons battre des records de ventes. Les jeunes entreront dans le magasin juste pour la voir et ressortiront les mains chargées de sacs simplement pour l'impressionner, plaisanta Nicole.

— Vous osez prétendre qu'ils ne font pas la même chose pour nous ?

Elles se regardèrent, amusées ; mais le cœur n'y était pas.

Nicole sourit à sa patronne d'un air compatissant et soupira en déballant un carton.

« Scooter ». C'est Victoire qui avait trouvé le nom de la petite boutique et, dans la rue Georges Cisson, le magasin de vêtements était une référence, parce que Vic avait le don de repérer les couleurs, les tissus, les coupes des tendances à venir. La mode était, pour elle, une seconde nature.

— Vous pouvez partir tranquille, votre magasin sera entre de bonnes mains. Profitez de chaque seconde de votre incroyable séjour, lui dit Nicole.

— Oh, je sais bien qu'avec vous…

Vic ne termina pas sa phrase. Son regard se perdit vers la Mairie en contrebas. La rue piétonne commençait à se remplir doucement, la journée promettait d'être chaude.

— Ce n'est pas le magasin qui m'inquiète, poursuivit-elle dans un souffle.

Toutes deux se regardèrent avec douceur sans ajouter un mot… À quoi bon ?

Fabrine porta la main à sa bouche pour éviter de hurler. À présent, les larmes ruisselaient sur ses joues, des larmes de surprise, de peur et d'étonnement qui inondaient ses yeux.

Skippy la considéra un instant, le cœur rempli d'espoir et de gêne. Il demanda la voix, éteinte :

— Alors, tu as vu maman, tu as vu, n'est-ce pas ? Tu as vu ce que je fais ?

Hébétée, Fabrine secoua la tête affirmativement, sans dire un mot.

— Tu as vu quoi, exactement ? insista-t-il comme pour être certain qu'elle ne mentait pas.

Il regretta aussitôt sa question, parce que la réaction de sa mère ne laissait aucune place au doute.

Fabrine avala péniblement à plusieurs reprises. Les larmes éclaboussèrent sa voix lorsqu'elle articula péniblement :

— Les choses bougeaient dans la chambre, les objets... Oh ! Mon Dieu, c'n'est pas croyable ! dit-elle en lâchant un rire nerveux en total décalage avec l'expression de son visage.

— Faut pas pleurer, ma petite maman, faut pas ! s'empressa-t-il de dire en venant se blottir dans ses bras pour la réconforter. Je sais que ça doit te faire bizarre, mais je ne veux pas que tu pleures.

Les bras de sa mère se refermèrent un peu plus fort autour de ses épaules et Skippy soupira d'aise, parce que ces bras-là avaient l'étrange pouvoir d'apaiser l'âme et de réchauffer le corps bien plus efficacement qu'un soleil de juillet. Il ferma les yeux pour savourer l'été de cette étreinte et ressentit soudain un immense soulagement. Lorsqu'un peu plus tôt, il lui avait tout raconté, il s'était rendu compte qu'elle ne le croyait pas... Pas vraiment. Comment lui en vouloir ? Lui-même doutait parfois que cela puisse être vrai et ce, malgré toutes les preuves accumulées ces derniers jours. Pourtant, il se demandait encore s'il n'avait pas tout imaginé. Voir ne lui suffisait pas, ne lui suffisait plus... Il lui fallait un témoin. Il réalisa soudain qu'en mettant sa mère dans la confidence, il était également venu chercher une preuve pour lui-même, un spectateur qui confirmerait qu'il n'avait rien inventé, qu'il ne devenait pas fou. Il sentit soudain un immense soulagement l'envahir... Oui, elle avait vu !

Avec une infinie tendresse, il murmura dans le cou de sa mère :

— Tu vois, je n'ai pas raconté d'histoire ! Il ne faut pas pleurer, je peux tout réaliser... Tout !

En disant ces mots, il sentit une infinie fatigue l'envahir comme cela se produisait à chaque fois qu'il entrait en transe, mais il s'évertua à n'en rien laisser paraître.

— Tu...

Fabrine peina à reprendre son souffle. Abasourdie, elle regarda son fils en prenant délicatement son visage dans la paume de ses mains comme on étreint un moineau tombé du nid. Alors, elle termina sa phrase :

— Tu parviens à parler avec qui, exactement ? Ça marche comment ? C'est tellement...

— Je ne sais pas trop comment ça marche, je... J'ai eu le déclic assez facilement. La dame de la télé avait parlé de certaines personnes qui avaient le « don » et je ne sais pas... J'influence les éléments, je communique avec mon ange gardien, d'après ce qu'elle a dit...

— Surtout, tu ne parles de ça à personne, mon cœur, tu m'entends ? susurra-t-elle en regardant tout autour d'elle comme si des espions invisibles pouvaient surprendre leur conversation.

Plus calmement, elle ajouta :

— Tu n'en as pas parlé, n'est-ce pas ?

— Non, juste à toi.

— Et Morgan, ou Nina ?

— Non, j'ai hésité, mais je n'en ai parlé qu'à toi, promis !

Rassurée, elle serra son fils un peu plus fort dans ses bras avant de reprendre sur un ton solennel :

— Je vais me renseigner, on va se renseigner ! Papi a les moyens pour ça mais, jusque-là, bouche cousue, d'accord ?

Elle hésita une seconde et lâcha presque trop vite :

— Je n'ai pas envie de voir mon enfant devenir un animal de foire ou un cobaye pour chercheurs en mal de souris blanches !

Puis, prenant une grande inspiration, elle demanda plus posément :

— Tom, le petit chien et papi, c'est... C'est toi ?

Skippy baissa la tête comme un élève pris en faute et esquissa un léger sourire en pinçant les lèvres.

Pour toute réprimande, il sentit les bras de sa mère se refermer plus fort autour de lui.

Lorsque la réponse est oui

Dans son appartement, Noël tournait en rond. Depuis trente-six heures qu'il était rentré de son séjour chez sa sœur, il ne cessait d'y penser.

Avait-elle reçu le bouquet de fleurs ? Devait-il attendre qu'elle vienne sonner chez lui pour... Pour quoi, d'ailleurs ? Le remercier pour quatre stupides roses ? Lui sauter au cou pour une invitation écrite qu'il n'avait même pas pris la peine de formuler à haute voix ? Avait-elle seulement envie d'y répondre, à cette invitation ? C'était ridicule...

Il regarda à nouveau par le balcon. La voiture de Fabrine n'était toujours pas là.

Peut-être est-elle partie en vacances ? Non ! Hier soir, tu as entendu des pas et des voix feutrées.

Il déballa encore quelques cartons pour s'occuper, mais ses pensées finissaient toujours par vagabonder un étage au-dessus. Il se dirigea vers le frigo pour se servir une bière bien fraîche et versa le contenu de celle-ci dans un verre qu'il prit soin d'incliner pour éviter d'avoir trop de mousse. En touchant le fond du récipient, le breuvage libéra ses millions de petites bulles qui se mirent à chanter comme un hymne aux plaisirs simples de l'existence. Il porta le liquide glacé à ses lèvres et ne put retenir un léger sourire en re-pensant au livre « La première gorgée de bière » de Philippe Delerm. C'est vrai qu'il existait des instants qu'il ne fallait jamais perdre de vue. Dans le fond, le bonheur, ce n'était rien d'autre que ça, tous ces petits plaisirs de vie mis bout à bout et qu'on ne prenait plus le temps de regarder, parce qu'on tenait demain pour acquis ; mais demain, la bière ne chanterait plus, demain, elle serait éventée.

Sa décision était prise, il n'attendrait pas pour aller voir la jolie rousse qui vivait au-dessus de sa tête et même, depuis peu, à l'intérieur de celle-ci. Ce soir, il passerait l'inviter à dîner, parce qu'il y avait bien mieux que le chant des bulles de bière... La jubilation d'une première invitation, le Tam-Tam d'un cœur impatient qui cogne en attendant le verdict et son euphorique mélodie qui redonne quinze ans à tout âge lorsque la réponse est... Oui.

Les allées d'Azémar

Skip accrocha un sourire à ses lèvres en entrant dans ce qui était en quelque sorte sa deuxième chambre, son deuxième chez lui.

Sa marraine avait accroché deux nouveaux cadres aux murs. L'un représentait un chiot, un spitz nain qui fixait l'objectif en penchant malicieusement la tête comme s'il avait appris à prendre la pause. Skip se dit que le petit chien ressemblait beaucoup à sa Pioupette, la même expression dans le regard et une robe presque similaire si ce n'est que sa petite chienne était un peu plus claire. L'autre tableau représentait un dauphin se propulsant dans les airs avec la grâce propre à l'animal. Derrière lui, un magnifique coucher de soleil semblait être venu caresser l'océan pour colorier l'écume de ses reflets d'or.

Fabrine avait accepté qu'il dorme là, ce soir, mais il lui avait semblé lire une certaine tristesse dans le regard de sa mère, une tristesse qu'il ne lui connaissait pas... Peut-être se faisait-elle un peu de souci pour la journée prévue à Marineland. Après tout, ce n'était sans doute pas facile d'avoir soudain la responsabilité de quatre nouveaux ados.

L'appartement de sa marraine se situait en plein centre-ville sur les allées d'Azémar là où, tous les deux mois, s'installait le grand marché pour faire revivre la Provence avec ses nappes fleuries de cigales, ses santons sculptés dans le bois et, bien sûr, ses huiles d'olive qui enfermaient un peu de soleil dans des bouteilles de verre pour le plus grand bonheur des touristes.

L'habitation disposait d'un petit jardin privatif où Skip adorait faire cuire des grillades au barbecue lorsque la belle saison arrivait. Cela lui permettait de se transformer en chef cuisinier pendant que résonnaient sur la terrasse tapissée de glycine les rires entremêlés de Victoire et Fabrine. Le logement n'était pas tout jeune, mais il avait été rénové avec goût et Skip aimait venir y dormir, surtout lorsque la fête foraine s'installait pour quelques jours sur le grand parking des Allées. Il n'avait alors qu'à traverser la route pour s'y rendre.

— Je file regarder dans ma boîte à lettres voir si un homme fou amoureux ne m'aurait pas écrit une missive enflammée. Ensuite, je t'emmène souper où tu veux. Juste toi et moi, mon cœur et, demain, en route pour l'aventure Marineland ! cria Victoire en fermant la porte.

Skip savait qu'il aurait du mal à trouver le sommeil, cette nuit. Jamais il n'avait été aussi impatient. Le rendez-vous était prévu à six heures, boulevard de la Liberté. Là, un minibus loué par son grand-père les attendrait pour les conduire directement au parc d'Antibes.

Il se jeta sur le lit en se laissant rebondir à plusieurs reprises et glapit un bref rire clair suivi de petits cris d'excitation. Même sa mamie serait du voyage, mais elle les rejoindrait directement avec son grand-père, parce que le trajet serait plus reposant en voiture que dans un autocar, aussi moderne soit-il. Tout s'imbriquait à merveille...

Sa mère avait eu la brillante idée de téléphoner aux parents de Nina pour les rassurer et expliquer la situation, prétextant en prime l'anniversaire imminent de son fils pour justifier une pareille sortie et achever de les convaincre. Le courant était tellement bien passé qu'ils avaient immédiatement accepté avec un enthousiasme que Skip n'aurait jamais espéré. « Nous achèterons à Nina deux appareils photo jetables. Surtout, n'hésitez pas à les mitrailler ! », avait plaisanté la mère de la jeune fille en riant. « J'en ai bien l'intention ! », s'était empressée de répondre Fabrine en lui faisant un clin d'œil comme pour dire : « Tu vois, c'est dans la poche ! » Une fois le combiné raccroché, il s'était jeté sur elle pour la couvrir de bisous.

Skip lâcha un sourire de satisfaction. En plus des dauphins, il aurait droit à une sirène pour nager auprès de lui. Son vœu n'était pas seulement exaucé, il était… Transcendé ! Sa mère avait sans doute raison. Le nom de son grand-père pouvait faire des miracles, parce que même le père de Nathan s'était rangé de leur côté. La bande serait au grand complet et la sortie promettait d'être, pour l'esprit, un véritable tatouage de souvenirs, le genre qui ne s'efface jamais et se raconte quand la mémoire est, aux vieux jours, l'ultime porte ouverte sur une jeunesse envolée.

— Personne pour m'écrire une lettre d'amour, je suis dé-goû-tée ! piailla Victoire en revenant. Elle jeta sur la grosse table en chêne brut le courrier qu'elle avait dans les mains et prit un air boudeur avant d'ajouter comme une petite fille vexée :

— Je m'en fous, j'ai le plus beau des jeunes hommes de « Dragui » [2] et des alentours pour m'accompagner ce soir. Tu t'es décidé, tu veux aller où ?

Ignorant la question, Skippy demanda :

— Tu ne trouves pas qu'elle est un peu bizarre, maman, en ce moment ?

Vic marqua une brève hésitation qu'elle dissimula au prix d'un énorme effort.

— Bizarre ? Non, sans doute... Un peu soucieuse. Avec son cabinet fermé pour le

_____

2. Diminutif communément utilisé par les habitants de Draguignan pour nommer leur ville.

moment, il faut la comprendre, tu sais.

Skip ne releva pas, mais une idée venait de germer dans son esprit, une idée qui n'allait-plus le quitter et qu'il lui faudrait vérifier...

— Alors, ce resto, tu as choisi ?

— Le petit chinois à côté de l'église du marché, celui près de la salle de sport, lâcha Skip avec enthousiasme.

Il adorait la nourriture chinoise et l'idée même d'y aller le faisait saliver.

— Alors, va pour le « Mékong », chantonna Victoire en tirant sur ses yeux pour les brider un peu.

— Trop bien. Je file vite me changer. On part dans combien de temps ?

— Vous avez trente minutes pour vous faire tout beau, jeune homme ! Moi, j'en profite pour prendre une douche et essayer d'être à la hauteur de mon cavalier, plaisanta Victoire en se dirigeant vers la salle de bain.

— Tu es déjà très belle comme ça !

Il se dit qu'il avait beaucoup de chance d'avoir Victoire dans sa vie. Elle était presque une deuxième maman dans son cœur. Quelques jours plus tôt, il s'était demandé s'il serait envisageable de souhaiter que son père le recontacte mais, aussitôt, la réponse avait éclaté comme une évidence. Il n'avait pas besoin de lui et, surtout, il ne voulait pas faire un vœu qui risquait de faire de la peine à sa mère.

Il entra dans sa chambre et extirpa rapidement le journal intime de son sac. Il voulait noter rapidement ce qui lui passait par la tête.

Journal de bord très
intime de Tom Visconti :
Commandant en chef de chaque page,
Commandant suprême de chaque ligne.

*J'avais l'intention de faire le truc du
vœu pour que mamie guérisse totalement et
qu'elle puisse se souvenir de tout. Des rires, des
moments de joie et même des disputes qui éclataient
parfois avec maman. Je me souviens que mamie m'a dit un jour : « Avec le recul, les en-
gueulades ont parfois un goût sucré qui fait passer l'amertume des fiertés inutiles et des rancœurs
stupides. »*

Mamie sait toujours trouver les mots, enfin...
Savait.

Skip releva la tête à demi étonné de se souvenir encore de cela. Il est vrai qu'il avait toujours eu cette incroyable capacité à se remémorer des phrases entières entendues dans une discussion, un film ou une publicité. C'est d'ailleurs ce qui lui permettait de singer systématiquement les personnes qu'il désirait imiter. Il sourit et poursuivit :

Je voulais donc faire un nouveau vœu pour elle. Seulement, tout à l'heure, en discutant avec marraine, une idée m'a traversé l'esprit, une idée sur laquelle j'espère me tromper... Chaque fois qu'un de mes souhaits se réalise, il se passe quelque chose de mal juste après, un peu comme s'il y avait... Un prix à payer. C'est une drôle de sensation que je n'arrive pas à expliquer. Un sixième sens ? Ouais, c'est stupide...

Il fronça les sourcils en réfléchissant une seconde à la façon de décrire son ressenti ; puis, concentré, il retourna à ses notes :

Juste après le vœu de Pioupette, il y a eu ce stupide accident...

Depuis la grande réconciliation avec papi, maman semble parfois... Absente, un peu triste, comme si mon vœu l'avait contrainte à faire quelque chose de...

Il hésita un instant sans parvenir à trouver les mots justes... Contrarié, il nota :

Quelque chose qui est contre-nature, qui lui fait mal en dedans sans qu'elle ne sache pourquoi, mais je me fais peut-être des idées...

Bon, je ne dois pas me gâcher le plaisir de ce qui nous attend demain... Marineland ! Je suis un peu étonné que maman ait accepté ce magnifique « cadeau de papi ». Elle qui dit toujours qu'il ne faut pas gonfler le torse avec des billets de banque mais, après tout, j'avais fait le vœu de nager avec des dauphins et c'est précisément ce qui va se passer.

Il se sentit sourire comme un idiot.

Je dois vite m'habiller, je vais au restaurant avec ma folle de marraine. Elle a promis que ce serait notre soirée en amoureux. N'empêche que j'aimerais bien faire ça avec Nina : un restaurant avec sa chérie, ce doit être super !

Mercredi, quand on est allé à la rivière, je me suis dit que Nina était encore plus belle avec les cheveux mouillés. J'étais dégoûté, parce que j'avais oublié mon maillot. Vic dit que c'est l'amour, que lorsqu'on aime, on pense avec le cœur et que celui-ci n'est pas fait pour penser, mais pour aimer. Vic a toujours des explications bizarres !

Je suis à toi dans dix minutes, cria Victoire dans le salon.

— Oui, oui. J'ai presque terminé !

Skippy ferma son carnet et le dissimula rapidement au fond de son sac en réalisant qu'il souriait encore bêtement. Finalement, Morgan avait raison. C'était très bien, un journal intime !

par sa mère pour l'occasion et l'enfila à la hâte sur son jeans délavé, un Levis 501 dont il adorait la couleur. Il s'observa dans le miroir fixé à l'armoire et s'ébouriffa les cheveux avant de passer un peu de gel pour maintenir en place les quelques mèches rebelles qui retombaient négligemment devant ses grands yeux azur.

« Il faut donner une subtile impression de négligé qui ne doit être, en réalité, qu'une désin-volture capillaire savamment orchestrée. L'idée est de ne pas avoir l'air de faire attention à soi tout en ayant un sex- appeal à damner un saint. Des années de pratique... Crois-moi, mon cœur, tu as une experte en la matière ! », lui avait dit un jour Victoire en forçant volontairement son accent provençal.

Il sourit à son reflet.

— Attention, marraine, j'arrive... Et l'élève a dépassé le maître !

Se sentir vivante

Fabrine retira le peignoir de bain de ses frêles épaules et regarda l'étrangère qui la fixait dans le miroir de la salle de bain. Elle avait un peu maigri et deux papillons noirs de rimmel semblaient donner des ailes fragiles à ses yeux fatigués. Des ailes pour quoi ? Pour un regard qui, désormais, ne s'envolerait plus ?

Elle ne se souvenait pas d'avoir pleuré... Parfois, lorsqu'elle était seule, les larmes coulaient sans qu'elle ne s'en rende compte. Elles s'échappaient alors d'une prison de peine que sa volonté et l'amour pour son fils avaient pourtant rendue infranchissable ; mais ce soir, Skippy n'était pas là, alors, les perles d'eau salée s'étaient évadées pour creuser sur ses joues des sillons pathétiques sans cri, sans plainte. Des larmes aussi ridicules que pouvaient l'être des rires sans joie...

Elle entra dans la douche et laissa couler l'eau sur son chagrin pour le laver mais, malgré la vapeur très chaude, les tourments restèrent accrochés à sa peau. Fabrine tourna doucement le thermostat jusqu'à n'avoir plus qu'une cascade d'eau glacée. L'espoir inavoué que peut-être le froid anesthésiait la douleur fut de courte durée. Visiblement, ni le feu, ni la glace n'étaient efficaces contre les blessures de l'âme.

Elle noua une serviette autour de ses cheveux et enfila à la hâte une chemise de nuit en satin rouge avant de se diriger vers la porte d'entrée en soupirant. La sonnerie retentit une seconde fois. Le trousseau de clés de Skip était resté sur la table, sans doute les avait-il oubliées. Elle se força à parler d'une voix claire, presque enjouée :

— Tu as oublié tes clés, gros nigaud ?

La voix derrière la porte ne fut pas celle qu'elle attendait.

— Pardon de vous déranger, Fabrine, c'est... C'est votre voisin, c'est Noël.

Telle une gamine, elle se figea à quelques mètres de la porte, partagée entre l'envie de se précipiter sur le verrou et celle de s'enfuir le plus loin possible. Son ventre venait de se nouer. Visiblement, il restait un peu de vie dans ses entrailles ; elle n'était pas tout à fait morte... Pas encore. Doucement, elle s'approcha de la porte d'entrée et appuya son dos contre celle-ci. De l'autre côté, Noël attendait sans doute qu'elle ouvre ou qu'elle réponde quelque chose, mais elle avait juste envie de vide, de calme pour que son cœur ralentisse encore et encore jusqu'à se figer à jamais.

— Tout va bien, Fabrine ? interrogea l'homme avec douceur.

— Oui, oui, je… J'arrive, ânonna-t-elle en fermant les paupières.

Elle pivota, fragile brindille prête à se rompre sous le poids des tourments puis, doucement, fit coulisser le verrou. La porte s'ouvrit sur le visage radieux de Noël et Fabrine se surprit à penser que, contre toute attente, sa présence l'apaisait bien plus qu'elle ne l'aurait imaginé, bien plus que toutes les douches du monde, qu'elles soient chaudes ou glacées. Une étrange sensation l'envahit brusquement et l'envie de se confier à cet homme devint une évidence. À cet instant précis, elle désira se libérer de ce poids qu'elle ne parvenait plus à porter seule et ce fardeau, elle voulait le déverser dans une pièce vide d'empathie. Quoi de mieux pour cela qu'un étranger afin de ne pas entendre l'écho de la compassion et de l'apitoiement résonner à ses aveux ? Quelle que soit sa forme, l'amour bannissait toute objectivité. Noël, lui, l'écouterait de façon totalement neutre et, bien qu'elle sache que cela ne changerait rien à sa situation, elle en avait besoin, égoïstement besoin.

Elle plongea sans retenue dans le lagon de ses yeux et ce n'est pas l'envie de s'y noyer qui la submergea soudain, mais celle d'être sauvée par cet homme qu'elle connaissait à peine et avec lequel elle avait brusquement envie de s'enfuir le temps d'une étreinte passionnée, fût-elle une simple illusion de bonheur. À cette seconde précise, elle souhaita mentir à son corps, lui faire croire que tout allait bien, le tromper pour aller de l'avant et soulager son cœur parce que, dans le fond, l'amour ressemblait à ça. Une formidable machine à remonter le temps, la seule véritable fontaine de Jouvence capable de faire fleurir l'espoir sur des terres arides de désillusion, de donner

un regain de jeunesse aux plus anciens et l'illusion du poids des ans aux plus jeunes. À bien
y réfléchir, les gens avaient tort... Ils jugeaient
souvent ceux qui cherchaient à tromper la mo-
rosité, la routine ou la fatalité dans les bras d'un
amant ou d'une maîtresse brûlante en qualifiant
avec dédain cette aventure de la plus abjecte des
façons... Une simple histoire de cul ! Mais ils
se trompaient sur toute la ligne. Ce que désirait
le corps dans la passion d'un instant de folie,
c'était une part de jeunesse, un second souffle,
un autre ailleurs, celui que l'amour, dans son in-
commensurable euphorie, apporte avec lui. Fabrine voulait vivre ici, maintenant. Aimer une
heure, une nuit, mais se sentir vivante... Encore
un peu.

Noël comprit instinctivement que quelque
chose n'allait pas. Maladroitement, il avança sa
main vers ce visage devenu si triste. Au contact
de ses doigts sur sa peau, Fabrine ferma les

yeux et laissa doucement glisser sa joue au creux de cet écrin de tendresse comme pour s'y blottir.

Puis, sans dire un mot, sans honte, sans retenue, sans pudeur, elle l'attira à elle pour l'aimer.

7

Les confessions
de Fabrine

E lle s'était attendue à ce que Noël se rhabille et quitte l'appartement aussi brutalement qu'il y était entré mais, allongé près d'elle, il avait pris sa main pour l'enfermer dans la sienne avant de se tourner légèrement afin de la regarder. Fabrine se contentait de fixer le plafond, le visage baigné par un fin manteau de lumière que la lune voyeuse et indiscrète était venue leur offrir.

Elle n'osa pas se retourner pour ne pas avoir à affronter ce moment de complicité où les yeux apportent une ultime caresse quand les corps repus d'amour se reposent en tremblant encore. Le bout des doigts de Noël effleura sa peau en une délicieuse caresse. Ils remontèrent le long de son bras, à l'intérieur, entre le coude et l'épaule là où l'épiderme est le plus fin, puis se perdirent dans son cou. Elle n'avait jamais fait partie de celles qui, après avoir tout donné de leur corps, refusent d'offrir leur cœur comme un ultime baroud d'honneur au lâcher-prise. En agissant ainsi, ces femmes ignoraient qu'elles construisaient leurs relations sur du sable mouvant et que l'amour ne se satisfaisait jamais de demi-mesures et de faux-semblants. Pourtant, ce soir, Fabrine se sentait aussi fragile, aussi indécise que ces femmes-là.

— Je ne veux pas me montrer curieux, mais... Mais tu sembles soudain si triste, murmura Noël d'une voix rauque.

Elle prit une grande inspiration, les préli-
minaires avant les désastres :

— Tu n'es pas obligé de rester, Noël !
Si... Si tu n'en as pas envie, je veux dire, si...

Elle hésita, perdue.

La main de Noël se resserra un peu plus
autour de la sienne.

— Un ami m'a dit un jour que l'avenir d'un couple se joue souvent dans les
deux minutes qui suivent la première
relation sexuelle. C'est à ce moment précis qu'une question surgit comme une sou-
daine prise de conscience, une gifle de réalité au sortir d'un rêve des plus agréables.
« Putain, mais qu'est-ce que je fous ici, moi ? »
Voilà la question qui fait tout basculer, Fabrine.
Celle qui met un terme aux promesses qu'on
se fait lorsque le désir prend le pas sur la raison juste avant que les corps ne se livrent et
n'exultent.

Malgré le détachement dont elle croyait pouvoir faire preuve, elle ne put se retenir de demander :

— Et cette question te taraude déjà ?

Noël se redressa un peu plus pour prendre de la hauteur et capter son regard.

Fabrine sentit son ventre se nouer et s'en voulut instantanément. Avec force, elle refoula ce frisson comme on rejette le bonheur. La voix chaude de Noël murmura :

— Je n'ai jamais eu autant envie d'être là où je suis qu'à cette seconde précise !

Une larme roula sur la joue de Fabrine. Du pouce, Noël essuya la peine qui ruisselait sur ce visage qu'il aimait tant.

— « Pour le meilleur et pour le pire », dit l'adage. Je suis prêt à commencer par le pire, si... Si tu veux bien de mon aide.

Il soupira et lâcha un peu plus fort :

— Putain, il s'est passé quoi, durant mon absence, pour te retrouver dans cet état ?

Cette fois, le barrage céda, parce qu'il ne la jugeait pas, parce qu'il avait deviné qu'elle n'était pas une simple indécise névrosée et capricieuse et qu'il lui proposait son aide tout simplement.

Elle prit une grande inspiration que les sanglots contrôlés entrecoupèrent de hoquets. Alors, elle choisit de faire confiance à cet homme qu'elle connaissait si peu et, après avoir dénudé son corps, elle décida de déshabiller son âme. Elle se força à retrouver son calme et son timbre lui parut celui d'une étrangère lorsqu'elle se confia d'une voix monocorde…

Journal de bord très
intime de Tom Visconti :
Commandant en chef de chaque page,
Commandant suprême de chaque ligne.

Tom souligna en rouge le titre :

Restaurant avec Vic, plus que quelques heures avant le grand jour !

On a trop bien mangé et j'ai pris des gambas pékinoises. J'adore, c'était vraiment trop bon !

Marraine n'a pas arrêté de me poser des questions sur Nina. Qu'est-ce qu'elle est curieuse, une vraie gamine quand on parle d'amour ! Elle me fait rire. C'est étrange, mais je trouve plus facile de lui dire ce que je ressens pour Nina que d'en parler à maman. Sûrement parce que Vic est complètement folle et que maman est...

Non, maman est folle aussi, mais c'est différent... C'est MAMAN.

Vic m'a donné plein de conseils et m'a promis que, demain, elle observerait Nina pour savoir si elle est amoureuse de moi mais, d'après elle, ça ne fait aucun doute. Quand elle m'a dit ça, j'ai encore ressenti les fameux papillons qui s'envolaient dans mon ventre.

Elle m'a raconté qu'il existe des arbres à papillons. « Buddléia quelque chose », qu'ils s'appellent... Ce sont des arbustes qui attirent des centaines et des centaines d'insectes qui viennent les butiner. J'ai demandé à Vic d'en planter un dans son jardin et elle a promis. Moi, je crois que je dois en avoir un dans mon ventre... J'adore cette sensation !

Victoire m'a dévisagé avec ses yeux qui pétillent comme souvent quand elle est fière de moi ou quand elle me dit qu'elle m'aime, puis elle a murmuré en gloussant : « Je ne me trompe jamais sur les sentiments des gens... Jamais ! »

Elle a allumé une cigarette en tournicotant sa mèche de cheveux, le regard perdu sur les ombrelles chinoises pendues au plafond ; puis, en guise de conclusion, elle a éclaté de rire en ajoutant : « Sauf quand l'analyse sentimentale me concerne ! »

J'ai vraiment de la chance d'avoir Vic pour marraine. C'est un peu comme une super copine avec en plus la vision d'une adulte qui peut me donner les meilleurs conseils du monde. La prochaine fois, elle a juré que je pourrais venir dormir avec Pioupette. Ça, c'est une superbe nouvelle !

— Tom, je vois la lumière, sous ta porte, il est presque onze heures et, demain, il faut se lever tôt. *Éteing* ou je vais me fâcher plus rouge que ma mèche de cheveux !

Skip releva la tête de son carnet et sourit. L'accent chantant de sa marraine ôtait toute crédibilité à ses propos.

— Toi aussi, tu m'appelles Tom quand tu es en colère ?

De l'autre côté du couloir, le rire grave de Victoire retentit :

— Je vais t'appeler par tous les noms d'oiseaux si tu n'éteins pas !

Skip referma le petit journal et le fit disparaître au fond de son sac avant de se glisser sous les draps frais.

— Bonne nuit, Vic, j'éteins de suite. Tu vois, je suis un bon petit Tom très sage !

— Moque-toi encore et tu vas voir, répond Victoire, la voix débordante d'amour.

La pénombre envahit l'appartement. Skip savoura en fermant les paupières.

Plus que quelques heures à attendre. Pourvu que la nuit passe vite...

Fabrine se sentait soulagée d'un énorme poids. À présent, elle parvenait presque à respirer normalement... Presque.

Noël ne l'avait pas interrompue, il était resté aussi silencieux qu'immobile et seule l'expression de son visage avait parfois trahi ses émotions. Un froncement de sourcils, une lueur humide dans les yeux et des paupières qui se ferment pour emprisonner l'émotion par pudeur, sans doute. Derrière lui, les flammes de deux bougies parfumées dansaient inlassablement, contrastant avec son corps immobile aussi figé qu'une statue.

Le visage grave, Fabrine soupira et se redressa légèrement dans le lit.

— Voilà, tu sais tout. J'aurais tellement aimé que les choses ne se passent pas ainsi, mais... Putain de bonheur funambule ! lâcha-t-elle avec fatalisme.

Toujours allongé sur le flanc, Noël leva les yeux vers elle en esquissant un sourire triste et osa enfin bouger pour s'asseoir à ses côtés. Il murmura, la voix fragile :

— Je voudrais trouver les mots justes, Fabrine. Je le voudrais vraiment, mais je n'en ai pas. Je suis simplement là si tu as besoin d'une épaule et...

Il s'interrompit. Un silence lourd plana dans la chambre.

— C'est une bonne chose cette sortie, demain, et ta réconciliation avec ton père l'est tout autant même si j'imagine que tu as eu de bonnes raisons pou...

— D'excellentes raisons !

Elle sonda son regard et y lut une grande tristesse. Elle n'aurait su dire pourquoi, mais cette empathie la touchait au plus profond d'elle-même. L'envie de se serrer contre lui la submergea... Elle demeura immobile.

— Oui, j'avais d'excellentes raisons. Si tu es toujours partant pour le pire avant le meilleur et la plus détestable soirée de ta vie, je peux même te les énumérer.

La phrase résonna étrangement dans ses oreilles. C'était comme si la confiance venait de gagner une course contre la réserve qu'elle s'imposait si souvent, surtout concernant cette histoire-là. À présent, voilà qu'elle s'apprêtait à la dévoiler à un voisin de quelques jours. Pire encore, elle en avait envie. En aurait-elle le courage ? La voix et les manières de Noël achevèrent de la convaincre. Il l'attira à lui pour qu'elle pose sa tête sur son épaule et l'enlaça comme pour la protéger des mots qu'elle s'apprêtait à déverser.

— Raconte-moi, Fabrine, murmura-t-il dans un souffle en prononçant son prénom de la même façon qu'on caresse un objet rare.

Elle soupira, plongée dans des souvenirs qui l'entrainaient bien des années en arrière. Un tourbillon d'émotions l'envahit et souffla avec rage ce mur de silence qu'elle avait construit autour d'elle. Il s'écroula comme un château de cartes.

Oui, elle avait envie de lui raconter, de tout lui dire, de lui livrer son cœur dans la chaleur de cette complicité naissante... Après tout, l'avenir n'avait plus aucune importance. Elle chercha dans sa table de nuit un vieux paquet de cigarettes et, après deux ans d'abstinence, alluma une Marlboro. Elle ferma les yeux, tira une longue bouffée, puis murmura :

— Ce que je vais te raconter s'est déroulé en 1968, j'avais presque quinze ans.

Turquoise comme l'ébène

Fabrine regarde sa petite sœur enfiler son short en jeans sur un joli maillot de bain rouge et noir. En passant, elle la bouscule intentionnellement d'un petit coup d'épaule parfaitement dosé. Céline titube, tente désespérément de retirer la jambe du vêtement pour retrouver son équilibre, mais n'y parvient pas. En tombant sur le côté, elle éclate de rire.

— Tu l'as fait exprès ! glousse la petite fille de sept ans.

— Mais absolument pas, rétorque Fabrine en prenant un air innocent en parfaite contradiction avec le sourire moqueur qu'elle affiche.

— Si ! Je vais le dire à maman que tu passes ton temps à me martyriser ! plaisante Céline, les yeux pétillants de malice avec cette façon toute à elle de froncer son petit nez en trompette.

— Tu oses me menacer ? rétorque Fabrine en levant les mains en l'air, les doigts légèrement repliés comme les serres d'un oiseau de proie.

Le signal est clair pour Céline qui hurle entre deux éclats de rire :

— Non, pas les chatouilles, pas les chatouilles !

— Trop tard pour tes pitoyables excuses, mon petit grumeau, répond Fabrine en se jetant sur sa sœur.

Une cascade de joie retentit et inonde toute la maison, puis l'hilarité se calme, s'apaise et se transforme comme toujours en pause câlins.

Sept ans et demi séparent les deux sœurs et Fabrine adore tenir ce rôle de seconde maman sans avoir à endosser les contraintes liées à l'éducation. Bien souvent, d'ailleurs, un simple mot de sa part suffit à convaincre sa cadette là où il aurait fallu des tonnes de patience et d'argumentation à ses parents. La complicité qui les unit est celle que cimente l'amour lorsque les années qui séparent une fratrie sont suffisamment éloignées pour remplacer les puériles disputes en infinie tendresse. D'ailleurs, Céline présente souvent Fabrine comme sa *moeuuuur* en faisant volontairement trainer la fin du mot dans une grimace désopilante, son petit nez en trompette retroussé, les lèvres tendues vers l'avant. Puis, elle ajoute avec son adorable frimousse : « Oui, c'est ma *moeuuur* : un peu ma mère, beaucoup ma *soeuuuur* !

— Les filles, si vous voulez aller à la piscine, c'est maintenant !

La voix de leur père vient de sonner le glas de cet instant privilégié. Fabrine vole un dernier baiser à sa sœur et se relève d'un bon :

— Allez, en route, petit grumeau, sinon, papa va encore faire sa grosse voix.

L'enfant répond par un sourire amusé, presque une grimace. Il ne fait aucun doute qu'elle ne craint absolument pas les colères de son père. Elle a toujours su l'amadouer et pour cause, elle était à bonne école avec son aînée. Cela fait plusieurs fois qu'Eliot les conduit à la piscine. Habituellement, il ne s'encombre pas de ce genre de tâche, trop occupé à faire prospérer sa société mais, depuis quelque temps, il semble prendre plaisir à les accompagner. Une fois là-bas, il ne retire pas son pantalon comme le font la plupart des parents. Non, Eliot s'assoit dans l'herbe à l'ombre d'un platane et passe la majeure partie de son temps à lire les dossiers qu'il emporte avec lui. Il n'a pas le temps d'entrer dans l'eau, pas le temps de parler, pas le temps de rire... Parfois, il se poste à la buvette pour discuter avec quelques membres du club qui sirotent un cocktail. Il pérore alors sur l'extension de sa société, parle de chiffres, de bourse, de géopolitique et, sans doute, mentionne aussi la piscine sur mesure avec doubles toboggans qu'il fait construire pour ses filles.

« Elle ne sera terminée qu'en septembre, mais Fab et Céline pourront tout de même en profiter, puisque nous avons décidé de la faire chauffer », ajoute-t-il avec emphase.

Dans le fond, Fabrine comprend qu'il puisse être fier de ce qu'il a accompli et qu'il en retire un certain orgueil. C'est, en quelque sorte, sa revanche sur tous ceux qui lui ont tourné le dos lorsqu'il était en bas de l'échelle sociale. Comme le lui dit parfois sa mère : « Ton père a trois enfants. Ta sœur, toi... Et sa société ! »

Elle vérifie une dernière fois qu'il ne manque rien dans son petit sac de sport, puis tire brusquement sur la fermeture éclair. Elle a toujours aimé le bruit que font ces dernières lorsqu'on les referme d'un coup sec.

— Allez, en route, p'tit grumeau, crie-t-elle à l'attention de sa sœur.

Juste quelques centimètres

Tout en s'essuyant, elle regarde Céline sauter du petit plongeoir pour éclabousser deux copines de classe qu'elle a retrouvées là. Un petit garçon qu'elle ne connait pas s'approche de sa sœur, plonge sous l'eau et réapparait juste devant le visage de Céline qui crie et rit en même temps.

Fabrine l'observe avec tendresse.

Les traits fins, des taches de rousseur jetées çà et là par le soleil de juillet et de longs cheveux blonds qu'elle a hérités de leur mère. *C'est sûr, elle est partie pour faire des ravages*, se dit-elle en souriant.

Lorsqu'elle relève les yeux, elle surprend le regard de Thierry qui la dévisage. Le lycéen lui fait un signe de la main et la gratifie d'un sourire charmeur. Malgré le bain qu'elle vient de prendre, Fabrine a soudain très chaud. Il faut dire qu'il est plutôt beau gosse, Thierry et, cerise sur le gâteau, il entre en terminale.

— Ma chérie, lui dit son père, je m'absente une minute, je suis à la buvette avec un futur client. Je te laisse surveiller ta sœur, d'accord ?

Fabrine voudrait lui répondre que Céline se débrouille très bien dans l'eau depuis déjà deux ans et lui rappeler qu'il y a deux maîtres-nageurs autour de la piscine pour veiller sur les enfants, mais elle se retient de le faire. Si elle argumente maintenant, la conversation s'éternisera et le charmant Thierry n'osera pas s'approcher.

— Pas de problème, répond-elle avec empressement.

Furtivement, en faisant mine de s'essuyer le visage, elle observe par-dessus sa serviette si Thierry Varocque la regarde toujours
et constate avec bonheur que c'est le cas. Les
garçons n'ont décidément pas l'art et la manière d'être discrets à croire qu'à la naissance,
on leur ajoute l'option « balourd » ; ou bien,
peut-être est-ce inné, chez eux ? Elle se tourne
de trois quarts pour faire face à son père qui
a chaussé pour l'occasion ses lunettes Cartier,
le dernier modèle de luxe, un véritable bijou en
or rose et jaune. Discrètement, elle en profite
pour observer dans les verres blancs le reflet du
beau Thierry qui ne l'a toujours pas quittée des
yeux.

Elle sourit, enjouée.

— Prends tout ton temps, papa, je m'occupe de notre « p'tit grumeau », ajoute-t-elle
gaiement en regardant sa sœur jouer la petite
sirène.

Ce surnom, c'est elle qui le lui a trouvé sans savoir vraiment pourquoi. Il s'est imposé un jour dans une conversation comme une évidence. Peut-être parce que Céline est toute menue, sans doute aussi parce qu'elle a le don de se mêler de tout, de rajouter son petit grain de sel dans des conversations d'adultes et de donner son avis lorsqu'on ne l'attend pas... Bref, elle est le petit grumeau de la famille, celui qu'on ne peut pas louper et qu'on a envie de coincer du bout des doigts pour le grignoter... Par gourmandise.

Après le départ de son père, Thierry ne tarde pas à l'aborder :

— Tu avais peur de venir dire bonjour avec mon paternel à mes côtés ? le taquine-t-elle.

— Ben, il faut dire que ton père a tendance à lâcher des regards genre : « Je vais t'enterrer vivant dans une chape de béton si tu continues de mater ma fille », alors...

— Pourquoi ? Tu me matais ? demande-t-elle sur un ton offusqué qu'elle accentue volontairement en fronçant les sourcils.

Thierry s'empresse de répondre, un peu gêné :

— Non, non ! C'est juste que, enfin, j'ai...

Fabrine prend un air dépité, étend sa serviette sur une chaise longue en prenant soin que chacun de ses gestes soit empreint de féminité et de grâce, puis en rajoute une couche :

— Ah ! Tu ne me regardais pas ? C'est vexant, merci beaucoup !

— Si, je veux dire, bien sûr que si, mais...

Elle éclate de rire et Thierry, bon joueur, l'accompagne lorsqu'il comprend qu'elle plaisante.

Ils parlent de tout, de rien, du lycée, de certains élèves et de quelques anecdotes croustillantes qui les font rire. Durant la conversation, Fabrine lui demande pourquoi il a mis tellement de temps pour se décider à venir lui parler. Pourquoi se contentait-il jusqu'à présent de simples bonjours et de regards lointains ?

Thierry semble réfléchir avant de répondre et lâche, un peu embarrassé :

— Si tu veux la vérité, tu es... Intimidante. Et puis, au lycée, tu passes tout ton temps avec tes copines. C'est vrai, ajoute-t-il avec humour, si vous restez toujours en « troupeau », ce n'est pas facile pour nous, les mecs, de trouver le courage de s'approcher.

Fabrine sourit, heureuse.

Un ami de Thierry les a rejoints. Il est accompagné de sa copine, une fille qu'elle ne connaissait que de vue, mais qui s'avère être très sympa... Un peu folle et même totalement timbrée, mais oui, très sympa.

Elle aussi est en seconde, mais pas dans la même classe que Fabrine. C'est un joli brin de fille sans pour autant faire partie des canons de beauté. Plutôt grande, élancée, des cheveux que les poètes qualifieraient de corbeau et des yeux tout aussi noirs qu'ils pétillent lorsque sa folie se met en route, c'est-à- dire la plupart du temps...

Fabrine aime beaucoup son prénom. Il sonne avec la douceur d'un triomphe... Victoire.

Au début, les cris ne l'interpellent pas. Ils sont le lot commun de toutes les piscines du monde lorsque les jeux d'été éclaboussent le ciel de chahuts et de rires entremêlés ; mais soudain, quelque chose s'allume dans son cerveau, comme un signal d'alarme, et un frisson presque douloureux électrise sa colonne vertébrale. Le bruit de fond devient distinct et dans le brouhaha claque un mot, puis une phrase, comme un coup de poing :

— Vite, putain, elle se noie !

Fabrine dresse la tête et se relève d'un bond, renversant les boissons que Thierry vient

rapporter. À quelques mètres de là, un attroupe-
ment s'agite autour de la piscine.

— Bordel, elle est coincée, elle est coincée, rugit une voix parmi les badauds.

Un homme plonge dans l'eau et se colle à
la paroi.

— Un tuyau, il faut un tuyau ! braille une
femme, hystérique.

L'enfant cherche désespérément de l'air
et seuls quelques centimètres d'eau l'empêchent
de respirer, de sortir la tête pour trouver l'oxygène providentiel.

Fabrine s'approche de plus en plus vite
jusqu'à se mettre à courir. Quelque chose en
elle hurle une évidence bien avant qu'elle ne re-
connaisse le maillot de bain rouge et noir de sa
petite sœur. Puis, le temps s'arrête, les cris se
glacent, le monde se fige et sa poitrine implose.

— C'est ma sœur, c'est ma sœur, aidez-la !
hurle-t-elle, les tempes compressées dans un étau.

Sans lui prêter attention, le maître-nageur se penche et essaie désespérément de tirer la petite fille, de dégager son bras coincé dans bouche d'aspiration un mètre plus bas. La grille de sécurité semble s'être décrochée et le morceau de plastique flotte à la surface comme un coupable tout désigné qui observerait ses méfaits.

— Olivier ! Coupe cette putain de pompe, j'n'arrive pas à la libérer ! lance le maître-nageur à son collègue en se contorsionnant pour trouver un appui. Coupe les pompes, les pompes ! braille-t-il à nouveau, lavoix brisée par la panique.

Pour se frayer un chemin, Fabrine pousse violemment une femme un peu forte qui regarde la scène comme fascinée par un spectacle vivant. Un insecte stupide face à une lumière vive. Elle se jette à genoux tout près du sauveteur et ses yeux s'emplissent de larmes lorsqu'elle croise le regard de Céline, un regard terrifié qui lui

405

glace le sang et la broie de l'intérieur.

— Aidez-la, je vous en supplie ! Aidez ma
sœur !

— Un tuyau, bordel de merde ! Un tuyau...
Y'a pas un tuyau ? enrage le second maître-nageur en fouillant dans le local technique à la recherche d'une solution qu'il ne trouve pas.

L'homme qui avait plongé près de Céline remonte, reprend sa respiration et replonge
aussitôt. Il tente en vain de faire du bouche-à-
bouche à la petite fille mais, en proie à la panique, l'enfant le griffe profondément au visage
de sa main encore libre. Il refait surface et tempête, à bout de souffle, un borborygme de mots
noyés par la panique.

— Putain, j'y arriv' *bas... Arriv'... Bas* !

Tout autour de la piscine, c'est l'incompréhension. Les gens courent dans tous les sens
à la recherche d'une idée, n'importe laquelle,
susceptible de pouvoir aider. En désespoir de

cause, deux pères de famille se sont agenouillés sur le rebord et écument l'eau le plus rapidement possible à l'aide de deux petits seaux de plage. Ridicule et dérisoire tentative qui, dans un film, aurait presque pu paraitre comique, mais que la réalité de l'instant hurle comme une tragédie d'impuissance.

Un bras se tend au-dessus du maître-nageur. La main tient un morceau de métal creux dont on a retiré un embout en plastique. Peut-être un barreau de la clôture...

« Donnez-le... Lui... Faire un tuba, un tuba 'vec ! » sont les seuls mots compréhensibles qui ressortent d'une phrase hachée par la peur.

Le sauveteur comprend et tente l'impossible en implorant le ciel pour que ça marche. Il y a si peu d'eau entre la bouche de la petite fille et la surface, seulement quelques centimètres, deux doigts tout au plus mais, sur l'étendue de la piscine, ce sont des centaines de mètres cubes cause, deux pères de famille se sont agenouillés sur le rebord et écument l'eau le plus rapidement possible à l'aide de deux petits seaux de plage. Ridicule et dérisoire tentative qui, dans un film, aurait presque pu paraître comique, mais que la réalité de l'instant hurle comme une tragédie d'impuissance.

Un bras se tend au-dessus du maître-nageur. La main tient un morceau de métal creux dont on a retiré un embout en plastique. Peut-être un barreau de la clôture…

« Donnez-le… Lui… Faire un tuba, un tuba 'vec ! » sont les seuls mots compréhensibles qui ressortent d'une phrase hachée par la peur.

Le sauveteur comprend et tente l'impossible en implorant le ciel pour que ça marche. Il y a si peu d'eau entre la bouche de la petite fille et la surface, seulement quelques centimètres, deux doigts tout au plus mais, sur l'étendue de la piscine, ce sont des centaines de mètres cubes qu'il faudrait vider. Il crie à l'enfant de respirer avec le barreau, mais le regard qu'il croise est celui de la folie, celle qui s'empare d'une personne lorsque l'instinct de survie annihile toute réflexion, lorsque la terreur devient un gouffre qui aspire toute logique. Il essaie d'introduire lui- même l'embout dans la bouche de Céline qui se débat et mord le morceau de métal si fort qu'elle se déchire profondément la gencive. L'atroce vision du sang qui se mélange à la douceur turquoise de l'eau est insoutenable. Fabrine perd pied et hurle... Hurle, dans l'hystérie de sa panique, des mots sans queue ni tête que ses larmes avalent. Elle tombe à genoux et croise le regard de sa sœur, celui qu'elle n'oubliera jamais, celui qui implore, qui adjure, qui supplie qu'on l'aide avant de se perdre dans le néant.

La morsure de l'impuissance déchire son cœur lorsque le corps de Céline se contracte, tressaute à plusieurs reprises et que ses poumons s'emplissent d'eau. Puis, l'enfant se fige à jamais, bercée par les remous comme une ultime caresse.

Tout autour, les gens se scindent en deux groupes bien distincts : ceux qui courent encore, crient et cherchent désespérément une solution, n'importe laquelle, comme si leurs mouvements pouvaient empêcher le corps de cette petite fille de se figer définitivement, comme s'ils pouvaient balayer la fatalité ; et puis, il y a les autres, immobiles, choqués, abasourdis qui regardent, horrifiés, les cheveux de lumière danser au-dessus du petit corps sans vie de Céline.

Fabrine fait partie de ceux-là. Elle reste glacée, pétrifiée dans sa douleur, incapable de bouger, parce que le moindre mouvement signifierait que la vie continue... Sans Céline.

C'est à ce moment-là qu'elle le voit.

La scène semble se dérouler au ralenti. Son père monte une main devant sa bouche, puis éclate en sanglots incontrôlables, asphyxié par le chagrin comme un enfant qu'on aurait puni. C'est étrange. Pourquoi n'a-t-il pas son pantalon ? Il est en maillot de bain et sa chemise ne tient que par un bouton mal assorti. Derrière lui, la jeune et jolie étudiante qui travaille au stand de glaces pour la saison le rejoint en courant. Ses cheveux sont ébouriffés, sa robe semble avoir été enfilée à la hâte et, surtout, surtout, elle se colle machinalement à son épaule. D'un geste brusque, Eliot la repousse. Choquée, Fabrine regarde son père et, soudain, elle comprend ! Les doutes, les soupçons se muent en certitudes et se mélangent à sa douleur avant d'éclore en haine. Elle sait maintenant pourquoi il les accompagnait à la piscine depuis quelque temps et pourquoi il prétendait aimer le faire.

Une neige blanche tombe devant ses yeux, elle entend les cris du maître-nageur qui semble ne pas vouloir renoncer, puis le rideau de flocons s'intensifie en un flash de lumière qui descend devant ses paupières. Alors, tout devient noir. Elle s'effondre.

Noël se laissa tomber dans son canapé et poussa d'un geste las un carton qui l'encombrait.

Il attrapa la bouteille de whisky sur la table du salon et se servit un verre qu'il jugea immédiatement un peu trop plein.

Qu'importe, se dit-il avant d'y tremper les lèvres.

Une douce chaleur irradia sa gorge lorsqu'il avala la première gorgée. Machinalement, il tourna le verre dans sa main, toutes ses pensées dirigées vers Fabrine. Elle lui avait demandé de ne plus la revoir, de l'oublier parce qu'elle était incapable d'offrir quoi que ce soit. Leur histoire s'arrêtait là ; point barre. Sur l'instant, il avait voulu contester, lui dire qu'il pouvait l'épauler, être là à ses côtés mais, dans le fond, il était bien conscient que la réalité aurait tôt fait de faire voler en éclats les plus belles promesses, parce que la souffrance était un tourbillon capable d'entrainer avec elle les plus insubmersibles résolutions fussent- elles guidées par... Par quoi, d'ailleurs ? Par l'amour ? Par le désir ? Il le savait, même l'amour, pour s'envoler, avait besoin de prendre appui sur un vent de folie. Or, les trous d'air liés aux tourments le clouaient inexorablement au sol. Alors, il s'était tu et avait simplement caressé du regard le visage de Fabrine avant de quitter l'appartement.

Il lâcha pour lui-même un sourire dépouillé de joie. Le destin était étrange. Lors de son voyage, il avait pris plaisir à raconter à sa sœur son improbable rencontre avec sa jolie voisine, cette petite rousse au regard mutin que son déménagement avait placée sur sa route comme un signe. Lui qui, habituellement, était d'un naturel discret s'était surpris à se confier comme un collégien en quête de conseils objectifs et, surtout, d'encouragements.

Il regarda son verre, le posa sur l'angle de la table basse et le repoussa avec dégoût. Ce soir, le vin triste n'aurait pas le dernier mot. Il n'avait pas envie de boire, pas envie de manger, pas envie de dormir. Le seul désir qu'il ressentait était celui de se trouver un étage au-dessus...

Néanmoins, il avait promis.

Marineland, nous voilà !

Deux vigiles s'empressèrent d'ouvrir la barrière afin de laisser passer le minibus puis, immédiatement, les hommes disposèrent des plots de signalisation au-dessous d'un gigantesque panneau qui annonçait : « Fermeture exceptionnelle du parc de Marineland le samedi 20 juin. »

Nathan se tourna vers Skip en exultant, la voix pleine de folie :

— C'te frime... Pour nous, c'est ouvert, 'vec les vigiles en plus pour nous recevoir !

— Truc de folie, truc de folie ! ajouta Luca en sautillant sur place.

Les cinq amis s'étreignirent en poussant des petits cris d'excitation étrangement aigus. L'impatience se lisait autant dans leurs yeux que dans leur attitude.

Victoire et Fabrine échangèrent un petit sourire complice alors que le bus s'immobilisait sur l'immense parking devant une large entrée composée de plusieurs guichets tous fermés.

— Terminus, tout le monde descend ! cria le chauffeur avec bonne humeur.

Nina fut la première à poser un pied au sol. Skippy lui emboîta le pas, la saisit par la main et murmura à son oreille :

— Fais attention qu'en touchant l'eau, ta nageoire ne repousse pas. Je ne veux pas que les autres sachent que tu es une sirène, tu comprends, ils risqueraient de vouloir te garder ici !

— Tu as raison, je vais faire preuve de prudence et rester au sec, répondit-elle en souriant. Puis, avec une adorable grimace et mille étoiles dans ses yeux noisette, elle ajouta :

— Dommage, j'avais acheté un maillot de bain tout-beau-tout-neuf pour cette journée. Tu n'auras donc pas l'occasion de le voir !

Sans se donner le temps de la réflexion, Skip lâcha sur un ton décidé :

— Bon, tant pis pour la nageoire caudale ! On va prendre le risque !

Elle lui envoya une pichenette dans l'épaule immédiatement suivie d'un bisou dans le cou.

Sur leur droite, une portière claqua.

Skippy reconnut ses grands-parents et se dirigea vers eux d'un pas joyeux. Même s'il était bien conscient de n'être en rien responsable des conflits familiaux, il ne pouvait s'empêcher de culpabiliser pour ces trop longs silences. Cela faisait si longtemps qu'il n'avait pas revu son grand-père...

Une petite boule se noua dans son ventre, peut-être parce que papi Eliot l'avait toujours un peu impressionné, plus probablement parce qu'il espérait, au fond de lui, que son souhait n'ait pas une durée de vie limitée dans le temps et que cette belle journée ne se solderait pas par une nouvelle dispute entre père et fille. Les vœux qu'il avait réalisés ces derniers jours chassèrent cette sombre pensée. Qu'il parvienne à influencer les éléments et à faire pencher la balance du côté où il le souhaitait lui semblait tellement incroyable. Sa sortie avec Nina ; l'arrivée de son petit chien ; la réconciliation avec son grand-père et maintenant cette folle journée avec les dauphins !

Il inspira une grande bouffée d'oxygène et la joie s'invita dans ses poumons comme une véritable explosion d'euphorie. Le sourire jusqu'aux oreilles, il étreignit son grand-père en murmurant des mots tout droits sortis du cœur :

— Merci, merci, merci, papi. C'est extraordinaire, ce que tu as fait !

L'homme serra son petit-fils avec délicatesse, puis le repoussa légèrement afin de l'observer de la tête aux pieds. La fierté illuminait son regard.

— Eh bien, mon grand ! J'ai quitté un petit garçon et voilà que je retrouve un véritable jeune homme. Je suis si heureux de... De te voi...

Le trouble mâcha la fin de sa phrase. Il se racla la gorge, gonfla le torse et reprit plein d'entrain en fixant tout le monde :

— Je suppose que nous avons là la joyeuse bande dont on m'a tant parlé ?

Pour toute réponse, les quatre amis lâchèrent un timide bonjour sans trop savoir quoi faire de leurs dix doigts qui finirent cachés au fond de leurs poches.

— Cesse donc de taquiner ces jeunes gens, plaisanta Éliane Visconti en regardant son mari d'un air faussement fâché avant de se pencher pour étreindre son petit-fils. Même si elle en mourait d'envie, elle eut la délicatesse de ne pas se perdre en effusions pour ne pas risquer de l'embarrasser. Cette petite attention amusa Fabrine qui savait combien Skip se moquait éperdument du regard des autres.

Elle s'approcha de sa mère pour l'embrasser.

— Comment te sens-tu, maman ? Le voyage s'est bien passé ?

— Hier n'était pas une bonne journée, ma chérie mais, aujourd'hui, il semble que je me souvienne de tout mon petit monde, alors, hauts les cœurs ! On ne va pas laisser des trous de mémoire nous gâcher ces instants !

Fabrine lui sourit. Elle admirait la façon dont sa mère affrontait la maladie. Ce qu'elle avait initialement pris pour du renoncement s'avérait être du cran, du cran et une incroyable force de caractère. Étrangement, elle ne put s'empêcher de se demander s'il en avait été de même après le drame survenu à la piscine. Aurait-elle pris pour de la faiblesse ce qui n'était, en réalité, qu'une incroyable démonstration de force et de courage ? De toute évidence, la guerre était un chemin bien moins chaotique que le pardon.

Elle s'étonna que cette pensée puisse lui traverser l'esprit. Peut-être était-ce dû à l'immense fatigue qu'elle ressentait... Elle se tourna vers son père et esquissa un timide sourire qui fleurit sur ses lèvres sans toutefois parvenir à y éclore. Lorsqu'elle l'embrassa, Skip ne put s'empêcher d'observer du coin de l'œil leurs retrouvailles. Ce n'était certes pas les grandes effusions mais, après tout, la paix semblait se maintenir.

Eliot salua Victoire avec courtoisie, puis lança à l'attention de la petite bande qui n'avait toujours pas osé bouger :

— Allons, vous tous, détendez-vous. Contrairement à la légende, je ne mords pas !

Il leur tendit une chaleureuse poignée de main et, lorsque ses doigts se refermèrent sur ceux de Nina, il se pencha vers la jeune fille et, de sa voix de baryton, lui murmura avec une pointe d'humour :

— J'avais entendu bien des choses sur vous, mais la description était loin du compte. Vous êtes radieuse, mademoiselle !

Nina se sentit rougir et chercha du réconfort dans les yeux de Skippy. Celui-ci articula silencieusement les derniers mots de son grand-père en insistant volontairement sur *radieuse*.

Elle rougit de plus belle avant de lui faire une discrète grimace et de le menacer de mort d'un geste rapide du pouce passé sur son cou.

Skip lâcha un petit rire discret.

— Allez, en route, tout le monde ! lança Eliot en guise de conclusion. On ne va pas rester à l'extérieur de ce parc quand d'immenses surprises nous attendent à l'intérieur, si ?

De petits cris de musaraigne résonnèrent en écho à sa question comme autant d'affirmations.

Nath envoya un crochet amical dans l'épaule de Morgan, puis se pencha vers Skippy :

— Ton grand-père l'est sacrément... *Scaristatique.* Encore plus qu'à la télé.

— Charis-ma-tique, crétin ! le reprit Morgan en lui rendant sa pichenette.

— Ouais, c'est pareil. Il assure, quoi !

Sur leur droite, une petite voiture électrique semblable à celles utilisées sur les greens des parcours de golf s'immobilisa. Un homme d'une soixantaine d'années ainsi qu'une ravissante blonde à l'allure athlétique en descendirent.

Le sexagénaire salua tout le monde avec amabilité et se présenta comme le directeur de ce qu'il appelait avec affection « son petit aquarium ».

Fabrine regarda son fils. Ses yeux étaient emplis d'étoiles. Il dévorait littéralement tout ce que disait le responsable du parc comme si chaque mot de ce dernier était une gourmandise. Elle sentit la main de sa mère lui caresser le bras. Éliane se pencha vers elle et lui murmura avec douceur, la voix chargée d'émotion :

— Je suis si heureuse, ma chérie. Si heureuse que vous... Que vous soyez là !

Derrière le « vous », Fabrine devinait tout ce que sous-entendait cette phrase : *Je suis heureuse que ton père et toi vous reparliez enfin ; heureuse que tu te décides à pardonner, heureuse que Skip retrouve son grand-père...*

Pour toute réponse, elle se contenta d'une légère pression sur l'épaule de sa mère. Tout, à présent, lui semblait tellement dérisoire. Les disputes, les tracas du quotidien qui n'avaient finalement d'importance que celle qu'on décidait de leur accorder. Elle soupira en s'efforçant de ne rien laisser transparaître de son intense fatigue.

Comme si elle pouvait lire en elle, Éliane lui caressa délicatement la main avec cette douceur toute maternelle, celle qui a le pouvoir de remonter le temps et de vous transporter, en une seconde, du monde tourmenté des adultes vers celui de l'insouciante enfance.

— Tu sais, ma chérie, je ne suis pas persuadée que les nouveaux médicaments soient si efficaces que ça. Hier matin, j'aurais juré que ma sœur était encore de ce monde et je n'avais aucun souvenir de cette sortie. Ton père m'en a pourtant parlé, je m'en souviens bien, maintenant.

Elle soupira en ajustant son chignon, puis ajouta comme une supplique :

— Aujourd'hui, grâce à Dieu, je suis bien, alors, je veux que cette journée soit mémorable, mon cœur. D'accord ?

Fabrine resserra ses doigts autour de la main fragile de sa mère et lutta pour ne pas flancher. Elle devait tenir bon. Visiblement, son père était resté silencieux quant à leur petit secret comme il le lui avait promis lors de leur conversation téléphonique.

— Oh oui, maman! C'est bien là mon intention. Profitons ensemble de cette belle journée !

La volonté de ne rien laisser transparaître lui octroya un soudain talent d'actrice et un large sourire éclaira son regard émeraude dissimulant parfaitement les nuages gris qui s'accumulaient derrière ses paupières.

Des rires retentirent et la firent sursauter.

Avec un geste théâtral, le directeur acheva une phrase dont elle n'avait pas entendu le début. Il s'effaça d'un petit pas sur le côté pour laisser la parole à la ravissante jeune femme qui l'accompagnait.

— Bonjour à tous. Je suis Johanna Martin, biologiste et responsable animalière du parc. J'ai le regret de vous annoncer que vous allez m'avoir sur le dos toute la journée pour une leçon indigeste sur le monde aquatique.

La jolie biologiste lâcha un sourire ravageur à faire pâlir les publicitaires pour dentifrice.

Morgan se pencha vers Nina.

— Oh, putain, j'suis amoureux ! murmura-t-il en posant la main sur son cœur.

Nina pouffa alors que la douce voix de la biologiste reprenait comme une confidence :

— Avant toute chose, je tiens à préciser que cette journée de cours n'est absolument pas obligatoire. Vous avez donc tout le loisir de rester dans le bus pour les quelques heures mémorables et fantastiques qui vont suivre. N'hésitez pas à lever la main si tel est votre désir.

Quelques rires fusèrent et la jeune femme esquissa un délicieux sourire en coin avant d'insister en haussant les épaules :

— Aucun volontaire ?

Morgan écarquilla ses grands yeux ronds et se pencha de nouveau vers Nina et Skippy en passant la main dans sa chevelure plus hirsute que jamais.

— Oh là là… Je veux être un dauphin, je veux être un dauphin, un dauphin ou même une otarie ou…

— Un poisson rouge ? le coupa Skip pour se moquer.

— Oh oui, si c'est elle qui change l'eau de mon bocal !

Nina lâcha un petit rire étouffé et serra un peu plus fort la main de Skip. Un petit geste qu'il interpréta comme une façon de lui signifier qu'elle était heureuse d'être sa... Sirène. Quelques papillons s'envolèrent dans son ventre.

— Bien, reprit la jolie biologiste, puisque personne ne veut rester dans le bus, j'ai une question à vous poser.

Le silence plana quelques secondes alors que des sourires impatients se dessinaient sur les visages radieux de la joyeuse bande d'amis.

— Qu'est-ce qu'on fout encore là ? lâcha Johanna, la voix chargée d'humour et d'enthousiasme.

Les applaudissements accompagnèrent les premiers pas vers l'entrée du parc.

La visite

Pompés au large de la baie d'Antibes à plus de soixante-dix mètres de profondeur, quinze mille mètres cubes d'eau devaient être filtrés tous les jours afin de maintenir l'équilibre biologique des différents bassins et aquariums qui composaient le parc de vingt-sept hectares. Pour le bien-être des pensionnaires, il était primordial de reproduire un véritable écosystème. Quatre mille cinq cents animaux aquatiques, quarante espèces différentes. Trente requins, treize dauphins, trois orques, quatre otaries de Patagonie, neuf tortues caouannes...

Skippy découvrait avec émerveillement un monde qui le fascinait et constatait que l'envers du décor était loin d'être un long fleuve tranquille. Vétérinaires, responsables son et lumière, biologistes, maintenance technique, sécurité... En coulisse, les cent-soixante salariés n'avaient pas le temps de s'ennuyer.

Après avoir visité deux minuscules locaux donnant directement sur les bassins, ils venaient d'accéder à l'étage là où se trouvait stockée la nourriture réservée aux animaux du parc. Le responsable cuisine expliquait comment fonctionnait ce qu'il nommait avec humour son restaurant.

— Ici, ce n'est pas moins de sept cents kilos de poissons par jour que nous distribuons, soit plus de vingt tonnes toutes les six semaines, dit l'homme avec fierté.

La cinquantaine bien entamée, Giuseppe ne devait pas mesurer plus d'un mètre

cinquante-cinq et sa corpulence était propor-
tionnelle à sa taille. Il portait une large mous-
tache au-dessous d'un nez aquilin et, sur son
front dégarni, les rares cheveux encore présents
avaient été rabattus avec soin pour masquer — ou
du moins essayer — une calvitie bien prononcée.
Vêtu d'un tablier blanc bien trop grand pour lui,
il passait son temps à remonter les bretelles sur
ses frêles épaules mais, en dépit de tous ses ef-
forts, celles-ci finissaient toujours par glisser.

— Rassurez-vous, je ne vais pas vous faire
visiter la partie où le poisson est trié ! plaisan-
ta-t-il en accompagnant sa boutade d'un tic qu'il
peinait à maîtriser. Régulièrement, il avançait les
lèvres à deux ou trois reprises un peu comme s'il
désirait embrasser une personne invisible qui se
reculerait à chacune de ses tentatives. Il inspirait ensuite en dilatant exagérément ses narines
avant de poursuivre ses explications comme si
de rien n'était.

— Les frigos garantissent une conservation et une hygiène...

La voix du responsable cuisine sembla se feutrer petit à petit. Totalement distrait par ce qu'il voyait, Morgan ne l'entendait plus qu'au travers d'un épais brouillard. Il n'en revenait pas... Juste en face de lui, Skip dévisageait Giuseppe sans vraiment s'en rendre compte. Dans un état second, il bloquait littéralement sur les tics du cuisinier en cherchant machinalement à les copier.

Morgan donna un léger coup de coude à Luca et, d'un discret signe de la tête, lui indiqua de regarder. Son ami esquissa un sourire avant de faire passer le message à Nina et Nathan. Hébétés, les quatre copains fixèrent leur ami quelques secondes sans que celui-ci ne s'en aperçoive. Il semblait complètement absorbé et chaque fois que Giuseppe embrassait mécaniquement le vide, il le singeait en ajustant sa grimace jusqu'à ce que le mimétisme soit parfait. Alors, relevant légèrement le menton, il inspirait par petites bouffées en dilatant démesurément ses narines et, aussi incroyable que cela puisse paraître, il devenait visuellement celui qu'il cherchait à copier.

Nina et Morgan ne purent se retenir plus longtemps de pouffer. Leurs « glousseries » sortirent Skippy de sa torpeur. La bouche ouverte, il haussa les épaules en posant sur eux des yeux interrogateurs avant de réaliser ce qu'il était en train de faire et combien il devait sembler ridicule. L'expression de surprise qui se dessina sur son visage accentua le comique de la situation. Il leva les mains et esquissa un maigre sourire en guise d'excuse, mais sa mine confuse fut la clownerie de trop, celle qui enfonça les portes de la bienséance, déroulant le tapis rouge à un fou rire qui n'en demandait pas tant pour s'inviter.

Les épaules des cinq amis tressautèrent silencieusement et chacun d'eux essaya d'apaiser son hilarité en respirant profondément pour se calmer, mais ce fut peine perdue. Le propre d'un fou rire étant de s'alimenter dans l'absurde et, surtout, l'interdit, il était vain d'essayer de le faire taire en se raisonnant... Fort heureusement, Giuseppe en avait terminé et les libéra dans la minute qui suivit. Visiblement, ils étaient parvenus à être suffisamment discrets, à moins que le pauvre homme n'ait intentionnellement joué les aveugles.

— Putain, si tu avais vu la tête que tu faisais ! le taquina Morgan en sortant des cuisines. Tu étais en train de l'imiter et juste en face de lui, en plus. Tu ne t'en rendais pas compte ?

— Merde, non, j'ai... J'étais..., balbutia Skip, un peu embarrassé.

— C'comme..., C'comme si t'avais été sous hypnose, hoqueta Nathan entre deux éclats de rire.

— Mon petit ami est un psychopathe !
renchérit Nina en se tenant le ventre tellement
elle riait.

— Tom !

Skip se figea. La voix grave de son grand-
père venait de lui rappeler qu'ils n'étaient pas
seuls au monde et que ce qui les amusait tant
risquait de ne pas avoir brisé la barrière des
bienséances dans le monde conventionnel des
adultes.

Les rires des cinq amis cessèrent simultanément comme si quelqu'un avait appuyé sur
un bouton off... Skip se tourna pour faire face
à son grand-père et sonder, par la même occasion, la réaction de chaque personne présente.
Instinctivement, il chercha du soutien dans les
yeux de celle qui, infailliblement, se rangerait de
son côté... Sa marraine. Certes, ce qu'il avait fait
pouvait sembler déplacé, voire méchant mais,
après tout, ce n'était pas intentionnel, il ne s'en

était même pas rendu compte. Alors qu'il s'apprêtait à fournir une explication, il réalisa que Victoire souriait et que la même expression amusée se dessinait sur le visage de chaque adulte présent, y compris celui de son grand-père.

— Si tu me refais un coup pareil dans la cage à requins, je crois que je risque de me noyer, lui dit ce dernier avant de lui offrir un large sourire.

— J'ai bien cru que je n'allais pas pouvoir tenir mon sérieux plus longtemps, lança la jeune biologiste. À partir de maintenant, je vais faire attention à tous mes faits et gestes et garder les bras le long du corps. Je ne voudrais pas finir en caricature d'ici la fin de journée !

Tout le monde se mit à rire et Skip fut soulagé. Pourtant, lorsqu'il croisa le regard de sa mère, il y lut quelque chose d'étrange... Une fêlure, un vague à l'âme qu'elle tentait de dissimuler derrière un sourire peu convaincant.

De grandes baies vitrées entouraient une table blanche qui faisait office de bureau. Des post-it accrochés çà et là garnissaient un pan de mur à la décoration minimaliste.

Skip s'approcha d'un tableau Velléda et observa, comme une œuvre d'art, les observations qui y étaient inscrites. En dessous du titre Dauphin noté en rouge, il put lire le nom des mammifères qui le passionnaient tant.

Lotty, Rocky, Dam, Malou, Shine, Kai, Sharki.

Le tableau indiquait les jours de la semaine, les exercices demandés ainsi que la réceptivité des animaux sur ces derniers. Sur la droite, une case vide correspondait à diverses informations laissées par les soigneurs qui se relayaient pour s'occuper des dauphins : quantité de poisson consommé, tension ou, au contraire, attirance de certains mammifères... Une bonne partie des murs était tapissée de photos où on voyait les éducateurs évoluer dans l'eau avec les mammifères aquatiques. Un large sourire éclairait leurs visages qui rayonnaient de bonheur. À n'en pas douter, la passion faisait partie de leur travail et la complicité entre l'homme et l'animal était évidente. Elle sautait aux yeux.

L'amour que Skip portait aux chiens l'avait poussé à se documenter sans relâche sur la cynophilie. Cela faisait partie intégrante de son caractère, il détestait rester à la surface d'un sujet qui l'enflammait. C'est ainsi qu'il avait appris qu'en matière d'éducation canine, deux choses étaient primordiales pour créer une symbiose entre l'homme et son fidèle compagnon :

« l'amusement et le renforcement positif ». Quel que soit le « travail » demandé à un chien, ce dernier devait le percevoir comme un jeu.

Johanna venait d'expliquer qu'il en était de même avec les dauphins, les orques ou les otaries. Elle se pencha légèrement en avant, appuya ses mains sur la grande table blanche et expliqua d'une voix chaleureuse :

— Nous allons commencer par le bassin des orques. Nous nous dirigerons ensuite vers celui des requins et, pour les plus courageux, vous aurez la chance de descendre dans la cage pour les observer de très, très près. Les volontaires seront équipés d'un scaphandre et...

Quelques murmures inquiets résonnèrent. Johanna lança un regard espiègle et reprit :

— N'ayez crainte ! Vous vous rendrez vite compte que le fonctionnement du scaphandre est on ne peut plus simple même s'il pèse un peu plus de cinquante kilos dans l'eau...

Toujours leader en matière de prudence, Morgan leva la main et lâcha timidement :

— Ce n'est pas le scaphandre qui m'inquiète, mais les barreaux, ils... Ils sont... Solides ?

La jolie biologiste inclina délicatement la tête en lâchant un rire clair, une cascade d'eau pure, une douce mélodie qui résonna aux oreilles de Morgan comme une divine symphonie. Alors, son esprit s'égara un instant et il n'entendit qu'un mot sur deux de la réponse apportée par Johanna.

— Jeune homme, ils sont en polyméthacrylate pour nous permettre de profiter pleinement de la vue incroyable qu'offre le passage des grands squales ; mais tu peux être tranquille, c'est très solide et puis, il n'y a aucune obligation. Si tu préfères rester sur...

— Obligation de quoi ? demanda Morgan d'un air idiot.

Autour de lui, les rires retentirent. Il se sentit stupide et demanda trop vite, beaucoup trop vite :

— Vous allez y aller aussi ? Je veux dire... Dans la cage ?

Amusée, Johanna lui envoya un petit clin d'œil.

— Si mes talents de voyante extralucide sont bons, je me trouverai juste à côté de toi.

Morgan eut le sentiment de s'envoler.

— Si... Si vous y êtes, je suis même capable de descendre sans la cage !

À peine avait-il terminé sa phrase qu'il sentit son visage s'empourprer. Parler aux filles lui faisait toujours cet effet-là !

Quelques rires fusèrent. Nina le regarda et leva discrètement les pouces en guise d'approbation. À cet instant précis, le mot rouge intense prit toute sa signification et Morgan eut l'impression que ses joues allaient s'enflammer.

— Bien, poursuivit Johanna d'un ton enjoué. Après les requins, je vous présenterai les otaries et vous aurez même le droit de faire une photo avec le museau de Cali posé sur votre épaule. Vous constaterez alors combien ce splendide animal pèse lourd.

Elle fixa Skippy avec gentillesse, puis ajouta en souriant :

— Pour le clou du spectacle, j'ai entendu dire que certains ici adoreraient nager avec des dauphins ?

Skip sentit son ventre se nouer. Une immense joie le submergea et éclaira le bleu de son regard. Combien de fois avait-il rêvé de ce moment-là ?

Les idées reçues

La journaliste Héloïse a porté à ses lèvres sa coupe de champagne histoire de se donner une contenance, un peu comme lorsqu'on tient un verre à la main pour se sentir moins seul dans une soirée pleine d'inconnus.

— Décidément, c'est une histoire pleine de contrastes que vous me racontez là : un voyage entre le rire et les larmes.

— Pardon, je ne voudrais pas vous mettre mal à l'aise.

— Non, non ! C'est juste que je suis parfois un peu émotive. En tout cas, ils ont dû passer une incroyable

*journée, dans ce parc. J'ai souvent voulu y emmener
ma petite nièce, mais l'idée de savoir qu'ils sont des
animaux sauvages en captivité me contraint systématiquement à faire machine arri...*

*J'ai lâché un large sourire involontaire en re-
muant la tête et en soufflant mon désaccord par le nez.*

— *J'ai dit quelque chose d'idiot ? m'a-t-elle
demandé, amusée.*

— *Non, simplement, Skip s'était fait la même
réflexion en arrivant au parc. La douce Johanna lui
avait répondu quelque chose que je n'ai jamais oublié.*

— *Qu'avait-elle dit ?*

— *Que les chevaux, supposés avoir le monde
sous leurs sabots pour galoper, libres dans l'immensité
des vastes étendues verdoyantes sont pour la plupart enfermés dans des box, des manèges et, pour les plus chan-
ceux, d'étroites prairies bordées de câbles électriques.
Ils ont parfois comme suprême distraction octroyée par
leurs magnanimes propriétaires la possibilité de partir en balade avec, en prime, un mors aux dents, une*

selle et une personne sur le dos, mais nous sommes conditionnés pour trouver ça tout à fait normal. Nous ne nous posons pas non plus la question de savoir si nos chats sont heureux enfermés dans un appartement de trente-cinq mètres carrés ou si nos chiens se plaisent à demeurer à nos côtés à longueur de journée.

— Mais ce sont des animaux domestiques.

— Oui, précisément, et c'est exactement ce qu'avait répondu Nina. Mais que veut dire domestique ? C'est là toute la subtilité expliquée dans un fameux livre, vous savez : « Le Petit Prince ». Lorsqu'un animal est apprivoisé, il n'est plus, par voie de conséquence, sauvage. Nous essayons souvent de nous mettre à la place de nos compagnons à quatre pattes, mais nous le faisons en continuant de raisonner comme des hommes. C'est une grossière erreur qui se nomme l'anthropomorphisme ! N'importe quel être humain préférerait vivre libre plutôt que de devoir rester enfermé dans une prison, aussi douce soit-elle. Pourtant, si vous laissez la porte ouverte à un chien dont la seule alternative

se résume à profiter de plusieurs hectares de terrain ou à se coucher dans un salon de trente mètres carrés tout près de son maître, son choix sera toujours le même. Il viendra réchauffer les pantoufles de son propriétaire ou la robe de sa maîtresse. C'est ce qu'on appelle l'interaction. Un animal apprivoisé a besoin qu'on s'occupe de lui et toutes les études démontrent, par exemple, qu'un chien qui dispose d'un grand jardin, mais qui s'y trouve seul sera beaucoup moins épanoui, équilibré et heureux qu'un de ses congénères vivant dans un deux pièces, mais dont le maître prendra le temps de le sortir ou de lui offrir de longues parties de jeu. Il en est de même pour les chevaux ou les dauphins apprivoisé, comme « Le renard et le Petit Prince ».

Héloïse me regarde un peu étonnée avant d'opiner :

— Je me souviens que la jeune biologiste avait alors ajouté qu'elle était bien consciente de l'aspect purement commercial du parc mais que, derrière cela, il y avait un enjeu bien plus important à ses yeux, un *moyen de faire découvrir et aimer au plus grand nombre le monde fascinant des océans, parce que l'amour est le premier pas vers le respect. "Peut-être prendrons-nous alors la mesure de ce qui se trame", avait-elle dit. On ne peut s'offusquer du fait que quatre dauphins vivent en captivité et continuer de consommer comme nous le faisons en détruisant totalement les ressources de cette Terre et en déversant chaque année dans les océans deux cents millions de tonnes de déchets plastiques. Combien de dauphins sont directement impactés par tout cela ?*

Tout le monde l'avait regardée sans rien dire. Alors, la jolie Johanna avait frappé dans ses mains en affichant soudainement une mine radieuse et s'était empressée d'ajouter en riant :

« Bon, j'en ai terminé avec la partie chiante et pompeuse de la journée ! »

Nous avions poursuivi la visite, profitant de tout ce qu'offrait le parc sans repenser à ce qu'elle avait dit. Aujourd'hui, je réalise combien le temps lui aura donné raison. Le monde n'a guère changé ! Pour nous donner bonne conscience, nous sommes prêts à dépenser deux milliards pour sauver trois baleines prises au piège dans les glaces de l'Alaska, mais nous déversons chaque année huit mille huit cents tonnes de Glyphosate dans notre beau pays.

De l'index, Héloïse a caressé machinalement sa lèvre inférieure en me regardant comme... Comme si elle me voyait pour la première fois. Puis, elle a levé les yeux au ciel de façon fataliste pour confirmer mes propos.

— Dans cette histoire, vous êtes qui ? a-t-elle demandé, curieuse.

Comme je trouvais ma plaidoirie un peu idiote et moraliste, j'ai poursuivi mon récit sans répondre à sa question. C'était plus facile ainsi.

Le retour

Tom ne parvenait pas à redescendre de son petit nuage. La journée à Marineland s'était déroulée telle qu'il l'avait imaginée, tel qu'il en avait rêvé et même mieux encore.

Trois jours s'étaient écoulés depuis leur mémorable voyage, mais il avait toujours la tête là-bas, tout près de Niok et Malou, les deux adorables dauphins avec qui ils avaient eu la chance de nager. Comble du bonheur, alors qu'ils enfilaient les shorts de bain prêtés par l'équipe de soigneurs, Victoire s'était approchée de lui pour lui souffler à l'oreille une phrase qui resterait à jamais gravée dans sa mémoire, une phrase magique comme un rayon de soleil inondant la féérie du moment, quelques mots murmurés comme chantent les cigales, des mots délicieux qui terminaient cette journée en apothéose : « *Frinchemint*, si tu te demandes encore si Nina est amoureuse de toi, c'est que t'es *complètemint* aveugle ! »

Au collège, Marineland avait été au centre de toutes les conversations. Juillet approchant à grands pas, les enseignants s'étaient gentiment prêtés au jeu, délaissant les cours pour se montrer souvent tout aussi curieux que les élèves sur le fonctionnement du parc, l'éducation des dauphins et la formule magique utilisée par les soigneurs pour rendre possible une telle osmose entre l'homme et l'animal.

Rêveur, Skip regarda sa petite chienne profondément endormie sur son couvre-lit en repensant à l'incroyable douceur de la peau des dauphins. Au toucher, la sensation lui avait fait penser à une bâche plastique imprégnée d'huile. De mémoire, il était certain de ne jamais avoir caressé quelque chose d'aussi doux, pas même lorsque ses doigts se promenaient sur le visage de Nina. Pourtant, sur les conseils de Victoire, il avait préféré garder cela pour lui. « Tu apprendras vite qu'un dauphin mord bien moins fort qu'une femme en colère, fût-elle une jolie sirène », s'était-elle gentiment moquée. Le sourire lancé par sa mère avait achevé de le convaincre. Le sujet était clos et sa décision irrévocable... Il garderait le silence.

Il entendit la porte de la salle de bain se fermer et en profita pour sortir rapidement son journal intime afin de coucher tout ceci sur le papier. Une fois la chose faite, il se pencha pour dévorer Pioupette de bisous et s'installa à son bureau afin de poursuivre son récit dans une position plus confortable :

Dans trois jours, c'est mon anniversaire et papi m'a promis une surprise. Je n'en reviens toujours pas que maman lui reparle et que tout se déroule si bien... Quoi qu'ils aient prévu pour mon anniversaire, je doute que ce puisse être plus incroyable que Marineland. C'était sans doute la plus belle journée de ma vie ! Être vétérinaire et pouvoir se spécialiser dans le monde marin, ça, ce serait super top !

Sous les lignes qu'il venait de rédiger, il colla une magnifique photographie prise par le directeur du parc. Sur le polaroid, tout le monde levait les mains en l'air et un large sourire se dessinait sur les visages radieux qui fixaient l'objectif. Seul Morgan regardait légèrement sur sa gauche avec, dans ses yeux noisette, des étoiles en guise de pupilles.

Skippy esquissa un sourire. Il savait exactement pourquoi son ami était distrait ou, plus précisément, pour qui. Au moment où le directeur avait pris la photographie, Johanna s'était postée sur le côté pour commander aux dauphins de bondir dans les airs juste derrière le petit groupe. Incapable de résister, Morgan avait tourné la tête pour la regarder.

Skip examina de plus près le cliché qu'il trouvait de toute beauté. Tel le plus perfectionniste des peintres, le soleil couchant avait colorié les nuages de pourpre et de miel, puis il s'était invité pour déposer quelques reflets d'or sur le dos argenté des gracieux mammifères, jetant çà et là quelques rappels de lumière sur l'eau turquoise du bassin. Le résultat était du plus bel effet.

Songeur, il se mordit la lèvre et poursuivit d'écrire ses plus intimes pensées :

Il y a quand même un truc qui m'inquiète, c'est la nostalgie de maman. J'avais décidé de ne pas faire de vœu pour mamie mais, comme les médicaments semblent

ne pas vraiment bien marcher, il faudrait que j'essaie
quand même pour savoir s'il y a vraiment des...

Il fit tourner son stylo, cherchant à se remémorer le terme utilisé par sa mère lorsque, la
veille au soir, il lui avait fait part de son inquiétude concernant « un prix à payer » pour son
incroyable don.

« Tu te fais des idées, mon cœur », l'avait-
elle rassuré. « Je ne suis pas triste, je suis juste...
Soucieuse pour mon cabinet. Demain, je dois me
rendre à l'hôpital pour des examens complémentaires afin de savoir s'il n'y a pas de complica-
tions. J'ai de plus en plus mal à la nuque, alors,
je me demande simplement si je vais pouvoir reprendre le travail, tu comprends ? » Puis, avec un
sourire qui se voulait rassurant, elle avait ajouté :
« Et puis, je n'arrête pas de penser à ce... À ce don
que tu sembles... Que tu as. J'en ai parlé à ton grand-
père et, forcément, il a eu l'air de douter, mais...

Il sait que je ne suis pas du genre à inventer des histoires, alors, il va se renseigner. En attendant, surtout, on garde le secret en famille coûte que coûte ! Et pour tes craintes, je suis persuadée que ce sont des bêtises, il n'y a pas d'effet... »

Le mot jaillit dans la mémoire de Skippy : « Des effets pervers », c'est ce qu'elle avait dit.

Heureux d'avoir retrouvé l'expression qui lui manquait, il acheva de noter sa phrase en se réprimandant intérieurement. Sa mère avait sans doute raison, il se faisait des idées, rien de plus. Oui, il pouvait se lancer et faire le vœu pour sa grand-mère sans avoir à s'inquiéter.

Dans la salle de bain, l'eau se mit à couler. Skip sourit...

Après avoir dissimulé son journal, il se précipita sur le balcon pour vérifier que la fenêtre donnant sur la pièce d'eau était bien ouverte. Celle-ci se situait juste au-dessus de la baignoire et Fabrine ne la fermait que rarement afin d'optimiser la ventilation et d'évacuer au plus vite la condensation que générait l'eau chaude.

Le plus silencieusement possible, Skippy ouvrit le réfrigérateur et attrapa une grande bouteille d'eau glacée. Quelques mois plus tôt, sa mère lui avait joué le petit tour de l'eau froide sous la douche... Il pouffa. Dans sa tête, un mot revenait en boucle, un mot comme une incantation, un mot qui avait l'étrange faculté d'élargir son sourire... Vengeance !

Dans la salle de bain

Fabrine repensait à la joie qu'elle avait pu lire dans les yeux de son fils lorsque l'équipe de soigneurs était arrivée avec un carton rempli de combinaisons. Des shorts qui signifiaient que le moment tant attendu était arrivé...

Durant les explications données par Johanna, une douce euphorie s'était invitée et, petit à petit, cette joie avait cédé la place à l'impatience. Fabrine revoyait encore le regard que Skip lui avait lancé avant d'entrer dans l'eau tout près de Malou, la petite femelle dauphin. Le souvenir de ce délicieux moment la submergea d'émotion et elle dut se forcer à penser à autre chose pour ne pas flancher. Ses pensées l'entraînèrent un étage plus bas...

En sortant de sa vie, Noël avait tenu sa promesse. De toute façon, y était-il vraiment entré ? Curieusement, elle espérait qu'il pense encore un peu à elle... Juste un peu. À plusieurs reprises, elle avait entendu le piano résonner et, gravissant un étage, la mélodie feutrée de Love Story s'était invitée dans son apparemment, une mélodie sur laquelle le pianiste avait improvisé une fin que Fabrine avait trouvé magique. Était-ce, pour Noël, un moyen détourné de lui rendre visite et d'entrer clandestinement chez elle sans trahir son serment ? Jouait-il des notes pour lui murmurer des mots qu'il ne pouvait plus prononcer ?

Fabrine trouva ses pensées pathétiques. Elle souffla son dépit par le nez et jeta furtivement un œil à sa montre. Dans une heure, elle devait se rendre à l'hôpital où son père l'attendait avec un spécialiste. Un rictus triste se dessina sur ses lèvres comme l'ébauche d'un sourire que le chagrin figea dans l'aigreur pour l'empêcher d'éclore. L'argent de son père pouvait décidément tout accomplir, y compris décider un éminent médecin à faire le déplacement jusqu'à eux quand certains attendaient des semaines, voire des mois, pour obtenir un simple rendez-vous. À quoi bon tout ça ? se demanda-t-elle.

L'image de son père enlaçant tendrement sa mère tout près des dauphins lui traversa l'esprit. Finalement, il n'avait jamais cessé de prendre soin d'elle et, même lorsque la maladie était devenue un véritable enfer, le grand Eliot s'était arrangé pour passer le plus de temps possible auprès de sa femme. Fabrine en avait été consciente toutes ces années, mais la rancœur savait parfois faire taire les évidences. Étrangement, depuis quelques jours, elle se posait beaucoup de questions. Avait-elle été une petite fille bornée et trop gâtée prisonnière de sa propre douleur au point d'occulter celle des autres ? Elle soupira, essuya machinalement une larme qui roulait sur sa joue, ouvrit l'armoire à pharmacie et fouilla derrière les pansements pour y attraper le médicament. Elle déposa le petit comprimé blanc dans la paume de sa main et réalisa que celle-ci tremblait. D'un mouvement brusque, presque colérique, elle envoya le cachet au fond de sa gorge et se pencha pour avaler un peu d'eau avant de dissimuler dans la poche de son peignoir deux petites gélules rouges.

Sur sa gauche, elle entendit un léger grincement. Dans un mouvement qui lui sembla se dérouler au ralenti, elle pivota et regarda l'eau qui coulait toujours... Inutilement. D'un geste las, elle laissa glisser son peignoir de bain et repoussa la fenêtre restée entrouverte. Sous la douche, elle s'autoriserait peut-être à pleurer. La caresse de l'eau chaude viendrait se mélanger au sel de ses larmes, évitant ainsi que ses yeux ne rougissent trop.

Skip avait tout juste eu le temps de se dissimuler. Il descendit le plus discrètement possible du tabouret et eut l'impression de respirer pour la première fois depuis cinq minutes. Comme un automate, il regagna la cuisine et déposa le grand verre d'eau dans l'évier. Que se passait-il ? Cette fois, sa mère ne pourrait pas lui répondre que c'était son imagination, qu'elle n'était pas triste ou qu'elle se faisait simplement du souci pour son cabinet. Si elle pleurait, c'est qu'il y avait autre chose. Dans un état second, il regagna sa chambre, réfléchissant à la meilleure façon de procéder. Il était presque certain qu'elle ne l'avait pas vu. Il fallait qu'il lui demande ce

qui se passait en lui faisant promettre de répondre franchement mais, avant, il devait vérifier ce qu'elle cachait dans l'armoire à pharmacie.

La découverte de Skip

Skippy faisait les cent pas dans le salon, son verre de jus d'orange à la main et il tournait en rond comme un fauve dans une cage. Bien sûr, sa mère était sortie de la douche le sourire aux lèvres, un sourire factice, en plastique bas de gamme, un sourire auquel il avait fait semblant de croire, parce qu'il ne voulait surtout pas l'inquiéter. L'air de rien, il lui avait fait remarquer que ses yeux étaient un peu rouges ; l'eau trop chaude s'était invitée comme une excuse parfaite tout comme, la semaine précédente, le shampoing avait fait office de coupable idéal.

473

Il jeta dans l'évier le verre de jus d'orange qu'elle lui avait pressé avec amour juste avant de partir à son rendez-vous. « Des examens complémentaires », avait-elle dit de façon détachée. Il se balança d'avant en arrière en mordant nerveusement l'extrémité de son pouce, puis se précipita pour relire, une fois encore, la posologie des médicaments que sa mère cachait dans la salle de bain. En fouillant, il avait découvert deux boîtes différentes. La première était un antidépresseur, quant à la seconde...

Une larme éclata sur la page du Vidal, déformant légèrement l'encre noire du mot qu'il fixait avec horreur : *CANCER*.

Il resta ainsi un long moment figé, immobile, défiant les six lettres du regard comme si sa seule volonté avait le pouvoir de changer l'abjecte réalité. Les larmes affluèrent, semblables à un torrent. Il les retint de toutes ses forces, dérisoire barrage de courage face au tsunami de la peine...

« *Tu te fais des idées, il n'y a pas d'effet pervers* »,
avait juré sa mère, pleine de conviction. Elle se
trompait ! Le don qu'il possédait était une ma-
lédiction !

Il attrapa le téléphone et composa le numéro de son ami, de son frère. Lorsque la voix
de Morgan se fit entendre, le barrage céda et le
chagrin noya les mots qu'il essaya de prononcer
entre deux vagues de douleur.

Depuis qu'il était arrivé, Morgan se sentait impuissant.

Skip avait beaucoup pleuré et seuls quelques gargouillis déchirants s'étaient échappés de sa bouche ; puis, retrouvant un peu de calme, il était parvenu à raconter ce qu'il avait découvert et comment. Alors, les deux amis s'étaient étreints, une étreinte pesante, silencieuse.

— J'sais pas quoi te dire, poto, finit par articuler Morgan en essuyant ses joues.

Skip soupira et posa son front dans le creux de ses mains.

— Tu vas en parler à ta mère, lui dire que tu es au courant ?

— Non, lâcha Tom dans un murmure presque inaudible.

— Pourquoi... Pourquoi tu ne veux pas lui en parler ?

Skip hésita. Il caressa machinalement l'accoudoir usé du vieux canapé moutarde et prit une grande inspiration saccadée par le vestige de ses sanglots. Il aurait voulu tout raconter à son ami, lui expliquer comment tout cela avait commencé, lui parler des vœux, de sa faculté à influencer l'univers et lui avouer aussi combien il se sentait coupable des effets pervers dont lui seul était responsable. Pourtant, il se retint de le faire parce qu'il venait de prendre une décision...

Peu de temps avant que Morgan n'arrive, l'idée avait surgi dans son esprit, claire, limpide, lumineuse. Peut-être était-ce la... « LA » solution !

Peut-être restait-il une chance de tout arranger. Après ses premiers vœux, il avait ressenti une immense fatigue et un horrible mal de crâne s'en était suivi. À présent, il parvenait à entrer en transe beaucoup plus facilement et même les maux de tête avaient totalement disparu. Il maîtrisait parfaitement son don, son pouvoir... Son fardeau.

Il serra les poings rageusement. Il n'y avait plus de temps à perdre. Quel que soit le prix à payer, il devait sauver sa mère et essayer de faire ce qu'il avait en tête. La veille, après s'être longuement documenté, il était parvenu à trouver dans un des livres de maman une énigme sur la maladie. Il existait des cas inexpliqués de « rémissions spontanées ».

Un frisson remonta le long de sa colonne vertébrale et s'acheva en mille éclats au creux de sa nuque comme la caresse de l'espoir face à la morsure des tourments... Il pouvait y arriver, c'était certain. Son don octroierait à sa mère ce miracle. Si les choses se passaient mal, il demanderait à son grand-père de retrouver la femme de la télévision, celle par qui tout avait commencé. Avec ses relations, il y parviendrait sans problème. Peut-être leur donnerait-elle des explications susceptibles de les aider. Accepterait-elle de le faire ? Le pouvait-elle, seulement ?

Silencieux, il secoua la tête et se força à chasser ses inepties pour ne pas devenir fou. Immobile depuis trop longtemps, il sentit le bout de ses doigts s'engourdir et remua nerveusement la main.

— Alors, pourquoi tu ne veux pas le lui dire ? insista Morgan.

— C'est à elle de le faire, tu ne crois pas ? souffla Skippy en haussant les épaules.

— Ben, c'est quand même grave, tu devrais peut-être...

— Non ! trancha Tom, le visage fermé.

Morgan n'eut pas le courage d'argumenter. Il se contenta d'acquiescer en regardant son ami avec compassion. Jamais il ne l'avait vu aussi blanc.

— Ça va, mec ? s'inquiéta-t-il.

— J'ai envie de vomir, articula Skip avec difficulté avant de prendre une longue inspiration pour s'oxygéner.

— Putain, c'est le stress, tu ne peux pas rester comme ça, il faut que tu en parles...

— Laisse-moi jusqu'à samedi, murmura Skip en essuyant une larme. Vendredi, c'est mon anniv' et, samedi, il y a une fête, une... Une surprise, expliqua-t-il, la voix déformée par le chagrin. Je suis certain qu'elle ne veut pas... Qu'elle ne veut pas que... Que je sache avant mon anniv'. Elle n'a pas envie de me gâcher la... Je ne veux pas lui enlever ça... J'veux pas qu'elle...

Morgan posa une main sur l'épaule de son ami.

— Ok, mon Skip. On garde le secret, c'est promis.

Journal de bord très
intime de Tom Visconti :
Commandant en chef de chaque page,
Commandant suprême de chaque ligne.

C'est incroyable de voir comme maman et grand-père semblent s'entendre, maintenant. S'il n'y avait pas ce prix à payer, ce don serait presque magique. J'ai lu dans un épisode de Spiderman que « De grands pouvoirs nécessitent de grandes responsabilités. » Je voudrais tellement ne jamais avoir su faire ça !

À son retour de l'hôpital, maman m'a fait la surprise de venir manger avec papi, mamie et Vic. Lorsque j'ai vu la voiture arriver, j'ai fait semblant de sortir de mon bain ; comme ça, j'avais moi aussi une bonne excuse pour mes yeux rouges. C'est un bon alibi,

le bain, mieux que : « J'ai une poussière dans l'œil. »
Je crois que personne n'a vu que j'avais pleuré, mais ce
n'était pas facile de tenir tout le repas. On a beaucoup
parlé de mon anniversaire. Papi et mamie ont refusé de
me dire la surprise. J'ai fait semblant de vouloir tout
savoir mais, en réalité, j'avais la tête ailleurs. Heureusement, papi m'a apporté la « Nintendo NES Control »
avec les meilleurs jeux. Je n'en revenais pas que maman
ne le sermonne pas pour sa générosité. Avec marraine,
on les a tous essayés. C'est super, les jeux pour tout oublier et penser à autre chose mais, parfois, j'avais quand
même la réalité qui venait comprimer mon ventre, alors,
je me concentrais sur l'écran télé.

J'ai joué l'imbécile en ne demandant pas à maman ce que lui avait dit le docteur pour ses cervicales
et, lorsqu'elle m'a annoncé qu'elles allaient mieux mais
qu'il lui faudrait attendre encore un peu avant de reprendre le travail, je suis passé au mode « double imbécile » en faisant semblant d'être absorbé par « Mario »
pour ne pas risquer de craquer. Nulle part, sur la

notice, il était indiqué que ce jeu-là pouvait donner envie de chialer et pourtant ! J'ai tenu bon en poussant des cris d'excitation quand la voiture de Mario est tombée dans le vide, passant haut la main la phase du « triple imbécile » absorbé par sa partie et indifférent à ce que racontait maman. Du coin de l'œil, j'ai vu qu'elle semblait presque rassurée que je ne pose pas trop de questions, alors, ces salopes de larmes ont voulu forcer pour sortir... Pas question ! Je me suis levé pour changer de jeu et affronter « Zelda ». « Quadruple imbécile », me voilà !

J'ai beaucoup pensé à Nina, aussi, et les papillons se sont envolés dans mon ventre. C'est fou qu'ils virevoltent toujours même quand le ciel est tout gris. Les vrais papillons ne sortent que par beau temps mais, en amour, je crois que le soleil est capable de briller sous la pluie ; c'est sans doute pour ça que les arcs-en- ciel nous fascinent... Nina devait m'appeler à seize heures cet après-midi juste avant d'aller dormir chez ses grands-parents. Lorsque j'ai entendu la sonnerie, je n'ai pas eu le courage de décrocher, parce que je sais que je n'aurais pas pu lui mentir ni me taire. Je ne pensais pas qu'un appel manqué volontairement puisse faire si mal. Les papillons ont tous cessé de battre des ailes en même temps et ils sont tombés dans le fond de mon ventre pour s'y laisser mourir de chagrin. On ne l'imagine pas, mais c'est très sensible, un papillon ! J'ai ressenti une étrange sensation dans mon estomac, comme de la cendre qui m'étouffait ; alors, en fixant le téléphone qui sonnait pour rien, je me suis mis à pleurer.

Putain, quel con !

J'appréhende la sortie organisée demain par le professeur de sciences naturelles. Nous devons nous rendre au rocher de Roquebrune-sur-Argens pour étudier les roches et visiter le Saint Trou, mais j'ai peur de ne pas parvenir à donner...

Skip releva la tête de sa feuille, cherchant le mot qu'il avait sur le bout de la langue ; puis, il se pencha afin d'achever sa phrase :

486

À *donner le change. Il ne faut pas que les autres sachent que je suis triste. Heureusement qu'il n'y aura pas Nina, elle a un rendez-vous chez l'orthodontiste. Face à elle, j'aurais été incapable de jouer la comédie. Lorsqu'elle me regarde, j'ai parfois l'impression d'être nu et qu'elle peut tout voir de moi... Même mon âme.*

Je dois réussir le vœu et maman sera sauvée...

Il avait envie d'essayer immédiatement mais, dans le salon, il entendait encore sa mère s'affairer. Il ne pouvait pas se permettre d'être dérangé ; surtout pas !

8

Il est grand
temps d'agir

Skippy traversa la route et se dirigea vers le petit jardin qui jouxtait l'école Jules ferry. Au mi-
lieu de celui-ci, un tourniquet vieillissant
lui rappela les parties de rire qu'il
s'était payées avec la bande pour savoir
qui resterait le dernier sans tomber et, surtout, qui parviendrait à marcher droit en
descendant. La petite Pioupette gambadait sagement à ses côtés en levant parfois
la tête pour le regarder avec amour.

— Allez, ma puce, va ! dit-il en lui envoyant doucement une balle en mousse qui roula sous la lumière d'un lampadaire. À peine avait-il prononcé ces mots que la chienne se lança à la poursuite de son jouet avec une délicieuse gaucherie. Elle saisit la balle un peu trop tard et, emportée par son élan, roula sur le flanc avec l'attendrissante maladresse de ses quatre mois.

Skip sourit et repensa à la journée qu'il venait de passer.

Les larmes avaient arrosé sa peine une bonne partie de la nuit précédente mais, fort heureusement, le mois de juin apportait avec lui son lot d'allergies et l'excuse avait été parfaite pour justifier ses yeux bouffis, une excuse plus convaincante que toutes les douches et les shampoings du monde. À son réveil, il s'était empressé de demander des antihistaminiques et les avait avalés avec le grand verre de glace pilée et de jus d'orange fraîchement pressée par sa mère.

Pour parfaire son demi-mensonge, il s'était forcé à se moucher à plusieurs reprises, feignant d'avoir le nez plus encombré qu'il ne l'était en réalité. Puis, il avait quitté la maison pour rejoindre Morgan et se rendre au collège.

Dans l'ensemble, la sortie scolaire s'était parfaitement déroulée et, l'allergie servant d'alibi, personne ne lui avait posé de question. Morgan, en parfait complice, s'était appliqué à lui demander publiquement si son rhume des foins allait mieux.

Il n'avait pas été aussi stressé qu'il aurait pu l'imaginer. Tout au long de la journée, Skip avait senti le nœud dans sa poitrine se relâcher doucement et le poids qu'il portait sur ses épaules avait lentement glissé de ces dernières pour ne laisser qu'une fine cape de contrariété à peine perceptible. Il était même parvenu à rire à plusieurs reprises, retenant son chagrin derrière ce mur de certitudes qu'il s'était construit au fil des heures... Certes, sa mère était malade, mais il connaissait maintenant l'étendue de ses pouvoirs et la surprenante force avec laquelle ses vœux pouvaient influencer les éléments. Il devait avoir confiance en lui, confiance en son incroyable don. Il contraindrait le destin à suivre sa volonté quel qu'en soit le prix à payer même si le vœu en question devait l'épuiser, le vider de toute force. Il y parviendrait... Pour elle.

L'idée qu'il avait eue la veille avant que n'arrive Morgan devait être « LA » bonne, il en était à présent persuadé. Cette perspective lui redonnait le moral même s'il s'en voulait de ne pas y avoir pensé plus tôt... Quel idiot !

Victoire était restée dîner avec eux et ils avaient passé la majeure partie de la soirée à parler de Marineland, à rire sur son imitation involontaire du pauvre « cuisinier » et à regarder, les yeux emplis d'étoiles, les photographies que sa Marraine était parvenue à faire développer en un temps record. « Si on ne s'aide pas entre commerçants », avait-elle dit en levant le menton de façon volontairement hautaine.

Durant la soirée, Skippy avait discrètement observé Victoire et, petit à petit, ses soupçons s'étaient mus en certitude. Elle savait ! Ses regards un peu trop appuyés envers Fabrine, sa façon de se montrer plus prévenante que jamais, ses gestes tendres et la douceur avec laquelle elle lui parlait tranchaient avec la Victoire déjantée qu'il connaissait et qui, habituellement, se montrait taquine et ne ménageait jamais sa meilleure amie ; sa sœur, comme elle se plaisait à l'appeler. Skip en était maintenant convaincu. Victoire connaissait le secret de sa mère et faisait tout pour ne rien laisser transparaître mais, pour quelqu'un qui savait où regarder, les signes ne trompaient pas. Derrière leur apparente décontraction se dissimulait un malaise évident.

La balade terminée, il appuya sur le bouton du quatrième étage et attrapa Pioupette pour la couvrir de baisers. Il lui tardait d'en découdre avec le destin une bonne fois pour toutes.

— C'est nous, dit-il en entrant dans l'appartement.

— Coucou vous deux, répondit Fabrine. Je vais aller lire un peu et me détendre. Je suis épuisée, vraiment épuisée !

Demain, tu iras mieux, ma Mounette. Demain,
tu ne seras plus fatiguée... Je te le jure.

— Moi aussi, je tombe de sommeil, mentit Skippy. C'est de la faute de marraine, c'est
une pile qui se charge au détriment de ceux qui
l'entourent...

— Tu peux parler, toi, monsieur kangourou ! se moqua Fabrine.

— Je me suis énormément assagi, je trouve !

— Ce doit être l'amour, le taquina à nouveau sa mère.

Skip ne releva pas.

Il s'était bien rendu compte que sa chère
maman ne parlait plus du tout de leur voisin,
qu'elle ne plaisantait plus sur le mystérieux agent
secret qui vivait un étage plus bas, qu'elle n'évo-
quait plus la virtuosité de l'homme qui l'avait
tellement séduite... Même lorsque les notes du
piano résonnaient jusqu'à leur appartement,
elle feignait de ne pas les entendre. Sans doute

avait-elle renoncé à une histoire d'amour qui, de toute façon, était vouée à une fin programmée.

Tu vas voir si c'est voué à l'échec, maman…

Perdu dans ses pensées, Tom sentit les bras de sa mère s'enrouler autour de ses épaules. Il se retourna pour pouvoir l'enlacer à son tour. Fabrine ferma les paupières et inspira doucement le parfum de ce bonheur simple. Ils restèrent ainsi de longues minutes, apaisés, immobiles, profitant simplement l'un de l'autre et, dans cette étreinte muette, chacun d'eux savait la beauté des mots que racontait leur silence.

— Je t'aime, mon Skippy, finit par murmurer Fabrine. Je t'aime… Incommensurablement.

Skip gloussa et répondit sans se détacher des bras de sa mère :

— Pour les « Je t'aime », pas de superlatif ni devant, ni derrière, tu te souviens ?

— C'est vrai, mon cœur.

— « Tout court », Mounette, souffla-t-il à son tour dans le cou de sa mère.

Fabrine sentit sa gorge se serrer et, au prix d'un incroyable effort, elle ravala son chagrin et parvint à articuler :

— « Tout court » aussi, mon amour. « Tout court » toujours !

Leur étreinte se resserra encore et l'âme en peine, Fabrine lâcha aussi joyeusement que possible :

— Allez, je file lire un peu dans mon lit et toi, repose-toi bien. Demain, c'est ton anniversaire et tu as une super fête organisée après demain ! Il te faudra être en forme.

— Tu ne veux toujours pas me dire ma surprise ?

— La réponse est dans ta question... Surprise.

Skip capitula avec un sourire en coin :

— Je peux dormir avec Pioupette dans ma chambre ? C'est mon anniv', demain !

Pour toute réponse, Fabrine se contenta de soupirer en souriant.

Il la regarda s'éloigner vers la salle de bain et sentit l'impatience le gagner...

C'est le moment, mon grand, se motiva-t-il. *Le moment de montrer ce que tu sais faire !*

Après un brin de toilette, Fabrine retira sa minerve et s'enfonça dans son lit avec l'étrange sentiment d'être redevenue une petite fille cherchant un peu de réconfort au fond de ses draps. Elle posa son livre de chevet sur ses genoux et le contempla quelques secondes comme si elle le découvrait. « Le parfum », de Süskind, l'avait passionnée durant la moitié du roman mais, depuis l'accident, depuis qu'elle avait appris la terrible nouvelle, ses yeux parcouraient des lignes dont elle ne comprenait pas le sens et ce n'est qu'une fois arrivée au bas de la page qu'elle réalisait que son esprit avait vagabondé... À tel point qu'il lui fallait recommencer sa lecture.

Machinalement, elle effleura la couverture du roman et feuilleta les cent-vingt-et-une pages qui avaient précédé ces jours sombres. Elle esquissa un sourire acide... Combien donnerait-elle, aujourd'hui, pour se retrouver une semaine en arrière afin de pouvoir parcourir ces mêmes lignes dans l'insouciance du bonheur présent ? Elle se massa les tempes en grimaçant. Il lui semblait avoir la tête prise dans un étau et la sensation de vivre au travers d'un épais brouillard lui était insupportable même si elle en connaissait la raison. Elle ferma les paupières un instant, juste un instant pour se détendre un peu et reposer ses yeux ; un moment de répit, quelques minutes... Pas plus.

L'idée de Skippy

Skip posa une main sur le ventre de Pioupette qui s'était confortablement installée sur son lit. La petite chienne bâilla en s'étirant paresseusement.

— Il va falloir m'aider, ma puce, murmura-t-il. Ce soir, c'est un peu spécial, et tu seras la seule dans la confidence. C'est une super idée que j'ai eue, tu vas voir ! Surtout, tu restes bien calme comme la dernière fois et tu te concentres aussi, dac' ?

Pioupette répondit par une position qui ne laissait aucun doute quant à l'intérêt qu'elle portait

501

à ce que lui racontait son maître : les quatre
pattes en l'air.

Skip sourit et se leva sans bruit pour vérifier ce que faisait sa mère. Un fin rideau de lumière filtrait au travers de sa chambre. Il tendit
l'oreille à la recherche d'un bruit quelconque :
une page tournée, le frottement des couvertures
qu'on arrange, le grincement du sommier... Rien !
Seul le silence emplissait l'appartement. Rassuré, il referma tout doucement sa porte.

— Elle doit être en train de lire, ce qui
veut dire qu'on est tranquille un bon moment,
murmura-t-il à l'oreille de sa chienne qui en profita pour le mordiller.

— Bon, je t'explique, écoute bien ! Ce
soir, toi et moi, on va sauver maman et, en même
temps, on s'arrange pour qu'il n'y ait aucun effet pervers. C'est ça, la super idée que j'ai eue,
tu comprends ? Faire deux vœux coup sur coup.
Influencer les éléments une première fois, puis

les contraindre à nouveau pour que l'ordre des choses ne bou-ge-pas. Ne me regarde pas comme ça, je sais, je sais, j'aurais dû y penser plus tôt !

En guise de réponse, la peluche vivante rentra son museau sous son aisselle en offrant plus encore son ventre à la main caressante de Tom.

— Bravo pour les encouragements, tu es une véritable locomotive à toi toute seule ! dit-il en se moquant de lui-même pour le peu d'intérêt que sa chienne portait à son monologue.

— Bref... Je vais vraiment devoir chercher très loin derrière mes paupières et je serai sans doute épuisé après. Toi, ta mission, c'est de veiller sur moi et de me réveiller demain matin avec des léchouilles. Si tu fais ça bien, tu auras... Double ration de croquettes !

Au mot magique, Pioupette releva brusquement la tête et son regard fatigué retrouva instantanément une expression vive et espiègle.

Skip la regarda avec tendresse, lui envoya une ultime caresse et lâcha un long soupir comme pour se motiver une dernière fois. Se confier à sa chienne le déstressait un peu, mais il était temps, maintenant, de passer aux choses sérieuses. Le nœud qu'il sentait au fond de son estomac se resserra jusqu'à en devenir douloureux. Il devait réussir !

Il saisit son journal intime pour écrire une phrase, une phrase qui résonnait comme une évidence. Puis, il nota les deux souhaits qu'il s'apprêtait à faire. Après les avoir soulignés, il les relut à plusieurs reprises en les visualisant le plus clairement possible.

Lorsque j'ai découvert que j'avais cette force en moi, j'ai cru que je devenais fou.

Aujourd'hui, je pense que les hommes sont en perpétuelle évolution et je sais pourquoi j'ai hérité de ce pouvoir...

Pour sauver maman !

Vœu numéro un : Je veux que ma maman guérisse totalement de son cancer.

Vœu numéro deux : Je veux qu'il n'y ait aucun effet secondaire au vœu numéro un.

Plus motivé que jamais, Skippy s'échauffa la nuque en tournant doucement la tête de gauche à droite.

— Allez, ma Pioupette d'amour, il est l'heure. Demain, maman n'aura plus à prendre ses immondes médicaments. Fini tout ça, juste des vitamines comme moi, un bon jus d'orange avec de la glace pilée et une feuille de menthe sans avoir...

Soudain, il se figea et déglutit difficilement avec la désagréable impression d'avoir reçu un coup de massue sur le crâne... L'idée

avait surgi brusquement, éblouissante, fulgu-
rante, aussi instantanée qu'une lumière qu'on
allume, aussi violente qu'une gifle qu'on re-
çoit sans s'y attendre. Il resta ainsi plusieurs
minutes, figé, le regard perdu sur son mur ta-
pissé de dauphins et de chiens. Doucement, il
baissa les yeux sur sa main gauche qui tremblait
de façon incontrôlable. Les larmes brouillèrent
sa vue et des sanglots étouffés montèrent dans
sa gorge comme s'il n'était plus maître de son
propre corps. Sidéré, il porta doucement la main
à sa bouche et, à cette seconde précise, il sut
qu'il ne se trompait pas.

Il repensa aux évènements de ces derniers jours et les images jaillirent comme un
film dont on aurait fait un montage : l'accident, les sourires désabusés de Victoire, les regards nostalgiques de sa mère, sa tristesse, sa
réconciliation avec son père et, surtout, les jus
d'orange !

Dans une sorte de torpeur, il regarda son journal intime et le saisit délicatement du bout des doigts comme s'il avait peur de se brûler. Il se leva d'un bond et gagna la chambre de sa mère pour lui parler, lui demander s'il avait vu juste, la supplier de dire la vérité. Lorsqu'il poussa la porte, il la découvrit profondément endormie comme cela lui arrivait rarement ces derniers jours. Il se figea et l'observa quelques secondes... Elle semblait tellement fatiguée que le sommeil lui-même ne parvenait plus à retirer ce voile d'inquiétude qui se lisait sur son visage. Skip fit un pas en avant et se ravisa, incapable de prendre la décision de la déranger, incapable de trouver le courage d'aller demander ce qu'il tenait maintenant pour une certitude. Douce-ment, il sortit de la chambre sans faire de bruit pour la laisser se reposer encore un peu, juste un peu. S'il était dans le vrai, il lui restait quelque chose à faire... Quelque chose d'important.

Ensuite, seulement, il irait la retrouver... Pour tout lui raconter.

À pas de loup, il regagna sa chambre et attrapa dans son bureau une feuille blanche. En prenant soin de repasser plusieurs fois sur les lettres pour les épaissir, il nota :

Pour toi, ma Mounette

Papa

Le soleil inondait la chambre d'une luminosité chaude et feutrée digne des plus beaux mois de juillet : une lumière de cinéma. Fabrine ouvrit les yeux en souriant et fut surprise de réaliser que la désagréable impression d'avoir la tête dans du coton s'était volatilisée, emportant avec elle cette affreuse sensation de bouche sèche due aux antidépresseurs. Elle se sentait bien... Incroyablement bien. Au loin, elle entendit son fils qui chantait d'une voix de soprano. Le tintement caractéristique des couverts qu'il déposait sur la table accompagnait son récital.

Sans doute préparait-il le petit déjeuner comme cela lui arrivait parfois. Elle se redressa, s'étira langoureusement et se leva pour le rejoindre.

— Eh bien, tu es en forme, ce matin, dit-elle en entrant dans la cuisine.

Skip ne répondit pas. Il poursuivit son concert soprano lyrique en prenant des airs de diva de manière comique et caricaturale comme lui seul savait le faire.

Fabrine fronça les sourcils en souriant et dodelina de la tête.

— Tu as avalé combien de jus d'orange, ce matin ? demanda-t-elle, moqueuse.

Skippy l'ignora totalement en montant toujours plus haut dans les aigus. La note qu'il tenait n'en finissait pas de vibrer...

— Mon cœur, ça va ? demanda-t-elle, soudainement inquiète.

À nouveau, il sembla ne pas l'entendre. Il versa dans son jus de fruits toute une boîte de médicaments dont la réaction chimique fit mousser le breuvage avant de le tinter en noir, un noir profond, abyssal digne d'un film d'horreur. Fabrine reconnut immédiatement les comprimés de cortisone qu'elle s'appliquait à dissoudre matin et soir dans les jus d'orange qu'elle lui préparait. Skip avala le tout avec un sourire angélique, puis reposa bruyamment le verre sur la table à la manière d'un cowboy sur le comptoir d'un saloon.

À cet instant précis, un signal d'alarme explosa dans la tête de Fabrine pareil à une tornade de certitude. Rien ici ne semblait vrai, tout était comme... Comme dans un mauvais rêve. Un flash de lucidité la ramena à la réalité avec une violence inouïe. Ce n'était pas la voix de son fils qu'elle entendait beugler au loin, mais... Mais les pleurs d'une petite chienne qui hurlait à la mort.

L'instinct maternel la sortit instantanément de son rêve. Elle ouvrit les yeux, terrifiée par l'évidence que venait de lui crier son cœur. Machinalement, elle regarda l'heure sur son réveil. Il était deux heures du matin. Sans doute les antidépresseurs l'avaient-ils aidée à trouver un peu de repos. Les hurlements retentirent de nouveau, une plainte déchirante, un long requiem de souffrance qui n'en finissait pas. Fabrine eut le sentiment que son cœur allait cesser de battre pour se disloquer dans sa poitrine, emportant dans une dernière pulsation tout ce qu'elle avait eu d'amour en elle. Elle se redressa comme un automate. Elle jeta la couverture au sol, puis se figea, paralysée par la peur, une peur primale, démesurée qui parcourait son corps tout entier d'une glaçante certitude... Son fils, son petit Skippy, son amour s'en était allé.

Dans un état d'extrême torpeur, elle se dirigea vers la chambre de son bébé, posa la main sur sa porte pour l'ouvrir, mais retint son geste au dernier moment, parce qu'elle voulait repousser encore un peu cet instant qu'elle avait tant redouté, parce qu'elle refusait d'admettre l'évidence dont lui avait parlé le neurologue pour que subsiste une place à l'espoir, au doute, au peut-être : une phrase après le mot fin... Son corps se déroba sous elle au point qu'elle dut se retenir au mur pour ne pas tomber. Pioupette hurla à nouveau...

— Mon chéri, c'est maman, c'est maman, mon ange... Tu vas bien ? gémit-elle d'une voix sans âge, sans nom, une voix brisée par l'horreur d'un assourdissant silence pour seule réponse.

— C'est maman, je... Je n'veux pas rentrer... Non, j'ai, on a encore...

Une vague suffocante de tourment déferla dans sa poitrine, emportant tout sur son passage. Entre deux respirations entrecoupées de plaintes déchirantes, elle murmura en boucle comme pour contraindre le destin à changer ses plans :

— On a encore tellement de choses à faire tous les deux, on a encore tellement de choses à faire, mon amour, tellement de choses, tellement...

Les larmes avalèrent la fin de sa phrase et, alors qu'elle prononçait ces derniers mots, elle trouva enfin le courage de pousser la porte pour constater ce que son cœur savait déjà. Un hurlement bestial s'échappa de sa gorge, celui d'un animal blessé qui agonise, celui d'une mère anéantie par la douleur. Encore tout habillé, Skip était là, allongé sur le dos, et son regard semblait fixer les dauphins comme pour leur dire adieu. Fabrine s'approcha doucement pour se coucher tout contre lui et serrer une dernière fois, ce petit corps qu'elle avait si souvent enlacé. Ses épaules furent secouées de spasmes incontrôlables alors qu'elle murmurait, avec toute la tendresse du monde, une infinité de « Tout court ».

Elle n'aurait su dire combien de temps elle était restée là, allongée près de lui, à lui raconter leurs plus beaux souvenirs, à lui dire combien elle était désolée, combien elle l'aimait...

Il lui fallut se tenir au mur pour gagner le salon sans tomber. Lorsqu'elle décrocha le combiné pour appeler Victoire, il ne restait d'elle qu'une âme vide dépouillée de lumière, dépouillée de bonheur, une âme exécutant mécaniquement des gestes sans en avoir vraiment conscience et, parce qu'il y a toujours un enfant qui sommeille en chaque adulte, c'est le

numéro de son père qu'elle composa inconsciem-
ment. Lorsqu'elle entendit sa voix, une étrange
chaleur réconfortante l'enveloppa tout entière.
Alors, noyé au milieu des larmes, jaillit un mot
mâché par la douleur, un mot qu'elle n'avait plus
prononcé depuis si longtemps...

Papa.

La pièce tourna autour d'elle et tout devint noir.

Le don de Skip

Héloïse a discrètement essuyé une larme qui perlait au coin de ses yeux ; et moi, moi, j'ai fait semblant d'avoir besoin de me moucher. Que voulez-vous, la pudeur est une maladie qui ne guérit pas avec le temps.

Elle a pris une longue inspiration et m'a dit d'une voix tremblante :

— Cette histoire, vous ne l'avez pas... Vous n'inventez rien, n'est-ce pas ?

— Qui sait ? Peut-être que je vous livre là mon prochain roman et que tout ça n'est que le fruit de mon imagination, ai-je plaisanté pour masquer mon trouble.

Héloïse a levé les yeux vers moi et, dans son regard, j'ai lu qu'elle n'en croyait pas un mot.

— Alors, ce sera à coup sûr votre roman le plus personnel. Il sera bien loin des thrillers angoissants que vous avez pour habitude de rédiger et, si je peux me permettre une réflexion, vous devriez l'écrire.

Les yeux perdus dans le vague, j'ai esquissé un pâle sourire en soupirant. Peut-être avait-elle raison...

— Mon Dieu, c'est donc lui qui était malade, pas sa mère, c'est bien ça ? Mais alors, les vœux et quel... Quel rapport avec ce que je vous ai demandé, à savoir l'évènement marquant qui vous a poussé à devenir écrivain et... Et les raisons de votre séjour ici ?

— Pour comprendre le rapport, il me faut vous raconter la fin de cette histoire, Héloïse.

Je nous ai resservi un peu de champagne et j'ai reposé la bouteille presque vide dans le seau à glace.

— Pourquoi à moi ? Pourquoi me raconter tout ça ?

« *Parce que ma langue est directement reliée à mon cœur !* », ai-je pensé avant de répondre :

— Je crois que, dans le fond, je lui devais bien ça. C'est sans doute grâce à lui si j'écris aujourd'hui. Raconter son histoire était la moindre des choses, mais il m'aura fallu attendre longtemps pour en avoir l'envie et... Le courage.

— Dans votre récit, vous êtes Morgan, n'est-ce pas ?

J'ai esquissé un maigre sourire en guise d'affirmation et passé une main sur mon crâne chauve.

— Il est loin, le temps où j'avais encore une tignasse hirsute, ai-je répondu en souriant. Et puis, que voulez-vous, je n'ai jamais aimé mon prénom et c'était plus facile de vous raconter tout ça en m'extrayant de cette histoire. Je me sentais moins... Nu.

— Moi, j'aime beaucoup votre prénom, Mathieu. C'est fou ce que vous pouvez être timide !

— Pudique serait plus juste. Je ne deviens timide que lorsqu'une femme me fait « l'intimidage »,

ai-je ajouté pour plaisanter. Un peu comme avec Johan-
na, la jolie responsable animalière et, croyez-moi, le
temps n'a rien arrangé !

Je me suis bien gardé de lui parler de l'effet
qu'elle avait sur moi et j'ai avalé quelques bulles en
espérant qu'elle ait peut-être compris.

Héloïse m'a gratifié d'un regard que je qua-
lifierais de divin avant d'essuyer une nouvelle larme
qui roulait sur sa joue. J'ai souri niaisement, nous
nous sommes dévisagés quelques secondes et, gênés, nous
avons éclaté de rire.

— Après l'accident, Fabrine et Skip ont pas-
sé une batterie d'examens : radios, scanners et, pour
finir, IRM... C'est là que les médecins ont découvert
deux tumeurs aussi grosses qu'une prune. L'une se
trouvait sur le lobe temporal, l'autre sur l'occipital. Il
arrive parfois que ces saloperies s'installent sournoise-
ment sans provoquer de troubles suffisamment gênants
pour qu'on s'en inquiète. Bref, lorsqu'ils ont annoncé
l'horrible nouvelle à Fabrine, lorsqu'ils l'ont informée

qu'il ne restait à son fils que quelques jours à vivre,
elle a pris la décision de ne rien lui dévoiler et de faire
de sa vie un conte de fées. Si Tom n'avait pas découvert
la boîte de puissants antalgiques, s'il n'avait pas lu la
notice qui précisait pour quelle sorte de maladie étaient
prescrits ces antidouleurs... Bref, seuls les médecins,
Monsieur Visconti, Noël ainsi que Vic et Nicole, son
employée, étaient au courant. Vous imaginez ce qu'elle
a enduré par amour ? C'est...

Ma gorge s'est serrée et j'ai poursuivi :

— C'est lorsqu'elle est entrée chez elle pour
récupérer une trousse de toilette et un pyjama que l'idée
a surgi. Elle a regardé les photos de chiot que Skip
avait laissé trainer un peu partout et c'est là qu'elle
s'est souvenue du journal intime qu'il cachait sous son
matelas. Très mauvaise idée, cette planque, je vous
l'accorde ; surtout lorsqu'on est un petit bordélique et
qu'il arrive à votre mère de ranger votre chambre de
fond en comble... Bref, jamais elle ne s'était autorisée
à en lire la moindre ligne, seulement là... Lorsqu'elle a

découvert que son fils faisait des vœux et qu'il croyait avoir... Un don, elle a décidé de les exaucer et de faire en sorte qu'il vive les plus beaux jours de sa vie. Qu'auriez-vous fait à sa place ?

Héloïse m'a regardé, l'air grave. Pour toute réponse, elle a porté le revers de sa main vers ses lèvres.

— C'est atroce, ce qu'elle a dû endurer. Mais elle a pourtant bien vu la pièce qui...?

— Qui tremblait ? Les objets qui bougeaient ? l'ai-je coupée en soufflant un rire désabusé par le nez. Non ! Fabrine n'a rien vu de tout ça et je peux vous assurer que, dans le combat qu'elle a mené, ce jour-là a été l'un des plus douloureux, parce qu'il lui a non seulement fallu mentir à son fils, mais également le conforter dans ses chimères en faisant semblant de voir ce qu'en réalité, elle avait simplement lu dans son journal.

— Mon Dieu... Mais pourquoi voyait-il tout ça si ce n'est pas avec les vœux ?

— Lorsqu'une tumeur appuie sur le lobe frontal ou occipital, il arrive très souvent qu'on ait ce genre de *visions associées à des céphalées, des pertes de mémoire, un manque de coordination ou des nausées. Le médecin avait expliqué à Fabrine qu'en se concentrant, Skip utilisait sans doute des parties précises de son cerveau amplifiant ses symptômes, un peu comme une migraine latente sera accentuée si vous cherchez à résoudre un problème de mathématiques.*

— Mon Dieu ! a-t-elle dit à nouveau. Vous savez, j'ai cru un instant qu'il avait vraiment ce don. Ça va sans doute vous sembler stupide, mais je pense que nous ne savons pas tout de ce monde. Je ne peux pas expliquer pourquoi, mais je suis persuadée qu'il y a autre chose derrière tout ça, une vie après la mort et... Enfin, tous ces trucs.

Héloïse s'est tue et a lâché un petit rire gêné. Un lourd silence a plané quelques secondes.

— Peut-être l'avait-il, Héloïse. Il m'arrive de le croire aussi.

— Mais vous venez de me dire que...

— Laissez-moi vous raconter la fin de cette histoire et vous vous ferez votre propre opinion.

Elle a acquiescé en trempant ses lèvres dans sa coupe de champagne. Je crois qu'à cet instant précis, j'ai envié le verre en cristal — Foutue crise de la quarantaine trois quarts ! J'ai baissé les yeux vers mes chaussures — foutue timidité — et je me suis plongé dans mes souvenirs pour achever mon histoire...

9
La décision
de Fabrine

Fabrine se pencha sur la dernière demeure de son fils pour y déposer une rose rouge ainsi qu'une fleur mauve de buddléia... L'arbre à papillons. Son regard s'attarda un instant sur l'inscription :

Tom VISCONTI

1973 - 1986

À notre petit Skippy...

Un pitre au paradis

Tu me manques atrocement, mon chéri, murmura-t-elle la voix éteinte. Ils disent que je dois continuer sans toi, mais comment, comment quand chaque pas que je fais me torture ?

Il y avait tellement de monde pour venir te dire au revoir. Tous tes amis étaient là, même certains de tes profs, tu te rends compte ? Je me demande si tout cet amour a réussi à grimper jusqu'à toi. L'amour a-t-il le pouvoir de s'envoler aussi haut ?

Monsieur le curé a parlé d'un ailleurs, d'une vie meilleure sans aucune souffrance. J'ai eu envie de l'étrangler, de l'étouffer avec ses certitudes. Puis, j'ai repensé au Guatemala, à ce que tu disais sur la mort. Alors, au milieu de mes larmes a fleuri un sourire que l'amour s'est empressé de faner, parce qu'il ne tolère aucune absence...

Il a plu, mon Bébé. Il a plu, le jour de ton enterrement. Il ne pleuvait jamais, avant ton départ, je le sais aujourd'hui. Il ne pleuvait jamais, parce que tu rayonnais à mes côtés et qu'aucun nuage n'était assez fort, assez vaste ou suffisamment dense pour obscurcir une journée de toi. Il a plu, parce que même les anges étaient tristes. Pourtant, vois-tu, leurs larmes et les miennes réunies n'étaient pas suffisantes pour dissoudre ma peine. Il y a des chagrins qui ne se lavent pas même lorsque les sanglots pleuvent du ciel...

Fabrine se redressa, caressa du bout des doigts le marbre gris de la pierre tombale, puis regagna son véhicule avec le sentiment d'étouffer. Avant de démarrer, elle resta là un long moment, les yeux accrochés au vide, le corps suspendu au néant. Une fois de plus, ses idées vagabondèrent à ces derniers jours, à l'injustice qui la rongeait et à la colère qu'elle apportait avec elle.

Victoire lui avait raconté combien ils avaient eu peur en arrivant à son appartement.

Son père avait cogné de toutes ses forces pour essayer d'ouvrir la porte, mais sans succès. Bien sûr, Vic avait un double des clés, mais celle-ci refusait de tourner dans le verrou... Sans doute Fabrine avait-elle laissé la sienne dans la serrure. Pris de panique, Eliot avait redouté le pire, parce qu'il connaissait bien cette frontière, celle où tout devient insupportable, celle qui vous étouffe au point de vous pousser à commettre l'irréparable pour que se taise enfin la douleur. Alors, ses cris de rage avaient redoublé et, tandis qu'il hurlait le prénom de sa fille pour tenter de la faire réagir, Noël s'était précipité dans la cage d'escalier pour les aider. À bout de souffle, le providentiel voisin avait pris l'initiative la plus stupide de sa vie… Escalader son balcon à trois heures du matin pour gagner celui de Fabrine situé un étage plus haut, au quatrième. Contre toute attente, il y était parvenu et leur avait permis d'entrer dix minutes avant que les secours n'arrivent.

Fabrine s'était simplement évanouie. Lorsqu'elle était revenue à elle, les souvenirs avaient mis quelques secondes avant de vomir l'abjecte réalité. Groggy, elle avait regardé tour à tour Noël, Victoire et son père avec la furieuse envie de sombrer à nouveau, de disparaître, de s'éteindre pour ne plus rien ressentir…

Elle mit le contact et s'éloigna comme on prend la fuite.

Fabrine se laissa tomber dans le vieux canapé et alluma une cigarette... Une de plus. Pioupette vint se blottir contre sa hanche et posa délicatement le museau sur sa jambe. Toutes deux
restèrent ainsi de longues minutes jusqu'à ce que
Fabrine soulève la petite chienne et blottisse son
visage dans son pelage en fermant les paupières.

— Je dois faire quelque chose, ma puce,
quelque chose... De moche. Il faudra être sage
mais ça, tu sais faire, n'est-ce pas ?

Pioupette inclina la tête de gauche à
droite comme si elle essayait de comprendre ce
que disait sa maîtresse... Fabrine se leva brusquement et se dirigea vers la cuisine avant que le

courage ne l'abandonne, mais quelqu'un frappa à la porte.

— J'arrive, dit-elle sur un ton agacé, qu'elle compensa immédiatement par un enjoué et hypocrite : "Deux petites minutes !" Il fallait bien donner le change pour obtenir ensuite la paix dont elle avait besoin.

La porte s'ouvrit doucement avant qu'elle n'ait le temps de l'atteindre et le visage embarrassé de son père apparut devant le chambranle. Eliot lâcha un piètre sourire en guise de bonjour.

— Je n'ai pas osé te demander si je pouvais passer, j'avais peur que... Que tu refuses et je m'inquiétais, articula-t-il péniblement.

Fabrine soupira... Depuis l'enterrement, elle n'avait plus vraiment donné de nouvelles. Des semaines de silence ou de mots-phrases échangés à la va-vite, des semaines pour une éternité de souffrance. Elle le regarda un instant comme si elle le voyait pour la première fois après des années d'absence. Il était amaigri et des cernes se dessinaient sous ses yeux fatigués. Sans doute les stigmates de trop de nuits sans sommeil. Étrangement, Fabrine réalisa qu'elle se sentait heureuse de le voir là. Elle eut envie de le lui dire, de le lui crier, mais les mots qui envahirent son esprit restèrent coincés dans sa gorge sans trouver le chemin de la sortie. L'amour était-il à ce point pudique et rancunier qu'il bâillonnait les émotions pour avoir été trop longtemps brimé ?

— Entre, je t'en prie.

— J'ai... Je suis allé voir ta mère, murmura-t-il. J'ai fait comme tu as dit, tu sais ? De toute façon, le... Le nouveau traitement n'avait pas l'effet escompté, la courbe des progrès ne cessait de décroître et les médecins...

Sa voix se brisa.

Dans sa poitrine, Fabrine eut l'impression que son cœur venait d'exploser. Il y a quelques jours, elle aurait préféré sauter de son quatrième étage plutôt que de le voir là. Aujourd'hui, sa présence semblait l'apaiser et même ce parfum qu'elle avait si longtemps détesté lui renvoyait soudain le goût fugace et délicieux de souvenirs d'enfance.

— C'est mieux ainsi, souffla-t-elle. C'est mieux qu'elle ne se souvienne pas. Les médecins étaient formels, de toute façon, ça n'aurait été qu'une légère rémission. 1986 ne sera pas l'année ou on soignecette foutue maladie et, parfois, mieux vaut oublier,conclut-elle dans un râle presque inaudible. Au moins, elle n'a pas à endurer tout ça.

Son père la regarda avec une infinie douceur, celle où les yeux contemplent, celle où le cœur caresse. Alors, sans qu'ils aient à ajouter un mot de plus, chacun d'eux devina dans le regard de l'autre l'immensité des regrets. Eliot ouvrit la bouche pour parler, mais ses lèvres se mirent à trembler de façon incontrôlable tandis que ses yeux s'inondaient. Il s'appuya à la porte et emmura sa souffrance dans le silence. Alors, son visage se déforma, ses épaules tressautèrent, parce qu'il fallait bien que la peine s'échappe par quelque part. Il bafouilla quelque chose d'incompréhensible et les larmes éclaboussèrent la fin de sa phrase. Dans ce naufrage, seuls trois mots parvinrent à flotter au-dessus des autres, trois mots qui refusèrent de couler parce que son cœur les avait hurlés plus fort que le ressac de ses sanglots :

— Je t'aime !

Fabrine leva une main pour le faire taire, mais il poursuivit dans une plainte :

— Il fallait que je travaille sans relâche, nuit et jour... Je me suis tué à la tâche pour ne pas devenir fou.

Ses mots se brisèrent.

— Je l'avais perdue, elle, je ne supportais pas de te perdre toi. Alors, tout était préférable à ton silence... Même ta colère !

Fabrine sentit que le barrage qu'elle avait érigé depuis tant d'années allait exploser. La petite fille qui dormait en elle venait de se réveiller avec l'ardent désir de retrouver la douceur d'une étreinte paternelle et, parce que la nature déteste le vide, elle comprit à cet instant précis que le gouffre creusé par la haine allait inexorablement se remplir... D'amour. Elle sentit ses épaules tressauter de façon incontrôlable et leva les yeux vers le grand Eliot Visconti. Alors, le barrage céda. Elle ouvrit la bouche, mais les larmes noyèrent les lettres, les syllabes ou les mots qu'elle essaya de prononcer. Doucement, elle s'approcha de son père pour se laisser glisser dans ses bras et, pour la deuxième fois depuis bien longtemps, elle s'entendit murmurer papa.

Elle se pencha au balcon et fit un petit geste de la main à son père qui le lui rendit avec un sourire, exprimant tous les remords de la Terre. Il prit un instant pour la regarder comme on contemple une œuvre d'art avant de s'engouffrer dans sa magnifique Jaguar XJ6. La voiture descendit lentement l'avenue Jules Ferry, longea l'allée de lauriers roses qui séparait les deux côtés de la route et disparut derrière le rond-point qui jouxtait les HLM Achard.

Fabrine resta quelques secondes immobile les coudes appuyés sur la rambarde, le regard perdu dans le vide. À ce moment précis, elle se trouva pathétique de n'avoir su pardonner que dans ces instants de souffrance. Elle fixa le goudron, quinze mètres plus bas et chassa l'idée qui lui traversa l'esprit.

En rentrant, elle tira le loquet pour bloquer l'accès au balcon. Mieux valait éviter que le voisin n'accomplisse un nouvel exploit. Elle verrouilla également la porte d'entrée et prit soin — de façon bien intentionnelle, cette fois-ci — de laisser la clé à l'intérieur de la serrure.

— Coucou toi ! dit-elle tristement à Pioupette qui arrivait en courant.

Pour témoigner de sa joie, la petite chienne se dandina de façon amusante en faisant passer son postérieur tantôt à gauche, tantôt à droite de ses épaules. Fabrine repensa à ce que disait souvent son fils : « Les chiens ne font jamais semblant, tout est clair, avec eux. Ils sont toujours heureux de nous voir et ne mordent jamais sans prévenir d'une façon ou d'une autre. Il faut juste apprendre à lire les signes ! »

Elle lâcha une légère grimace en essayant de sourire.

— Tu as faim ? Allez, viens !

Pioupette se précipita vers la cuisine et sautilla près de sa gamelle.

— D'accord, d'accord. Aujourd'hui, c'est jour de fête pour toi, lui dit sa maîtresse en ouvrant le réfrigérateur. Que dirais-tu d'un steak haché ?

Elle déposa l'assiette de viande au sol et sortit le presse-agrume avec une nostalgie qui lui comprima le cœur jusqu'à lui donner la nausée.

— Je vais préparer deux grands verres de jus d'orange avec de la glace pilée, dit-elle en regardant la petite gloutonne qui dévorait son festin. Le secret, tu vois, c'est d'ajouter un fond de jus d'ananas pour masquer le goût des médicaments. C'est ce que je faisais pour ton maître lorsque je dissolvais discrètement sa morphine, tu t'en souviens ? Il adorait mes jus d'orange.

D'un geste brusque, elle essuya une larme qui cherchait à délaver ses yeux et serra les poings en prenant une longue inspiration pour rassembler tout son courage. Sur le plan de travail, elle vida la boîte entière de Prozac sans omettre d'y ajouter les comprimés qu'elle n'avait pas utilisés lorsque Skip était encore en vie : ceux qu'elle avait volontairement omis de prendre pour profiter pleinement de lui avant que Dieu ne le lui prenne... Avant que Dieu ne le lui vole. Puis, elle attrapa un grand verre dans lequel elle versa une énorme quantité de whisky.

— L'important, ma petite Pioupette, c'est de mélanger les tranquillisants et l'alcool, sinon, ce n'est pas efficace, murmura-t-elle en se baissant pour attraper la chienne. Elle la câlina du bout du nez en fermant les paupières à s'en faire mal.

— J'ai laissé une lettre pour m'expliquer. Victoire va prendre soin de toi, elle a un petit jardin, tu sais ? Tu y seras bien.

Sa voix se brisa alors que l'adorable peluche cherchait à lui mordre les joues avec toute la joie et l'insouciance des chiots. Elle l'embrassa une dernière fois avant de la laisser redescendre, puis avala le verre de whisky cul sec en grimaçant. Déterminée, elle attrapa les deux verres de jus d'orange ainsi que les médicaments et se dirigea vers la chambre de son fils. C'est là qu'elle tenait à lui dire au revoir avant de s'endormir elle aussi.

Avant de passer voir Fabrine

À bout de souffle, elle parvint enfin à déposer l'arbre à papillons sur sa terrasse. Ce n'est pas tant la taille de l'arbuste qui lui avait posé problème, mais le pot de terre contenant les racines était aussi lourd qu'encombrant. Victoire contempla le Buddléia sans pouvoir retenir une larme qui termina sa course sur le sourire qu'elle affichait. Un frisson la parcourut lorsqu'elle prononça à haute voix :

— On va le planter là en plein milieu, mon beau Skippy, comme je te l'avais promis ! Tu sais qu'il faut toujours baptiser un arbre

545

qu'on plante ? Que penserais-tu de Nina ? En plus, tu as vu, il est plein de couleurs et tout en fleurs comme elle. Demain, c'est certain, une nuée de papillons voleront tout autour de lui et ta maman sera heureuse de savoir que je m'en suis déjà occupée.

Victoire admira les magnifiques boutons rose fuchsia et imagina l'arbre déjà en place. C'était certain, il serait du plus bel effet au centre de son jardinet. Dans le petit réduit qui jouxtait la terrasse, elle attrapa la pioche, la pelle, gonfla le torse et se dirigea vers l'arbuste.

Fabrine regarda tout autour d'elle. Chaque objet était là où Tom l'avait laissé, rien n'avait bougé d'un centimètre dans cette chambre où elle ne s'était plus autorisée à entrer. Elle s'allongea doucement sur le lit de son fils et ferma les yeux pour savourer, comme une caresse, les effluves dont les draps étaient encore imprégnés. Alors, pareille à une junky, elle emplit ses poumons à s'en faire mal pour inhaler le passé, pour inhaler tout ce manque de lui comme on sniffe une drogue, un shoot de souvenirs qui se propagea dans ses veines et explosa dans son cerveau telle l'extase qui précède l'overdose. Il y avait là la fragrance du bonheur suprême, l'ultime parcelle de son bébé qui vivait encore en ces lieux. Avec le temps, les visages devenaient flous et les voix n'étaient plus que murmures, mais la mémoire olfactive, elle, n'oubliait jamais. Pourtant, le plaisir, aussi intense soit-il, fut de courte durée et la chute... Brutale. Lorsqu'elle inspira de nouveau, les effluves capricieux se firent plus discrets comme lorsque l'on hume un parfum pour la seconde fois. Alors, un sentiment d'injustice la submergea tout entière et la colère l'emporta. Que lui restait-il si même cette odeur-là se volatilisait ?

— J'arrive, mon ange. Maman vient te rejoindre.

Elle se redressa et sentit les premiers effets du whisky lui scier les jambes. La main tremblante, elle saisit l'énorme quantité de Prozac posée sur la table de nuit, puis se ravisa. Il fallait attendre encore un peu que l'alcool agisse. Elle hésita une seconde et décida de braver l'interdit une dernière fois. Lorsqu'elle retrouverait Skip, elle lui demanderait pardon en riant et sans doute serait-il trop heureux de la voir pour lui en tenir rigueur.

Doucement, elle fouilla sous le matelas et en extirpa le journal intime. Elle l'ouvrit à la dernière page et lut les deux phrases que Skip avait soulignées... Puis, rayées.

Vœu numéro un : je veux que ma maman guérisse totalement de son cancer.

Vœu numéro deux : je veux qu'il n'y ait aucun effet secondaire au vœu numéro un.

Son ventre se noua à l'idée qu'il ait pu penser qu'elle soit malade. Comment s'était-il mis cette idée en tête ?

Au moment où elle s'apprêtait à tourner la page pour lire un peu plus avant ce que son Skippy y avait noté, une feuille de papier volante s'échappa du carnet et termina sa course sur ses cuisses. Le titre lui sauta aux yeux, quelques lettres écrites en rouge qui lui firent l'effet d'une gifle :

Pour toi, ma Mounette

Fabrine eut le sentiment que son cœur venait de rater un battement. Elle ouvrit la bouche à la recherche d'un peu d'air providentiel et le nœud qu'elle ressentit dans son estomac se resserra encore et encore jusqu'à lui laisser la désagréable sensation d'avoir avalé une enclume. Les mains tremblantes, elle déplia la lettre partagée entre l'envie de se précipiter et celle de prolonger cet instant autant que possible, parce qu'elle savait que, d'ici quelques secondes, Tom s'adresserait à elle... Pour la dernière fois. Cette idée la bouleversa et les larmes se bousculèrent dans ses yeux. Elle porta une main vers ses lèvres pour éviter de hurler, avala avec difficulté et se lança.

La lettre

Je crois que je viens de comprendre. Je ne sais
pas pourquoi, mais l'idée a surgi comme ça et je sens
que j'ai raison.

Tout à l'heure, quand je viendrai te demander
de me dire la vérité, il faudra le faire, d'accord ? En
attendant, je t'écris mes questions et surtout, surtout...
Il me reste quelque chose à faire de très, très important.

Il n'y a jamais eu de vœu exaucé, c'est bien ça ?
Ils n'ont pas marché et c'est toi qui les as réalisés ?
J'ai repensé aux médicaments que tu cachais. Il y avait
des antidépresseurs pour toi, sans doute, et les autres,
ceux pour la douleur, ils étaient pour moi. Tu sais,

j'ai tout compris avec le jus d'orange.

Fabrine s'interrompit et éclata en sanglots. Tom avait fait quelques ratures sur la fin
de sa phrase. Machinalement, elle porta la lettre
vers sa poitrine et la serra comme elle serrait na-
guère son fils pour le réconforter. Elle demeura
ainsi de longues minutes berçant pathétiquement
un morceau de papier contre son cœur.

— Mon bébé, je suis là ! Maman est là...

Elle trouva le courage de poursuivre.

Je n'ai peut-être pas fait les choses comme il
fallait, maman. Peut-être que j'aurais dû me concentrer
beaucoup plus pour parvenirà ce que mon ange gardien
m'entende. Ou, alors, la dame à la télé n'a dit que des
bêtises ; mais je m'en fous, je sais que ce vœu, il va se
réaliser parce que je vais me concentrer comme jamais
et, alors, mon ange gardien m'entendra. Si ce n'est
pas le cas, ma petite Mounette sera obligée de l'exaucer

pour me montrer jusqu'où va l'amour !

Tu te souviens de la discussion que nous avions eue sur le Guatemala et les tombes de toutes les couleurs et les gens qui dansaient dessus et les enfants avec les cerfs-volants ? Moi, maman, je ne suis pas comme toi, je suis certain qu'il existe un truc derrière la vie et que c'est beau, pas aussi beau que toi quand tu ris, mais que c'est très beau quand même.

À nouveau, des sanglots déchirants inondèrent la petite chambre, des sanglots qu'elle chercha à étouffer et qui, pour se venger, secouèrent son corps tout entier.

Alors le voilà, mon vœu, maman, et je te le répète : je sais qu'il va se réaliser d'une façon ou d'une autre, parce que c'est la chose que je souhaite le plus au monde au point de renoncer à tous mes autres vœux pour celui- ci et parce que tu m'aimes assez fort pour ça…

Une fois encore, Fabrine dut s'interrompre. Elle pencha la tête en arrière pour respirer, puis baissa les yeux sur le vœu que son fils avait souligné en rouge à plusieurs reprises. Lorsqu'elle le découvrit, la douleur lui déchira le cœur :

Je veux que tu sois heureuse, Mounette.

« Oh, mon Dieu… », lâcha-t-elle dans une plainte déchirante.

Quoi qu'il arrive, comme les gens au Guatemala qui font danser les cerfs-volants, parce que ce n'est pas bien de me donner des leçons et de ne pas te les appliquer à toi-même comme quand tu me dis qu'il faut savoir pardonner ; et toi et papi alors, mademoiselle Mounette ?

Fabrine revit le visage de son fils lorsqu'il la sermonnait ainsi en levant le doigt en l'air comme l'aurait fait un instituteur. Même dans ces instants graves, il trouvait encore la force de lui écrire en plaisantant et le courage de la taquiner comme toujours. Ses larmes se mélangèrent à son rire, parce que les mots de Tom faisaient résonner dans son cœur une dissonance d'émotion et, aussi étrange que cela puisse paraître, la joie l'emporta. Fabrine avait l'impression que quelqu'un ôtait petit à petit un poids qu'elle portait sur ses épaules.

Tu vas avoir du travail, mais... Voici toutes les choses que moi, Skippy, commandant suprême de ce journal, je te demande :

— Je veux que tu sois heureuse et ça, c'est non-négociable ! Tu m'as toujours dit que chaque minute compte, mais ce n'est pas tout de le dire, il faut aussi les mettre en pratique, tes idées de philosophe. Il y a, un étage plus bas, un agent secret qui te regarde

comme moi je regarde Nina. Invite- le à manger une pizza et à regarder un film. Il ne faut jamais partir tuer quelqu'un le ventre vide ! Chaque minute compte, ma petite maman.

— Dis à Nina que, grâce à elle, j'ai aimé l'école et ça, ce n'était pas gagné ! Dis-lui surtout que je l'ai aimée « Tout court ». Tu lui expliqueras ce que ça veut dire, dac' ?

— Je voudrais aussi que tu demandes à ce borné de Morgan qui adore les livres et qui est toujours premier en dissertation qu'il essaie de l'écrire, son roman... Il comprendra. Dis-lui qu'il le fasse quand il se sentira prêt, parce que je ne serai pas toujours là pour le pousser à faire des choses qu'il n'ose pas.

— Je veux que tu dises à Nathan qu'il ne change pas et que je sais qu'il sera un « putain » de père à la hauteur, parce que la connerie, ce n'est pas

héréditaire et qu'il saura faire tout ce que son père ne
savait pas.

— *Demande pardon à Luca pour le Pepito sans*
oublier d'ajouter que je recommencerais si c'était à re-
faire ; et puis, surtout, dis-leur à tous que je les aime
« Tout court ».

Fabrine dut s'interrompre. Aussi surprenant, aussi incroyable que cela puisse paraître, elle pleurait, mais se sentait étrangement sereine. En se remémorant l'anecdote du Pepito qu'elle avait lue dans le journal de son fils, elle parvint même à rire, un rire qui se mélangea à ses larmes comme un sucré-salé d'émotions. Alors, l'acidité de sa peine s'estompa face à la douceur de ses souvenirs.

Ses pensées l'entraînèrent quelques années en arrière lorsqu'après l'accident de sa sœur, ses parents l'avaient suppliée de rencontrer un psychologue. L'homme était une sommité dans son domaine et ses tarifs semblaient suivre la courbe de sa réputation. Après quelques séances qu'elle avait jugées infructueuses, Fabrine avait définitivement renoncé à poursuivre la thérapie. Pourtant, à cet instant, il lui revint en mémoire une phrase que lui répétait souvent le psychologue et qui lui parlait aujourd'hui aussi clairement qu'elle l'avait laissée indifférente à l'époque : « Il n'est pas nécessaire de souffrir pour se souvenir ! »

Elle inspira profondément et poursuivit :

— Demande à marraine de mettre en pratique tous ces bons conseils qu'elle sait donner aux autres en amour et, si elle en a marre de vendre des fringues, elle pourra toujours ouvrir une agence matri... « Marti-machin », je ne sais plus comment on dit, mais elle ferait sans doute un succès monstre !

Voilà, Mounette, j'ai terminé. Je ne vais pas te demander de pardonner à Papi, parce que je ne sais pas ce qu'il a fait, mais ce que je sais et qui crève les yeux, c'est qu'il t'aime... Tout court, lui aussi. Alors, dis-lui que je l'aime aussi et serre-le fort pour moi sans oublier mamie, bien sûr...

Je vais m'allonger sur mon lit et me « supra-concentrer » pour mon dernier vœu... Pour que tu sois heureuse, maman, de tout mon cœur et de tout mon amour.

P.-S : Quand tu te sentiras prête, je veux bien que tu laisses mon « frère » lire mon journal intime. Finalement, c'est un peu grâce à Morg que je l'ai écrit.

« Tout court » toujours, ma Mounette.

Ton skippy

Fabrine attrapa les somnifères et s'allongea sur le lit de son fils à l'exacte place où elle l'avait découvert quelques semaines auparavant. Elle resta longtemps ainsi, perdue dans ses souvenirs, à fixer le plafond, laissant les larmes chaudes ruisseler sur ses joues.

Victoire décrocha à la quatrième sonnerie.

— Allo !

— Soirée pizzas à la maison. Tu rappliques ? On va beaucoup boire, beaucoup rire, beaucoup pleurer, aussi, annonça Fabrine.

— Tu vas bien ? demanda Victoire, inquiète.

Fabrine laissa passer quelques secondes avant de répondre :

— Je crois que oui. Je suis sévèrement bourrée, mais... Mais je crois que oui. Viens, j'ai une lettre à te montrer et une grosse connerie à essayer de réparer.

— Une connerie... Putain, Fab, tu me fais peur !

— Rien de grave. Allez, viens vite ! Je t'expliquerai.

Fabrine se dirigea vers la cuisine, déplia doucement les doigts et laissa tomber dans la poubelle l'ensemble des médicaments qu'elle tenait toujours au creux de sa main.

Voilà, mon Skip, tu as gagné... « Il n'est pas nécessaire de souffrir pour se souvenir », pensa-t-elle.

Bonsoir, madame Caca

Les rires s'étaient appuyés sur la douceur des souvenirs passés mais, immanquablement, leurs goûts sucrés avaient fini par se mélanger à l'acidité de l'insupportable absence laissée par le départ de Skip. Alors, comme l'avait prédit Fabrine, les larmes s'étaient invitées, parce que c'était difficile, parce que c'était un combat su-rhumain, mais qu'elles avaient pris la décision d'en sortir victorieuses... Ensemble.

Fabrine avait tendu la lettre à Vic, puis s'était éclipsée pour lui laisser un peu d'intimité le temps de sa lecture. Bien sûr, à son retour,

Victoire était défaite. Elle avait le visage pâle, les yeux rouges et bouffis. Pourtant, au beau milieu de ce champ de ruines émotionnel, fleurissait sur ses lèvres un sourire. Alors, les deux amies s'étaient étreintes comme deux sœurs.

— Un petit merdeux de tout juste treize ans qui nous fait la leçon, avait dit Victoire. C'est cliché !

— Pas treize, douze. Il a trouvé le moyen de partir juste avant la fête de son anniv', ce couillon ! Il est né à cinq heures quarante.

Vic avait lâché un rire plein d'amertume en se souvenant de l'énorme surprise organisée par Fabrine et son père mais, ce samedi-là, le parc aquatique de Fréjus avait ouvert ses portes… Sans eux.

À vingt-deux heures trente, elles étaient descendues dans le hall d'entrée pour tenter de récupérer la « connerie » de Fabrine dans la boîte à lettres de Noël… Sans succès.

Victoire s'était penchée à l'oreille de son amie :

— Ben, ton petit mot va rester là où il est, parce qu'on n'y arrivera pas ! Après tout, ce n'est pas si grave !

— Non, c'est juste... Dramatique ! Putain, mais qu'est-ce qu'il m'a pris de lui écrire ?

— Il t'a pris que t'as avalé un peu trop de whisky ! Et puis, tu suis les conseils de ton fils : « Être heureuse ! », avait répondu Victoire dans un sourire débordant de tendresse.

— On essaie encore une dernière fois ?

L'alcool aidant, elles avaient été aussi discrètes qu'un éléphant dans un magasin de porcelaine et, fatalement, la porte de madame Hibou s'était entrouverte.

— Oh, franchement, pardon, avait pouffé Victoire avec son accent à couper au couteau que l'effet de l'alcool ne faisait qu'amplifier. Nous remontons immédiatement.

En passant devant sa voisine, Fabrine s'était également excusée avant de lâcher sans même y penser un pompeux et protocolaire : Bonsoir, madame caca !

Lorsque, dans l'ascenseur, elle avait expliqué l'expédition punitive découverte dans le journal intime de Skip et les raisons de ce surnom, leur hilarité avait redoublé... Puis, Fabrine s'était demandé ce que pourrait penser cette vieille grincheuse d'une mère ivre qui trouvait le moyen de plaisanter peu de temps après la perte de son enfant. Alors, une fois de plus, la peine s'était mélangée à la joie, donnant vie à une improbable naissance pleine de contrastes. Celle où les yeux humides se tournent doucement vers l'avenir quand le cœur bat encore au rythme du passé.

Oui, c'est ainsi que s'était déroulée cette folle soirée : une joute entre demain et hier, un combat que les deux « sœurs » avaient décidé de mener ensemble sans savoir ce qui les poussait soudainement à se tourner vers le bonheur avec autant de détermination. Le don exceptionnel d'un petit garçon qui était parvenu à parler à son ange gardien ? Ou l'envie de lui montrer jusqu'où va l'amour ?

Un peu de place pour le dessert

La jeune journaliste m'a regardé une seconde avant de plonger le nez dans son assiette pour dissimuler ses larmes.

— Merde ! C'est réellement arrivé ? Je veux dire, c'est une histoire vraie, vous n'inventez rien, n'est-ce pas ? a-t-elle demandé pour la forme en fixant son filet de sole.

— Oui. Skip a réellement existé et je vous promets que je n'invente rien. Pour le groupe d'ados que nous étions, il était le « fada » de service, l'électron libre. Dans le monde des adultes, on aurait sans doute dit de lui que c'était... Un personnage ! Ce récit, c'est

ma vie, mon enfance et, surtout, son histoire.

Héloïse a avalé une gorgée d'eau et je devinais dans tous ses gestes qu'elle était émue.

— Vous devriez l'écrire. Vous devriez vraiment en faire un livre pour rendre hommage à votre meilleur ami, à... À votre frère, a-t-elle insisté.

Je pense que c'est à ce moment-là que l'idée a réellement germé dans mon esprit. Héloïse avait peut-être raison...

Elle a froncé les sourcils et m'a demandé :

— Comment se fait-il que... Que sa mère ait soudainement changé d'avis pour les somnifères ? Vous pensez que...?

Elle s'est interrompue et je l'ai regardée en souriant, parce que je savais ce qu'elle s'apprêtait à me demander.

— Je me suis beaucoup documenté sur la question. Des chercheurs comme l'américain Stuart Hameroff ont découvert et prouvé que notre cerveau est capable de capter des vibrations quantiques de la même façon

572

qu'il est démontré scientifiquement qu'il existe une communication entre les neurones. C'est sans doute à ce niveau que certains médiums parviennent à communiquer avec les défunts et des études sérieuses avancent de plus en plus qu'il existerait un « après » et un moyen de communiquer avec des... Êtres de lumière. Je sais, ça peut sembler ridicule, mais...

— C'est le propre de l'homme que de qualifier de ridicule ce qu'il ne comprend pas, m'a-t-elle répondu d'une voix feutrée. Pour ma part, je pense qu'il nous reste encore beaucoup à découvrir.

J'ai soupiré avant de poursuivre :

— Chacun en tirera ses propres conclusions. Tom a-t-il réussi ce jour-là à entrer en contact avec les anges ? Fabrine a-t-elle fait preuve d'une incroyable force de caractère pour surmonter tout ça ? Refusait-elle de revivre ce qu'elle s'était infligé avec le décès de sa sœur ou a-t-elle simplement voulu exaucer une fois de plus le dernier vœu de son fils ? Dans le fond, est-ce vraiment important ?

— *Sans doute que non, vous avez raison. Je n'ai toujours pas ma réponse, mais merci pour ce moment très agréable, Mathieu. Encore que, je vous le concède, c'est la première fois qu'un homme qui m'invite à dîner en profite pour me faire pleurer.*

J'ai ri à sa réflexion. Nous avons ri tous les deux.

— *Vous vouliez savoir pourquoi je viens ici plusieurs fois par an ?*

— *Oh ! Ça, je pense l'avoir compris. Pour retrouver une joyeuse bande de fadas ! Ils vivent toujours dans le coin ?*

— *Oui, toujours. Quelques mois après le décès de Skip, Fabrine a convoqué toute la bande chez elle. Elle voulait nous lire certaines parties du journal intime de son fils, des parties qui nous concernaient et, surtout, elle tenait à nous dévoiler le dernier message qu'il nous avait adressé. Elle avait préparé des crêpes avec une véritable farandole de gourmandises et, pour la première fois de toute notre vie, Luca et moi n'avons* pas eu à nous quereller pour savoir qui aurait la dernière part. Nous étions tellement bouleversés que nous en avions perdu l'appétit. Nous avons beaucoup pleuré, beaucoup ri. Parfois, les larmes gagnaient du terrain mais, immédiatement, la dérision les chassait, parce que l'apitoiement n'avait aucune prise sur la douceur des souvenirs passés, surtout lorsque les bêtises de Skip venaient s'y ajouter. Alors, les rires prenaient leur revanche et l'emportaient irrémédiablement. Je crois que notre amitié s'est définitivement scellée durant cet après-midi-là. Je me souviens qu'une chanson venait de sortir et passait en boucle sur les ondes, une chanson dont les paroles nous bouleversaient, mais que chacun de nous adorait :

« Puisque c'est ailleurs
Qu'ira mieux battre ton cœur
Et puisque nous t'aimons trop pour te retenir...
Puisque tu pars. »

— *Jean-Jacques Goldman ?*

J'ai esquissé un fugace sourire pour confirmer et j'ai regardé sa main posée sur la table. Je me souviens très bien avoir voulu la recouvrir de la mienne. Foutue crise de la quarantaine trois quarts !

— *Pour répondre à votre question, Héloïse, oui, on se retrouve effectivement une fois par an, parfois deux. On partage des instants de folie autour d'un bon barbecue et on passe la soirée à se remémorer le passé, à rire, à boire. Nous ne nous sommes jamais perdus de vue. Nous avons suivi notre scolarité dans le même lycée, ce n'était pas très difficile, il n'y en a qu'un à Draguignan. Les années Fac se sont faites à Nice et, là encore, nous étions tous ensemble à faire les quatre cents coups. Je vous laisse imaginer, mais je peux vous assurer que certaines anecdotes pourraient faire l'objet d'un roman, ai-je dit en riant.*

— *Et pourquoi m'avez-vous affirmé que cette année était un peu spéciale ?*

— Si vous avez un peu de place pour un dessert, je vais terminer mon histoire...

Quatre mois plus tard
Un morceau pour elle

Noël pénétra dans le hall suivi de près par la petite Pioupette qui gambadait, pleine de joie.

— Viens, « fifille ». On va voir si, aujourd'hui, il y a quelque chose.

Il jeta avec humeur des publicités qui encombraient sa boîte à lettres et sourit lorsqu'il vit l'enveloppe tant espérée. L'adresse avait été soigneusement rédigée : des lettres gracieuses, tout en rondeur, dont il reconnut immédiatement l'écriture.

— Il semble que maman ait pensé à nous. Allez, fonce ! dit-il en se dirigeant vers l'ascenseur.

Dans son dos, il devina que madame Hibou venait de coller l'œil à son judas. Il esquissa un sourire fataliste.

L'eau pétillante chanta au contact du verre. Noël y ajouta une rondelle de citron, puis s'installa dans son fauteuil préféré, celui qui était tout usé et dont les accoudoirs élimés semblaient avoir subi l'attaque d'une râpe à fromage. Tout autour de lui trônaient encore des cartons qu'il n'avait jamais déballés et qu'il n'ouvrirait plus, désormais. Fabrine voulait quitter « l'Esterel » parce que ce bâtiment, disait-elle, lui renvoyait trop de choses. « Nous irons nous installer ailleurs pour fabriquer de nouveaux souvenirs. Je n'oublie rien en m'éloignant d'ici, je tiens au contraire une promesse d'amour faite à un petit homme ! », avait-elle dit avec une incroyable détermination. Parfois, il arrivait à Noël de se demander si, finalement, Skip n'avait pas réussi à communiquer avec son ange gardien tant sa mère semblait déterminée à être heureuse. « *Chaque seconde compte* », disait-elle. Il était clair qu'elle ne jouait pas un jeu, elle avait simplement accepté l'inacceptable. Bien sûr, quelques fois, les souvenirs venaient embuer le vert de ses yeux mais, rapidement, un sourire asséchait l'eau de sa peine et Noël restait béat d'admiration devant tant de force de caractère.

Il respira à pleins poumons et hésita avant d'ouvrir l'enveloppe. Il désirait repousser encore cet instant histoire de goûter le sucre de l'attente, la caresse de l'impatience, un peu comme on freine parfois la fin de sa lecture quand arrivent les dernières pages d'un bon roman. Il but une gorgée de Perrier et ouvrit le tiroir de sa table basse pour en extirper le mot trouvé dans sa boîte à lettres quatre mois plus tôt :

Cher Noël,

Je n'ai pas eu l'occasion de vous remercier pour votre « cascade ». C'était stupide, vous auriez pu tomber, mais merci.

Si les histoires qui « commencent à l'envers » ne vous dérangent toujours pas, je serais heureuse de vous indiquer un bon restaurant comme vous me l'aviez demandé.

Fabrine

P.-S. Je vous embrasse.

P.-S. 2 : Vous avez remarqué ? Je vous vouvoie de nouveau. C'est plus facile pour... Oser vous écrire.

À son retour, Noël avait été plus que surpris de trouver ces quelques lignes. Les rares fois où il avait croisé Fabrine, celle-ci s'était montrée réservée, presque distante et, bien sûr, il avait respecté son besoin d'intimité. Un jour, pourtant, juste avant que les portes de l'ascenseur ne se referment, il avait osé lui dire dans un souffle qu'il était là si elle ressentait le besoin de parler, de pleurer ou de hurler.

Le petit message laissé dans sa boîte à lettres l'avait laissé sans voix. Bien sûr, il s'était empressé d'accepter l'improbable invitation de cette fille insondable dont chaque geste le faisait littéralement fondre. Durant quinze jours, ils avaient partagé des instants délicieux, apprenant à se découvrir, à s'apprivoiser l'un l'autre, à parler le langage du cœur avant de laisser s'exprimer à nouveau celui du corps. Sans établir la moindre règle, ils avaient eu mutuellement besoin de laisser du temps au temps pour que leur histoire « débutée à l'envers » retrouve un semblant d'ordre.

L'amour n'était pas une fleur nivéale s'épanouissant dans le froid et la neige et il ne le serait jamais. Pour fleurir, il avait besoin de la chaleur des regards qui séduisent, de la douceur printanière des complicités naissantes, celles qui caressent l'âme et emplissent le cœur avant que ne s'apprivoisent les corps.

Noël sourit au souvenir de ces quinze jours et but une nouvelle gorgée d'eau pétillante. N'y tenant plus, il déchira avec avidité l'enveloppe qu'il venait de recevoir et fit signe à Pioupette de grimper sur ses genoux.

Mon amour de virtuose,

Tu vois, comme promis, je t'écris à peine les valises posées dans ma chambre d'hôtel. Pour te dire la vérité, ce n'est pas très difficile. Tu me manques déjà... Terriblement !

J'aurais aimé que tu puisses venir, mais ce sera pour le prochain voyage.

L'hôtel est fantastique, je vais prendre un max de photos, il me tarde déjà de les faire développer et de les regarder blottie dans tes bras.

Dans trois jours, nous montons sur les hauteurs du Guatemala à Chihi Castenango. C'est fou comme ce que je dois faire me semble important et combien je me sens à ma place... Là où je dois être.

J'ai tenu ma promesse et je n'ai pas ouvert ton cadeau. Une fois arrivée là-haut, je me jetterai sur cette boîte en carton pour voir ce qu'elle contient, mais c'est une torture d'attendre... Tu sais à quel point je déteste les cadeaux ou, pour être plus honnête, les emballages qui les recouvrent.

Je t'embrasse de toute mon âme et, si tu veux bien te mettre au piano après ta lecture pour jouer quelque chose pour moi...

Je t'…

Non : « Tout court » !

P.-S. Victoire t'embrasse.

P.-S. 2 : Pas trop ou je la mords !

P.-S. 3 : J'ai essayé de joindre mon père, mais la communication était tout aussi épouvantable qu'avec toi. Si tu veux bien lui dire que je vais bien et l'embrasser pour moi.

À dans une semaine,

Ta Fabrine

Noël esquissa un sourire, frictionna affectueusement la tête de Pioupette et vida son verre d'un trait.

— Mademoiselle, lui dit-il, si tu veux bien me rendre mes genoux, je dois aller jouer quelque chose pour ta maîtresse.

Guatemala
Au même moment, à huit mille
neuf cents kilomètres de là

Fabrine inspira à pleins poumons, regarda Victoire pour se donner du courage et passa une main dans ses cheveux que le vent rendait capricieux.

— On y est !

— Il faut vraiment que je t'aime pour t'avoir suivie jusqu'ici, répondit Victoire en lui adressant un sourire. Tu réalises quand même qu'à l'hôtel, il y avait le beau Fernando qui ne me lâchait pas du regard ?

— C'est moi qu'il regardait, se moqua Fabrine en entraînant son amie vers ce lieu insolite, bien loin des excursions touristiques que proposait leur hôtel.

Un peu plus loin, des rires d'enfants éclaboussèrent le ciel alors que deux cerfs-volants grimpaient vers les rares nuages présents en ce jour de Toussaint. Partout, des tombes multicolores s'étalaient en un dédale de couleurs : du rose, du vert pâle, du rouge vif, du bleu... Tout était exactement comme l'avait montré le reportage télévisé, y compris le sable coloré qui entourait des centaines de sépultures. Fabrine fit quelques pas de plus et déposa la boîte en carton que Noël lui avait expressément demandé de n'ouvrir qu'une fois ici.

— Bon, c'est l'heure, dit-elle en regardant Vic, à mi-chemin entre l'impatience et le stress.

— Qu'est-ce qu'il a bien pu te mettre là-dedans pour te demander de ne le déballer qu'ici...

Si c'est une demande en mariage, il a un drôle d'humour.

— Idiote, la boîte fait au moins quatre-vingts centimètres de long. Tu as déjà vu des bagues de cette taille-là ? se moqua Fabrine en déchirant le scotch qui maintenait l'emballage fermé. Elle avait beau essayer de plaisanter, elle se sentait étrangement anxieuse à l'idée de ce qu'elle allait découvrir. Soudain, elle se figea et porta la main à sa bouche alors qu'un frisson parcourait tout son corps tant la surprise était grande. Avec précaution, elle extirpa doucement l'inattendu cadeau, un petit cerf-volant qui, à ses yeux, valait toutes les bagues du monde. Les touchantes attentions et l'extrême sensibilité dont Noël pouvait faire preuve ne cesseraient jamais de la surprendre.

Elle leva les yeux vers Victoire dont le regard s'était embué et saisit la lettre que Noël avait glissée entre la croix centrale et la voile.

Mon amour,

Si Victoire est à côté de toi avec sa tête de fouine, tu peux lire à haute voix étant donné que, de toute façon, tu lui raconteras sans doute tout.

Fabrine se racla la gorge, esquissa un sourire et reprit sa lecture à haute voix :

En ce jour de Toussaint, j'ai pensé que ce serait une bonne idée de rendre visite à Skippy avec ce petit cadeau. La tradition là- bas me semble plutôt bonne et si c'est exactement comme tu me l'as raconté, tu pourras (vous pourrez toutes les deux) grimper dans les nuages... Tout près de lui.

La voix de Fabrine se brisa. Elle jeta un œil à son amie qui tentait vainement de masquer son trouble en feignant de chercher quelque chose dans ses poches. Lorsque leurs regards se croisèrent, elles se mirent à rire alors même que leurs larmes remportaient une victoire écrasante sur leur pudeur. Alors, malgré les pleurs, la douleur et le manque, aussi étrange que cela puisse paraître, elles se sentirent heureuses d'être là... Les deux amies s'étreignirent et le silence qu'elles partagèrent un instant résuma à lui seul l'insolite contraste de cette palette d'émotions.

Vic retira le cerf-volant de son emballage et Fabrine reprit sa lecture un ton plus bas :

Il est pliable, il suffit juste de l'ouvrir, rien de plus simple.

Mon cœur, tu trouveras dans le fond du carton quelque chose qui t'appartient. Puisque tu as lu le journal de ton fils, je n'ai pas le sentiment de le trahir et, comme tu ne m'en as jamais parlé, je présume que tu la pensais perdue. Je vois d'ici ton sourire... Tu n'as plus qu'à raconter cette histoire à Vic bien que te connaissant (vous connaissant), c'est peut-être déjà fait !

Profite bien et rentre vite, tu manques à Piou-
pette.

Je... « Tout court » !

P.-S. J'ai retiré l'hameçon.

Intriguée, Fabrine fouilla dans le fond du carton et, sous des journaux roulés en boule pour protéger le cerf-volant, elle vit dépasser un petit bout de dentelle rouge. Elle comprit et extirpa en souriant la culotte en dentelle que Skip lui avait dérobée un jour de grand mistral.

— C'est celle dont tu m'avais parlé ? demanda Vic, amusée.

Fabrine opina et toutes deux échangèrent un regard complice dans lequel des larmes se bousculaient.

Elles laissèrent se dérouler la corde sur toute sa longueur, puis bloquèrent la poignée de maintien autour d'un arbre se trouvant en bordure du cimetière. Côte à côte, allongées à même le sol, elles restèrent ainsi de longues minutes à regarder flotter le cerf-volant. Parfois, il redescendait légèrement ; puis, emporté par une nouvelle rafale de vent, s'élevait dans les airs en faisant claquer la corde qui le retenait prisonnier de ce monde alors qu'il cherchait à s'en libérer. Quelques cris d'oiseaux déchirèrent le ciel et se mélangèrent à des rires d'enfants.

Immobiles, les deux amies souriaient, les yeux perdus dans l'azur, le cœur accroché aux nuages...

Là où dansent les cerfs-volants.

Un excellent parrain

Victoire attrapa une longue robe blanche au tissu léger et au dos échancré qu'elle déposa sur le lit de la chambre d'hôtel.

— Ce soir, derrière son bar, le mignon Rodrigo va avoir la tête qui tourne. Je vais lui *mointrer*, moi, le charme des *Provinçiales* ! cria-t-elle à l'attention de Fabrine.

Elle sortit une nouvelle robe, la déposa tout près de la précédente, puis compara les deux vêtements sans toutefois parvenir à se décider.

— Je n'arrive pas à choisir, Fab ! Tu viens m'aider ou alors je m'en fous, je file acheter une nouvelle tenue à la boutique de l'hôtel !

Comme toujours lorsqu'elle était excitée, son accent s'envola entre chaque syllabe.

— Fab ! hurla-t-elle. Tu fais quoi ?

Elle se dirigea vers la salle de bain où son amie s'était enfermée depuis un bon moment et fit délicatement claquer ses ongles contre la porte en deux ou trois allers-retours de l'auriculaire vers l'index.

— Fab, je t'aurais prévenue, je vais aller faire un achat compulsif et ce sera de TA faute, insista-t-elle en appuyant le pronom personnel.

Aucune réponse.

Victoire fronça les sourcils, soudainement inquiète.

— Fabrine, ça va ?

Elle frappa un peu plus fort à la porte, mais seul le silence lui répondit.

Elle essaya de tourner la poignée qui résista. La pièce d'eau était verrouillée de l'intérieur.

— Putain, Fab, tu me fais peur... Ouvre !

Le silence plana encore quelques secondes, des secondes qui lui parurent interminables... Finalement, le verrou se fit entendre.

— Merde, tu m'as foutu la trouille, cracha-t-elle avant de considérer son amie en plissant le front.

— Tu es toute blanche, qu'est-ce qu'il y a ?

Doucement, l'expression figée de Fabrine se libéra, laissant poindre un sourire timide sur des lèvres tremblantes. Puis, peu à peu, son visage s'éclaira, baigné par une douce lumière. Elle sortit de derrière son dos un petit morceau de plastique blanc ressemblant à un thermomètre. Victoire baissa les yeux sur l'objet qu'elle reconnut immédiatement... Un test de grossesse.

— Merde, tu… Tu es en…, balbutia-t-elle, émue, sans parvenir à terminer sa phrase.

Fabrine la regarda, pleine de tendresse :

— Tu… Tu veux bien être la marraine ?

Victoire essaya de prendre son regard le plus noir, mais sa mine réjouie trahissait son état d'esprit.

— Tu as décidé de faire couler mon mascara, c'est ça ? Tu veux me gâcher la soirée avec Rodrigo ?

Aidées par la complicité du bonheur, des larmes de joie commençaient à dessiner deux cœurs de rimmel sous ses yeux pétillants. Les deux amies se dévisagèrent un instant, puis éclatèrent de rire avant de se tomber dans les bras.

— Putain, Fab, évidement que je veux ! Mais tu sais ça depuis quand ?

— Depuis maintenant. J'avais des nausées, mais je mettais ça sur le dos du stress lié au voyage. Comme ça ne s'arrangeait pas depuis notre arrivée, j'ai acheté le test.

— Et pour le retour, ça ne pose pas de problème de prendre l'avion ? Je veux dire, comme tu es enceinte ?

Fabrine haussa les épaules, sembla réfléchir un instant et lâcha pleine d'entrain :

— Je ne pense pas qu'il y est de contre-indication. Je dois pouvoir prendre l'avion... Tant que ce n'est pas dans la gueule !

Victoire éclata de rire avant de demander sur un ton redevenu volontairement triste :

— Pour marraine, j'étais persuadée que tu choisirais ta voisine... Tu sais, mamie caca !

Toutes deux s'esclaffèrent.

— Et pour le parrain ? Pas de papi caca dans le bâtiment ? ajouta Victoire.

Fabrine laissa passer quelques secondes, inspira longuement et murmura :

— Je sais qui fera un excellent parrain... Oh oui, je sais !

Épilogue

Héloïse m'a regardé avec un petit sourire amusé. À ce moment précis, j'ai su qu'elle pensait avoir compris.

— C'est donc pour cette raison que vous êtes là : pour voir votre filleul ? C'est bien vous, le parrain ? Et votre filleul va se marier ?

— Pas que, Héloïse... Pas que ! Mes parents sont restés très proches de Fabrine même après son déménagement et, croyez-moi, j'ai été plus que touché lorsqu'elle m'a effectivement demandé de devenir le parrain de son enfant. J'avais peur de ne pas avoir l'âge, de ne pas être à la hauteur, bref, de ne pas savoir être autre chose qu'un gosse. Finalement, je n'ai pas dû trop mal m'en sortir, puisque les liens que j'ai tissés avec la *petite Amandine ne se sont jamais dénoués. Oui, ce n'est pas un filleul, mais une filleule, une fille incroyable, aussi calme et posée que son frère était déjanté.*

Je me suis penché en arrière sur ma chaise et j'ai ajouté :

Comme je vous l'ai dit au début de mon récit, demain est une journée un peu spéciale, parce que nous sommes tous de mariage, la bande au grand complet avec femmes et enfants. C'est drôle de voir ça, aujourd'hui. Le temps passe si vite.

J'ai souri avant de poursuivre :

Elle en aura mis du temps pour se décider... Ce sera une belle occasion de se retrouver, de se remémorer les folies « Skippesques » et de trinquer à un tas de souvenirs.

— Alors, c'est bien ça ? Votre filleule se marie ?

J'ai éclaté de rire.

— Non... Non, pardon, je me suis mal exprimé. Le mariage, c'est celui de Fabrine et Noël, c'est pour cette raison que je vous disais qu'elle en avait

mis, du temps pour se décider !

J'ai lâché un bref rire clair avant de reprendre :

— Vous savez, je ne sais toujours pas si Skip a réussi à parler avec son ange de lumière, ce soir-là ou si, par amour, sa mère...

Je me suis interrompu, un peu gêné, et j'ai passé la main sur ma barbe naissante.

Héloïse a sondé mon regard avec une étrange mimique empreinte de douceur et j'ai su, sans avoir besoin de terminer ma phrase, qu'elle avait compris ce que je voulais dire.

— Comment... Comment avez-vous eu toutes ces informations, enfin... Toutes ces précisions ?

— Quelques années après le baptême de sa fille, Fabrine m'a invité à manger ou, pour être tout à fait exact, à boire. Ce soir-là, nous avions eu une bonne descente. Après le repas, elle m'a remis un petit carnet... Un journal intime qui avait le pouvoir de remonter le temps et de faire pleurer mais, avec le poids des ans, ce n'était plus des larmes de tristesse, mais des larmes de

souvenirs, celles qui font faner les yeux et fleurir le cœur. Croyez-moi, la différence est de taille.

Héloïse m'a regardé avec un petit air amusé, une virgule posée sur le coin de ses lèvres comme une parenthèse pour fermer cette partie de ma vie que je venais de lui livrer. Je n'ai pas baissé les yeux, cette fois-ci. Merde, à bientôt cinquante ans, je n'allais pas me laisser intimider comme un adolescent ! Je l'ai dévisagée une seconde et, bêtement, j'ai demandé :

— Vous accepteriez de me faire « l'accompagnage » à ce mariage ?

Quand je vous disais, chers lecteurs, que mon cœur était stupidement relié à mes lèvres...

Elle a souri, un sourire discret, une esquisse ; puis, son visage s'est éclairé.

Remerciements

En ce qui me concerne, écrire un roman n'est jamais une chose aisée. Voyez-vous, je suis un peu comme Morgan, le narrateur de mon roman. Je doute plus souvent qu'à mon tour et, dans ces moments-là, j'ai parfois envie de refermer mon clavier et de tout envoyer promener. Fort heureusement, j'ai la chance de vivre auprès d'une fée qui ne cesse de battre des ailes pour moi afin de saupoudrer mes histoires d'un peu de sa magie. C'est elle qui m'a offert un jour cet ordinateur et m'a cru capable d'écrire un roman bien avant que je ne m'en sente le courage. C'est elle qui a su voir en moi tout un tas de choses dont j'ignorais l'existence, elle encore qui m'élève par ses sourires, ses silences et ses yeux qui pétillent quand l'émotion la submerge.

Merci, ma Lilounette, pour les envolées « papillonnesques » que je vis à tes côtés...

À mes enfants qui me bousculent tous les jours. Je me sens tellement vivant, à vos côtés, qu'il m'arrive parfois d'en oublier de respirer. Jusqu'où va l'amour, mes fils ? Jusqu'où ? J'espère y avoir en partie répondu durant cette histoire. Tous les cerfs-volants du monde ne combleront jamais le ciel que j'invente pour vous...

À ma mère, les « allées d'Azémar », c'est pour toi. Draguignan aussi. Merci pour tout ce que tu sais et les « Je t'aime » que tu n'oses dire... Mais moi, je les entends.

Mon papa... Tu me manques tellement. Merci pour tous ces bons moments à l'Esterel.

À mes amis, tous mes amis de Draguignan qui ont, en quelque-sorte, aidé à construire ce roman. L'amour peut prendre tellement de formes. Vos prénoms résonnent dans mon cœur. Norbert Heck, Daniel Pinazo, Thierry, Isa, Chris Troin, Hervé Signoret, Sandrine Michelangeli, Roumuald Delgado, Olivier Koulinski.

À Mary. Les mots ont-ils encore une importance ? Ce livre est une façon bien médiocre de combler un peu ta solitude. Tu sais tout ce que je pense de toi...

À Murielle Legrand, un amour de nana !

Un merci tout particulier pour l'incroyable équipe de *Lacoursière Éditions*. Will et Arline, merci de croire en moi et en cet ouvrage pour lui offrir une nouvelle vie. Grâce à vous tous, les papillons qui s'envolent dans cette histoire vont pouvoir aller se poser quelque part je ne sais où à travers le monde dans le foyer de ces nouveaux lecteurs, dans un coin de leur salon :

607

sur l'étagère d'une bibliothèque, peut-être.

Merci, ma Thalie, je n'allais pas t'oublier.

À tous mes bêtas lecteurs et à ces groupes de lecture qui fleurissent sur la toile.

Sans que vous le sachiez, bon nombre de vos prénoms résonnent dans ma tête lorsque j'invente mes histoires et que l'épuisement se fait sentir. Vous êtes ma vitamine, mon jus d'orange émotionnel !

Lors d'un post rédigé sur Facebook, j'avais promis de mentionner dans cet ouvrage tous ceux et celles qui le commenteraient. Vous que je surnomme affectueusement « mes intimes étrangers », je pense sincèrement que, pour m'avoir lu, vous me connaissez sans doute bien mieux que bon nombre de personnes que je côtoie pourtant physiquement. Merci, mes fripouilles, pour votre sensibilité. Ce roman est un peu le vôtre, maintenant...

MERCI donc à :

Philippe et Nicole Royer, Christelle Martin Collet, (un amour de nana !), Agabeyan Virginie, Sandrine Mantin (je vous embrasse fort), Hugh Legrand, Delphine Cyrille, Léanor, (des amours), Christelle Labadie, Candy Candy, Marianne Gooris, Mélanie Roblin, Anny Soyer, Julie Lagrange, Stéphanie Lemaire, Isabelle Peschard, Aurélie Fohrer, Agnès Cloart, Annie Saint-Yrieix (une belle rencontre et un nid douillet pour ma maman), Patricia Biron, Cindy Pappa, Noni Cha, Rachel Heck, Maryn Morgan, Chanane Karim (un grand compositeur à découvrir de toute urgence), Patricia Calirose, Nadine Sarrazin, Elana Moaime (maquettiste, entre autres) Catherine et Olivier Viau (tendres pensées pour vous deux), Feebleue Bleue, Valerie Chopin, Wonder Sma, Marie- Chantal Villon, Laurence Contesti, Cindy Matagne, Corinne Bertrand, Christelle Chatillon, Manuela Boudin (ma fée de chez FL),

Pascale Gaborit Coville, Annie Michel, Nathalie Dumaine, Corinne Henno, Cindy Ciszak, Severine Forel, Annick Giroudon (des bisous), Stéphanie Garcia, Sandra Braun-Lang, Marie- Pierre Baube, Annaig Le Kervalec, Evelyne Martin, Delphine Doucy-Rondeaux, Eppy Fanny, Cin Dy Perriere, Anne Derigon, Doyora Dom, Angelique Pinaud Sage-Vallier, Virginie Guillon, Lydie Didon, Emilie Lenoir, Myriam Lecomte, Virginie Vicat, Marjorie Herlory , Virginie Vicat, René et Maïté Borderie (bisous), Geraldine de WT, Sylvie Gintrat (toujours là, merci), Aurélie Dye-Pellisson (une auteur de talent chez Red'Acive), Valérie Denis, Marie Vernisse, Stephanie Deprez, Hélène Calini (mon amie d'enfance), Christine Pruvost, Marylene Lechartier, Karine Vincent, Fanny Authier, Cécilôô Père, Catherine Mey (toujours là), Lucie Laforest, Vanessa Klee, Annick Thiemonge, Estelle dite « Poppy Whyatt », Nathou Suzanne, Gentiane Gilleron, Muriel Roulland,

Lucia Labroca, Delphine Binet, Laetitia Ladhuie, Laurence Contesti, Amandine Cayron, Enitram Enitram, Marie Desmons, Nelly Jegourel-Angers (un amour), Leanne Marion (une très belle personne, souvenirs de MMC), Sandra Sanaa, Aurel Dh, Emy Kocis (ma cop's), Alek Sandra, Nicole Verger, Linda Dasilva, Florian Allain, Thalie Chesnais (un grand merci), Nicole Gougay, Stéphanie K-DO, Éric Tarrin (auteur également et une belle personne), Lydie Rousselin (un amour), Nelly Martin, Nathalie Chesnais, Sylvie Simondi, Evelyne Mache, Sandrine Hennecken (les cop's), Mélanie Esmiol (ma copine de Dragui)... Heureux de vous voir là !

Enfin, un grand merci aux lecteurs qui me découvrent et à ceux qui me suivent depuis mon premier roman. Quelle drôle d'histoire...

Je vous embrasse très, TRÈS FORT.

Imprimatur

© *Lacoursière Éditions, 2021.*
Achevé d'imprimer sur les presses de l'imprimerie
Lightning Source à Maurepas (France) et à Milton
Keynes (Royaume-Uni), au mois de juillet 2021
(le troisième trimestre de l'an).
Gencod *du distributeur (Hachette-Livre*
Distribution) : **3010955600100**
Dépôt légal : Troisième trimestre 2021
ISBN Lightning Source US-UK
(France excluse) : 978-2-925098-35-5

Lightning Source UK Ltd.
Milton Keynes UK
UKHW010639081021
391877UK00001B/191

9 782925 098355